KB106922

가 장
행복한
나 이

가장 행복한 나이

1판 1쇄 인쇄 ㅣ 2021년 1월 5일
1판 1쇄 발행 ㅣ 2021년 1월 13일

지 은 이 ㅣ 성기철
펴 낸 이 ㅣ 천봉재
펴 낸 곳 ㅣ 일송북

주   소 ㅣ 서울시 성북구 성북로 4길 27-19(2층)
전   화 ㅣ 02-2299-1290~1
팩   스 ㅣ 02-2299-1292
이 메 일 ㅣ minato3@hanmail.net
홈페이지 ㅣ www.ilsongbook.com
등   록 ㅣ 1998.8.13(제 303-3030000251002006000049호)

ISBN 978-89-5732-275-8 (03800)

가 장
행복한
나 이

성기철 지음

아내랑 세 딸아이랑 차를 마시다 가끔 행복을 주제로 얘기를 나눈다. 행복이란 무엇인가, 나는 행복한가, 행복하려면 무얼 어떻게 해야 하는가를 얘기하다 이런 질문을 주고받는다. "지금까지 살아오면서 언제 가장 행복했다고 생각되는가?" 내가 특히 많이 받는 질문이다. 아이들한테는 이게 참 궁금한 모양이다.

나는 그때마다 '지금이 가장 행복하다'고 대답한다. 아이들은 시골 초등학교 시절, 대학 1학년 때, 신혼 때가 더 행복하지 않았느냐고 꼬치꼬치 묻지만 나는 고개를 가로젓는다. 왜 그럴까.

우리 집에는 천국이 있다. 매 주말 늦은 아침을 먹기 위해 다섯 식구가 둘러앉는 식탁을 가리킨다. 바깥 음식에 물린 아이들이 제 엄마가 만든 집 밥에 연방 감탄사를 늘어놓는다. 식사가 끝나면 다과를 앞에 놓고 계속 얘기꽃을 피운다.

일주일 동안 있었던 일상이 화제에 오르는 건 당연지사. 어른들은 아이들 근황을 묻거나 운동 계획 등을 전하고, 아이들은 직장생활 에피소드나 연애담, 다이어트 계획 따위를 거침없이 털어놓는다. 웃음이 끊이질 않는다. 가족 모두에게 일주일 동안 가장 기다려지는, 가장 행복한 시간이다. 내가 우리 집 식탁을 천국이라 부르는 이유다.

행복. 오랜 세월 동서양의 저명한 철학자와 사상가, 예술가들이 제각기 행복의 의미와 행복을 위한 방책을 논했지만 의견이 워낙 다양해서 도무지 한 가지로 수렴되질 않는다. 지금도 수많은 사람이 나름 자신의 행복론을 경쟁적으로 내놓는 이유인가 보다.

30여 년 언론인으로 살다 정년퇴직을 앞두고 약 1년 동안 '사랑과 행복'에 대한 칼럼을 신문에 연재할 수 있었음은 내게 큰 행운이다. 칼럼 문패는 '아재기자 성기철의 수다'였다. 행복을 연구하는 학자가 아니기에 전문적 지식의 깊이가 있는 것은 아니다. 평소 느끼는 나름의 사랑론, 행복론을 솔직 담백하게 서술했을 뿐이다.

그럼에도 독자들의 반응은 예상외로 뜨거웠다. 필자의 과거와 현재 삶을 숨김없이 소개해 공감이 잘됐다는 의견이 많았다. 과분하게 도 몇몇 칼럼에 대해서는 목사 설교나 스님 법문보다 더 좋다는 칭찬 까지 해 줬다.

사랑과 행복이 매우 진부한 주제임에도 이처럼 호응도가 높았던 것은 이에 대한 독자들의 배고픔이 여전히 크다는 뜻일 게다. 사랑과 행복을 원하지 않는 사람이 이 세상 어디에 있겠는가.

내가 책을 내기로 결심한 이유다. 막상 책을 내려고 하니 그간의 생각을 좀 더 책임감 있게, 정교하게 다듬어야 했다. 또 관련 사례를 크게 보강하고, 동서고금 행복 연구자들의 생각과 주장을 많이 가미 했다.

이 책에 정리된 행복론은 대강 이렇다. 행복의 가장 큰 필요조건은 누가 뭐래도 사랑이다. 사랑이 충만하지 않고서는 어느 누구도 행복 할 수가 없다. 그 사랑이 꼭 객관적으로 큰 의미가 있어야 하는 것은 아니다. 행복은 전적으로 개인적 문화 영역에 속하기 때문이다.

사랑의 영역은 굉장히 넓기에 단순하게 정리하기 어렵다. 그러나 연인 및 부부간의 사랑, 부모를 향한 존경과 사랑, 자녀에 대한 사랑, 공동체에 대한 사랑은 만고의 기본이다. 이 같은 사랑을 적극적으로, 지혜롭게 키워 나가야 행복의 열쇠를 받아 쥘 수 있다.

우리가 한 번 인생을 살면서 세속적인 행복에 만족할 수는 없다.

사회적 가치가 반영된 참 행복을 추구해야 한다. 이를 위해서는 사랑에 품격이 전제돼야 한다. 품격은 생각과 말과 행동으로 나타난다. 누구에게나 착함과 정의로움, 그리고 아름다움이 갖춰져야 품격이 생긴다.

사랑에다 품격이 갖춰지면 매사 고맙고 감사한 마음이 생겨난다. 세속적으로 남과 비교하거나 욕심 부릴 공간이 그만큼 좁아지기 때문이다. 품격 있는 사람에게는 심리적으로 여유가 생긴다. 또 종교를 생각하게 되고, 겸손한 마음으로 미리 죽음을 준비하는 게 좋겠다는 생각까지 갖게 된다. 이 지점이 품격 있는 행복의 상태라고 나는 감히 말한다. 나이와는 상관이 없다.

앞에서 언급했듯이 행복은 철저하게 개인적인 영역이다. 따라서 이 책에 소개된 사연은 그야말로 참고만 하는 게 좋겠다. 혹 마음에 드는, 괜찮은 사연이 있더라도 부러워할 필요가 없으며, 따라 할 필요는 더더욱 없다. 독자 여러분이 참 행복을 가꾸는 데에 약간의 힌트라도 얻는다면 필자는 더없이 행복할 것이다.

부족한 내용임에도 흔쾌히 출판을 허락해 주신 일송북 천봉재 사장님께 머리 숙여 감사드리며, 예쁘게 책을 꾸며주신 편집팀에게도 진심으로 고마움을 표한다.

아울러 저술 과정에서 여러 칼럼의 모델이 돼 주었을 뿐만 아니라 아낌없이 조언해 준 나의 사랑하는 아내 곽빈화 씨와 세 딸 다원, 다현, 다경에게도 고마움을 전한다.

2021년 1월 새해, 저자

목차

품격의 조건

월리엄 셰익스피어의 작품 '헨리 4세'에 '왕관을 쓰려는 사람은 그 무게를 견뎌야 한다'란 표현이 나온다. 품격 갖춘 행복을 위해서는 스스로를 우아하게 가꿀 줄 알아야 한다는 의미를 담고 있다.

행복을 추구하되 그것이 전적으로 세속적인 것이라면 그다지 어렵지 않다. 적당한 수준의 돈이나 권력만으로 얼마든지 행복감을 느낄 수 있다. 하지만 더불어 사는 세상에서 품격 갖춘 행복을 구한다면 외부로 비치는 자신의 모습을 부단히 가다듬어야 한다.

국민의사 이시형은 저서 〈품격〉에서 품격을 갖추기 위한 7가지 덕목으로 절제, 포용, 배려, 정직, 신의, 배움, 글로벌마인드를 제시한다. 고개가 끄덕여진다. 이런 덕목을 갖춘 사람에게는 절로 향기가 날 것 같다.

사람의 품격을 좌우하는 요소는 크게 세 가지, 즉 생각과 말과 행동이라 할 수 있다. 가톨릭 기도문 중에 '생각과 말과 행위로 죄를 많이 지었으며'란 문구가 있다. 신앙적으로 반성하고 회개해야 한다는 부분이다. 일상에서도 마찬가지 아닐까 싶다.

생각은 말과 행동처럼 다른 사람에게 실시간으로 드러나진 않지만 말과 행동의 바탕이 된다. 어떤 사람에게 양심이나 염치가 없거나 욕심이 지나치게 많다면 자연히 말과 행동이 저급해진다. 자존감을 갖추고, 독서와 글쓰기를 생활화 해 꾸준히 삶의 지혜를 길러야 생각에 품격이 생긴다.

말은 품격에 결정적인 영향을 미친다. 꼭 말을 해야 할 때 안 하는 사람도 문제지만 말을 지나치게 많이 하는 사람은 꼴불견이다. 특히 나이 든 사람이 경험을 앞세워 장광설을 늘어놓는 것은 스스로 격을 떨어뜨리는 것이다. 조용한 말투로 남을 배려하고 칭찬하는 사람이라야 향기가 난다.

품격은 겸손한 행동에서 완성된다. 내가 낮아질 때 멋있게 높임받는 법이다. 나이가 벼슬인 것처럼 행동하는 것은 절대 금물이다. 교양과 매너가 중요하다고 말하는 이유다.

나는 가끔 우리의 전통적 선비정신이 바로 품격 아닐까 생각해 본다. 선비정신이 다양하게 설명될 수 있겠지만 나는 사자성어로 '호시우행(虎視牛行)과 유유자적(悠悠自適)'을 꼽는다.

호시우행이란 시선은 호랑이처럼 예리함을 유지하되 행동은 소처럼 꾸준하고 끈기 있게 한다는 뜻이다. 당당하면서도 욕심내지 않고 자기 분수를 지키며 착실하게 인생길을 걸어가야 한다는 가르침을 담고 있다. 유유자적은 세상일에 관대하고 느긋한 태도를 취하며 욕심 부리지 않는 모습을 뜻한다.

평소 이런 자세를 취한다면 누구에게나 삶의 품격이 느껴지지 않을까 싶다.

1

생각의 품격

지식보다 지혜

최고의 덕목, 지식이 호구지책이라면 지혜는 인생지책

◆

◆

첫 딸이 태어나 이름 지을 때 나는 '지혜로울 지(智)' 자를 꼭 쓰고 싶었다. 아예 '지혜'라 지을까도 생각했다. 당시 여자아이 이름으로 지혜가 최고 인기이기도 했다. 하지만 이런 저런 이유로 뜻을 이루진 못했다. 젊은 아빠 생각에 지혜란 낱말이 꽤나 좋게 비쳐졌던 모양이다.

나는 '지식보다 지혜'란 말을 즐겨 사용한다. 어린 시절 동네 어른들 중에 일자무식(一字無識)이어도 언행을 참 적절히 잘한다는 느낌을 준 사람들이 더러 있었다. 아 저런 사람이 똑똑하고 지혜로운 사람이구나 생각하곤 했었다.

나이 들수록 지혜가 깃든 생각, 지혜로운 말솜씨, 지혜로운 행동이 새삼 중요하게 느껴진다. 인생을 알차게, 아름답게 꾸밀 수 있는 아주 중요한 수단 아닐까 싶다. 내가 자녀들에게 지혜로운 언행을 거듭해서 강조하는 이유다.

지혜는 정말 좋은 낱말이다. 사전적 의미로는 '사물의 이치를 빨리 깨닫고 사물을 정확히 처리하는 정신적 능력'(표준국어대사전)이다. 통찰, 예지, 안목, 현명, 기지, 눈썰미 등을 두루 종합한 뜻 아닐까 싶다.

동서고금을 막론하고 지혜는 매우 중요한 덕목으로 여겨졌다. 고대 그리스 시대 지혜를 의인화한 신이 아테나와 메티스였다. 로마 시대에도, 기독교와 불교문화에서도 지혜는 최상급 대접을 받았다. 토마스 아퀴나스는 '지혜는 모든 덕목의 아버지'라 했다. 철학의 영어 표현(Philosophy)은 지혜를 사랑한다는 의미다.

성경의 구약에는 지혜와 관련된 스토리가 수없이 나온다. 잠언, 욥기, 코헬렛, 집회서, 지혜서가 대표적이다. 안소근은 이에 대해 《세상을 읽는 눈, 지혜》란 책에서 '이성을 지닌 인간이 그 능력으로 지혜를 찾고 세상을 이해하려 한다는 것, 그리고 자신의 삶에서 체득한 지혜를 후대에게 전해주려고 그것을 책(지혜서 등)으로 엮는다는 것은 지극히 자연스러웠을 것'이라고 해석했다. 이런 책에는 기독교 신자가 아니라도 공감할 수 있는 스토리가 굉장히 많다.

지혜는 불교 핵심 경전인 반야바라밀다심경에서도 최고의 대우를 받는다. 보살이 열반에 이르기 위해 실천해야 할 덕목 중 가장 중요한 게 지혜다. 여러 바라밀은 반야의 바라밀에서 완성에 이르게 되는데, 반야가 곧 지혜를 가리킨다.

지혜란 낱말이 빛나는 이유는 '지식'과 비교되기 때문이라 생각한다. 지식도 좋은 낱말이긴 하다. 표준국어대사전을 보면 '어떤 대상에 대하여 배움이나 실천을 통해 알게 된 명확한 인식이나 이해'라고 돼 있다.

하지만 지혜는 지식보다 한 차원 높은 의미를 갖고 있는 듯하다. 한자 표현을 보자. 지식의 '알 지(知)'에다 태양을 뜻하는 '날 일(日)'을 더했다. 태양이 온 세상을 비추어 모든 사물의 실체를 명확히 드러나게 하듯이 세상의 모든 이치를 명쾌하게 안다는 뜻이겠다.

그러니 지식은 지혜 앞에만 서면 왜소해 보인다. 미국 로비스트 샌드라 케리어는 이렇게 말할 정도다. "절대로 지식을 지혜로 착각하지 말라. 지식이 호구지책이라면 지혜는 인생지책이다." 그래서 지혜를 사랑하는 것이 철학인 모양이다

지식의 수준이 높다고 해서 그에 상응한 수준의 지혜가 당연히 따라오진 않는다. 그러나 수준 높은 지혜를 습득하는 데에 지식은 반드시 필요하다고 나는 생각한다. 세상 사람들이 심혈을 기울여 공부하는 이유도 일정 부분 여기에 있다고 본다. 상식으로 보자면 지혜라는

빌딩을 짓는 데에 지식이라는 기초를 충실히 하는 게 잘못일 리 없다.

문제는 지식 수준이 높은 사람들의 고집이나 교만이다. 남보다 공부 좀 많이 했다고, 남보다 아는 것 좀 많다고 건방지게 자기주장만 내세우다 지혜로운 판단을 놓치는 경우가 허다하다. 미국 음악가 지미 헨드릭스는 '지식은 말하지만 지혜는 듣는다'고 했다.

우리 정치인들에게서 이런 사례를 많이 접하게 된다. 배울 만큼 배우고 정치적 선량(選良)의 지위에 올랐으니 눈에 보이는 게 없는 모양이다. 고위 공무원이나 대학교수 사회에도 그런 사람이 적지 않다.

지혜에는 사랑, 자선, 겸손, 배려 같은 덕목이 뒷받침돼야 한다고 생각한다. 이런 덕목은 교과서나 박사학위 논문을 통해 터득하기보다 자신을 둘러싼 환경에서 체득하는 게 훨씬 효과적일 것이다. 가정 교육이 중요하고, 학교나 사회의 윤리 교육이 중요한 이유다.

특히 부모가 자녀들에게 세상의 이치나 물정, 삶의 노하우를 전수하는 것은 매우 중요하다. 식탁에서, TV 보는 거실에서 세상사에 밝은 부모와 배우려는 열정이 충만한 자녀들이 나누는 대화와 토론이 지혜를 익히는 최고의 교육장 아닐까 싶다.

독서의 향기

성공한 사람은 모두가 독서광. 지혜와 마음의 풍요 제공

◆

◆

교과서가 아닌 책을 내가 처음 제대로 접해 본 건 초등학교 5학년 무렵이다. '고전 읽기'란 프로그램이 학교에 도입돼서다. 교육부 독서 진흥정책 일환으로 시행되지 않았을까 싶다. 도서관조차 없는 시골 초등학교에서 학년별로 10여 명씩 뽑아 방과 후 권장도서를 돌려가 며 읽도록 했다. 논어이야기, 예수이야기, 보물섬, 파브르곤충기, 로빈슨크루소 등을 읽은 기억이 난다. 그게 끝이었다. 그 흔한 세계문학전집 한번 제때 읽지 못하고 자랐다.

세월이 흘러 신문기자가 되었고, 곧바로 유시민이 쓴 항소이유서를 만났다. 1985년, 서울대 학원프락치 사건에 연루돼 징역 1년 6개월을 선고 받은 그가 변호사 권유로 감옥에서 직접 썼다는 항소이유서. 감탄이 절로 나왔다. 불과 26세 청년이 200자 원고지 100페이지가 넘

는 긴 글을 14시간에 걸쳐 퇴고도 없이 단번에 써냈다니 말이다.

　당시 내가 내린 결론은 오로지 '독서의 힘'이었다. 책을 엄청나게
많이 읽지 않고서는 정치와 역사, 법률이 어우러진 그런 명문을 결코
쓸 수 없다는 사실을 확인했다고나 할까. 나도 글로 먹고 사는 직업을
택했으니 책 많이 읽어야지 다짐했지만 잘 되지 않았다.

　세월이 한참 지나 칼럼을 쓰기 시작하고서야 독서의 목마름을 느
끼기 시작했다. 많이 늦었지만 언젠가부터 독서는 내게 피할 수 없는
동반자가 됐다. 지금은 그 향기를 제법 즐길 줄 아는 편이다.

　우리네 인생에서 독서의 중요성은 아무리 강조해도 지나치지 않
다. 독서와 관련한 저명인들의 강조점은 체험에서 우러나온 말이기
에 수백 번 들어도 거슬리지 않는다.

　'책은 청년에게 음식이 되고 노인에게는 오락이 된다. 부자일 때
에는 지식이 되고 고통스러울 때에는 위안이 된다.'(키케로) 내가 알
고 싶은 것은 모두 책에 있다. 내가 읽지 않은 책을 찾아주는 사람이
바로 나의 가장 좋은 친구이다.'(에이브러햄 링컨) '오늘의 나를 있게
한 것은 우리 마을 작은 도서관이다. 하버드 졸업장보다 소중한 것이
독서하는 습관이다.'(빌 게이츠) 내가 백악관에서 8년을 버틴 비결은
독서였다. 아이디어를 얻기 위해 책을 읽었으며 독서는 나 자신을 안
정시켜 주는 특별한 힘이었다.'(버락 오바마)

독서는 훌륭한 스승과 인격적으로 만날 수 있게 하며, 저자와의 창조적 만남을 통해 세상을 헤쳐 나가는 지식과 지혜를 무궁무진하게 제공해 준다. 책을 깨달음의 원천이라 부르는 이유다. 또 정서 함양과 타인과의 소통에 적잖은 도움이 된다. 책은 나에게 인생살이 상담해 주는 최고의 친구라 해서 결코 틀린 말이 아닐 듯하다.

우리는 한 권의 책, 아니 책 속의 의미심장한 문장 하나가 인생을 완전히 바꾸게 하는 사례를 흔하게 접한다. 시 한 구절이 실의에 빠진 사람에게 희망의 나래를 펴도록 안내하기도 한다. 그래서 독서는 기쁨과 간절함을 갖고 해야 하는가 보다.

실학자 이익은 이렇게 말했다고 한다. '사랑하는 어머니와 오랫동안 이별했다가 다시 만난 것처럼 독서하라. 아픈 자식 치료법을 묻는 사람처럼 질문하고 토론하라'(이지성의 〈리딩으로 리드하라〉) 이지성은 "이익에게 책은 책이 아니었다. 사랑하는 가족이었다."고 평한다.

책에는 위대한 길이 열려 있다. 책을 많이 읽는다고 모두 성공하는 것은 아니지만 성공한 사람치고 책을 멀리한 사람은 찾아보기 어렵다. 조지 워싱턴, 에이브러햄 링컨 등 미국의 성공한 대통령은 하나같이 책벌레였으며 나폴레옹, 윈스턴 처칠, 조지 소로스, 오프라 윈프리도 독서광이었다. 세종대왕, 정약용, 김구, 안중근, 박정희, 정주영, 김대중도 평생 책을 끼고 살았다.

김대중은 옥중생활 중 철학 신학 정치 경제 역사 문학 등 다방면의 서적을 탐독했으며, 그때의 깨달음이 훗날 대통령 직을 수행하는 데 귀중한 자산이 됐다고 술회한 적이 있다. 생전 소장 서적이 3만 권이 넘었다.

그는 자서전에 '독서와 사색과 일을 중단하면 그것으로 인생을 다 산 것이나 마찬가지이다. 이 세상 마지막 날까지 나는 계속 공부하고 생각하고 일할 것이다'라고 썼다. 보통 사람으로선 족탈불급이겠지만 흉내라도 내 보는 건 나쁘지 않을 것 같다.

나이깨나 들었다는 뜻일까. 독서의 진정한 효능은 지식이나 지혜를 얻기보다 마음의 풍요를 구하는 데 있다는 생각이 든다. 검증된 고전과 산뜻한 인문 서적을 꾸준히 읽는 게 얼마나 중요한지 새삼 느끼게 된다.

법정 스님은 평생 단 한 번 주례를 섰다는데 그때 신랑신부한테 했다는 조언 한마디가 내겐 울림이 크다. "한 달에 신문 2권과 시집 1권씩은 꼭 읽으세요. 여러분 가슴에 녹이 슬면 삶의 리듬을 잃게 됩니다. 읽은 책들을 나중에 자녀들에게 삶의 자취로, 정신으로 물려주면 그 어떤 유산보다 값질 것입니다."

'낭만 정객'이라 불렸던 김종필은 문학을 포함한 인문학에 남다른 식견이 있었다. 험난한 정치판에 그가 남긴 언사는 그 자체가 시이고 예술이고 철학이다. 역시 독서 덕분이다. 그는 공주중학 다닐 때 '1일 1권 독서'를 실천하고자 다음날 학교 수업에 들어가지 못할지언정 밤을 새워서라도 목표량을 채웠다고 회고한 적이 있다. 평소 그의 자신감과 여유는 오로지 독서에서 비롯된 것이라 본다.

꼰대란 소리 들을 각오하고 요즘 이런 말 자주 하고 다닌다.

"독서만큼 중요한 게 없다. 독서를 많이 해야 아이들 공부 잘할 수 있고, 젊은 사람들 지식과 지혜 풍부해지고, 노인들 영혼이 자유로워진다."

역사 공부의 힘

삶의 지혜와 모든 공부의 원천. 평전 읽기에 흥미 가져보길

◆

◆

독서 중에 감동 받은 책이 많다. 그중에서도 진한 전율 같은 걸 느끼게 한 책이 있다. 김성칠의 〈역사 앞에서〉(창비)이다.

6.25 한국전쟁 발발 당시 서울대 사학과 전임강사로 재직 중이던 김성칠이 섬세한 관찰력과 뛰어난 통찰력으로 기록한 전쟁 체험기이다. 북이 점령한 서울에 머물면서 겪고 느낀 일기문을 날짜순으로 정리한 책이다.

정치부 기자로 한창 현장을 취재하던 1993년 초판이 나왔을 때 나는 이 책을 읽고 해방과 한국전쟁 시기 좌우익의 실상을 온 몸으로 느낄 수 있었다. 특히 39세 역사학도가 남긴 전쟁 초기 기록은 아주 진솔해서 마치 내가 전쟁 통이던 서울 시내에 살고 있다는 착각을 갖게 했다.

일기 전편에 깃들어 있는 지식인의 고뇌하는 모습을 보면서 내가 만약 그런 상황이라면 과연 어떤 판단을 하고, 또 어떻게 행동했을까 상상하는 맛은 참으로 짜릿했다. 그러기에 이 책은 내게 한국전쟁의 역사 한 단면을 꿰뚫어 볼 수 있게 하는 최고의 저작물이다.

역사 공부의 중요성은 아무리 강조해도 지나치지 않다. 고대사든 현대사든, 국사든 서양사든 모른다고 해서 살아가는 데에 크게 지장이 있는 것은 아니다. 하지만 역사를 알면 새로운 세상이 보이고 위기에 대처하는 능력이 생긴다. 역사 속 수많은 사건의 전개 과정, 등장인물의 판단과 행동을 보면서 생기는 상상력을 통해 삶의 지혜를 배울 수 있기 때문이다.

그래서 현인들은 저마다 역사와 역사 공부의 중요성을 강조해왔다. '역사를 망각하는 자는 영혼에 병이 든다.'(빌리 브란트) '현명한 사람은 역사에서 배우지만 어리석은 사람은 자기 경험만을 믿는다.'(아놀드 토인비) '자신이 태어나기 전에 일어난 일에 대해 무지한 사람은 계속 어린이로 남아 있는 것이다.'(키케로) '상상력은 시의 어머니이기도 하지만 역사의 어머니이기도 하다.'(테오도르 몸젠)

그런데 우리 주변을 살펴보면 역사 공부에 심취하는 사람도 더러 있지만 대개는 부담스러워 한다. 한창 공부하는 아이들도 마찬가지이다. 많고도 많은 사건과 인물, 연도를 외워야 한다고 생각하면 역사

책 읽기가 여간 고역이 아니다. 거기다 교과서의 지루함과 엄숙주의는 역사 공부를 더욱 꺼리게 하는 요인이다. 소설가 조정래는 "역사에서 배운다는 말은 멋지기는 하지만 정작 배우는 사람은 아무도 없는 것 같다."고 정곡을 찌른다.

그럼에도 불구하고 역사 공부는 반드시 해야 한다. 최태성은 베스트셀러 〈역사의 쓸모〉에서 그 이유를 명쾌하게 설명해 준다.

"어떤 사람은 역사가 단순히 사실의 기록이라고 말하지만 나는 오히려 그것은 착각이고 역사는 사람을 만나는 인문학이라고 강조한다. 역사는 나보다 먼저 살았던 사람들의 삶을 들여다보면서 나는 어떻게 살 것인가를 고민하고 실천할 수 있도록 도와주는 존재이다."

역사 공부는 삶의 지혜를 제공하는 데에 그치지 않고 다른 지식의 함양에 필수라는 점에서도 결코 소홀히 할 수가 없다. 모든 공부에 기초가 되기에 그 기초를 든든히 하면 그만큼 도움이 된다. 음악이나 미술을 공부하더라도 서양사의 토대는 반드시 필요하다.

또 유럽을 여행한다고 치자. 서양사를 제법 공부한 사람과 전혀 그렇지 않은 사람 사이에는 여행 중에 얻는 지식이나 상상력의 차이가 하늘과 땅만큼 클 수밖에 없다. 경주나 부여를 방문할 때에도 마찬가지다.

나는 역사 공부에 재미를 붙이려면 역사 교과서를 당장 손에서 내려놔야 한다고 생각한다. 기존의 역사 교과서는 지루하고 고리타분한 게 사실이다. 각종 시험에서 효과적으로 실력을 평가하기 위해 어쩔 수 없이 그렇게 저술했는지 몰라도 지쳐서 포기하기 십상이다.

우선 아이들에게는 재미있게 쓰인 이야기책이나 만화책이 좋다. 어떤 공부든 재미가 없으면 효율이 떨어지게 마련이다. 부모가 아이와 책을 함께 읽고 토론식으로 얘기를 나누다 보면 상상력을 키울 수 있을 것이다. 틈틈이 역사 유적지를 함께 둘러보면서 가볍게 대화를 나누는 것도 최고의 역사 공부이다.

정치사나 권력이동 중심의 책보다 민중의 삶 중심으로 쓰인 책을 읽는 게 재미를 더해 준다. 재야 사학자 이이화가 쓴 〈한국사 이야기〉시리즈는 교과서 성격을 띠고 있음에도 독서 중 흥미를 잃지 않게 한다는 점에서 기여한 바 크다. 정사(正史)에 곁들여 역사 속 숨은 이야기에 관심을 가져보는 것도 나쁘지 않다.

나는 역사적 인물의 평전(評傳)을 즐겨 읽는다. 특정 인물의 인생사를 속 깊이 관찰할 수 있어 좋기도 하지만 그가 살았던 시대를 눈여겨 들여다보는 재미 또한 쏠쏠하다. 정도전 평전과 유성룡 평전을 통해 각각 조선건국 과정과 임진왜란 전시 상황을 자연스럽게 살펴볼 수 있다. 또 이완용 평전과 여운형 평전을 읽으면 조선 패망 과정과 해방정국을 재미있게 이해할 수 있다.

어린 학생들이나 젊은이들의 경우 역사를 공부하며 역사 속 존경하는 인물을 인생의 멘토로 정해 보는 것도 의미 있는 일이다.

글쓰기를 즐겨 해야 하는 이유
생각을 단련하는 지름길, 내친김에 책을 출판해 보자

◆

◆

"어디서 무엇을 하느냐가 중요하지 않단다. 중요한 것은 그 사람이 늙어 죽을 때까지 책을 읽고 글을 쓰며 사느냐다. 책을 읽고 글을 쓰는 사람은 늘 설렌다. 그 무엇인가가 기다리고 있기 때문이다. 아까와는 다른 지금을 만드는 사람이다. 책을 읽고 글을 쓰는 사람은 세상을 자세히 보는 사람이고 또 글을 쓰면 세상을 자세히 보게 된다. 그래야 자기가 하는 일을 자세히 보게 되고 그래야 자기가 하는 일을 잘하게 된다. 글은 자기가 하는 일을 도와준단다."

섬진강 시인 김용택이 아들에게 보낸 편지에서 독서와 글쓰기의 중요성을 강조한 대목이다.(〈마음을 따르면 된다〉)

김용택이 조언하듯 인생에서 글쓰기는 독서만큼, 아니 독서 이상으로 중요하다. 그러나 독서를 즐겨 하는 사람은 적지 않지만 글쓰기를 즐기는 사람은 그다지 많지 않다. 그 유용성을 인식하지 못하는 데에다 귀찮다는 생각 때문일 것이다. 어릴 적 학교교육 잘못이 크다.

초등학교 시절 일기 쓰기에 관해 나쁜 기억을 가진 사람이 많을 것이다. 일기를 의무적으로 써야 했기에 방학숙제의 기본 아이템이었으며, 계속 미루다 개학 전날 벼락치기로 쓰면서 지나간 날의 날씨를 알 수 없어 곤혹스러웠던 기억이 난다. 담임선생님한테 일기장을 검사 받아야 하는 모멸감은 자못 컸다.

초등학생에게 일기문 작성은 가장 효율적인 글쓰기 학습법일 텐데 그 교육이 제대로 이뤄지지 못했다. 어떤 선생님은 내용을 따지며 망신을 주곤 했는데, 그런 환경에서 어떻게 좋은 일기문을 작성할 수 있겠는가. 거기다 교과목마다 주입식 학습을 했으니 글쓰기 교육은 사실상 전무했다고 봐야겠다.

글쓰기는 인생과 세상을 마주하는 거룩한 일이다. 어느 누구도 글쓰기를 외면할 수 없고 외면해서도 안 된다. 어떤 형식, 어떤 내용이든 글을 써야 풍성하고 정확한 생각을 하게 되고, 독서와 학습 욕구를 키울 수 있다.

글쓰기는 생각을 정리하고 단련하는 지름길이다. 조지 오웰은 "글쓰기를 잘 못하는 사람은 생각도 잘 못한다. 생각을 잘 못하면 남들이 생각을 대신해 줘야 한다."고 했다.

대입을 앞둔 고3 학생이 자기소개서를 써 보면 자신이 어떤 분야에 관심이 있으며, 어떤 일을 잘하는지 새삼 발견하게 된다. 자기소개서를 쓰기 전엔 막연하게 생각한 것들이 한꺼번에 정리된다는 느낌이 들 것이다.

취업을 위한 자기소개서를 쓸 때에도 마찬가지다. 대학에서 무엇을 배웠으며, 자기한테 부족한 점이 무엇인지를 알게 되고, 희망 기업에 가서 어떤 기여를 하게 될지 가늠할 수 있게 된다. 대학과 기업에서 자기소개서를 써내라고 하는 이유다.

그런데 정작 대학 입시생이나 취업준비생이 자기소개서를 제대로 쓸 줄 몰라 쩔쩔매는 경우가 많다. 부모에게 의지하거나 전문학원에 돈을 주고 맡기는 경우도 있다. 부끄러운 일이 아닐 수 없다. 남이 대신 써 주는 글이 좋을 리 만무하다.

기업에 다니는 사람은 매일같이 각종 보고서를 쓰고 기획안을 작성해야 한다. 때론 거래처에 자기주장을 담은 이메일을 보내야 한다. 이런 문서를 잘 작성하는 사람이 십중팔구 일을 잘한다. 자기 업무를 제대로 수행하는 사람이라야 좋은 보고서를 작성할 수 있다는 뜻이기도 하다.

신문사 논설실에 근무하며 대학교수를 포함해 특정 분야 전문가라는 사람에게 원고를 청탁해 보면 보내온 글을 통해 그 사람의 실력을 짐작할 수 있다. 논리력과 설득력을 갖추지 못한 글을 쓰는 사람에게서 좋은 아이디어를 얻을 수는 없다. 창의성이 없는 사람에게서 문제 해결 능력을 기대하기 어려운 건 당연하다.

이런 점을 감안할 때 우리나라의 경우 지금부터라도 각급 학교에 글쓰기 교육을 크게 강화할 필요가 있다. 초등학교 6년간 공부는 독서로 시작해서 글쓰기로 끝내도 무방하다.

중고등학교에서도 글쓰기 과정을 대폭 확대해야 한다. 미국이나 유럽의 중등교육 과정을 들여다보면 에세이 작성 비중이 매우 크다. 우리나라에서 이런 나라에 유학을 가면 에세이 작성을 잘 못해 곤란을 겪는 경우가 많다.

대학도 크게 다르지 않다. 하버드대에선 입학하자마자 글쓰기 강좌를 필수로 이수해야 한다. 미국의 대학생들은 재학기간 중 종이 무게로 평균 50킬로그램 이상 글을 써야 졸업할 수 있다.

종이시대가 기울면서 종이로 된 책을 읽거나 종이에 글 쓰는 일이 크게 줄어든 건 사실이다. 하지만 다양한 뉴미디어 플랫폼 등장으로 그 기능은 여전히 살아 있다. 초연결사회에 사는 우리는 글을 통해 긴밀하게 소통하고 있다. 글을 잘 써내지 못하면 도태되기 십상이다. 글쓰기를 학교에서 배우지 못했다면 연령대와 상관없이 스스로 꾸준히 연습하는 것이 좋겠다.

다행히 요즘 글쓰기와 관련된 책이 많이 출간되고 있다. 글쓰기 강좌도 여기저기서 자주 열린다. 그만큼 글쓰기를 배우려는 수요가 많다는 뜻이다. 누구나 글을 쓰는 것은 커다란 행복이다.

내친김에 책을 출판해 보는 것도 방법이다. 책 내는 것, 별 것 아니다. 인터넷과 스마트폰으로 관심 분야 독서를 무한정 할 수 있기 때문에 그 내용을 잘 편집해서 각자 생각을 싣기만 하면 책이 된다. 글쓰기 테크닉은 금방 배울 수 있다.

자존감의 중요성
먼저 나를 사랑하고, 남의 시선에서 벗어나야 평안해져

◆

◆

지인 중에 자존감이 결핍된 자녀 때문에 걱정하는 사람이 있다. 아들이 서울의 명문대학을 졸업하고 곧장 대기업에 취직했으나 불과 1년 만에 그만뒀다. 회사 내 조직 적응이 잘 안 됐다고 했다.

'행정고시' 보겠다고 2년여 동안 공부했으나 실패하고, 제약회사에 재취업했다. 역시 1년 만에 그만뒀다. 한동안 쉬다가 지금은 대학 선배 주선으로 스타트업 회사에 다니는데, 자신의 기여도가 낮다며 퇴사를 생각 중이라고 한다.

아버지는 아들이 어릴 때부터 지나치게 내성적인 성격임을 걱정했으나 사회생활에까지 문제가 생길 줄은 몰랐다. 초등학교 때부터 공부를 곧잘 했고 대학 입시도 무사히 치러냈으나 친구를 제대로 사귀지 못하는 게 흠이었다.

마음씨 착하고 외모도 무난하고 말솜씨가 전혀 없는 것도 아님에도 나이 들어서까지 사람 사귀는 걸 힘들어 하길래 심리상담을 받아봤더니 '자존감 결핍'이라는 진단이 나왔다.

자존감 결핍을 질병으로 규정하긴 어렵다고 본다. 정신건강 전공하는 의사가 보면 환자로 보일지 몰라도 사회 생활하는 데에 크게 문제가 되는 건 아니다. 남한테 피해 주는 것은 더더욱 아니다. 다른 사람들과 더불어 사는 데에 다소 불편할 뿐이다.

그러나 우리네 인생의 목표가 행복한 삶이라고 생각하면 자존감 부족한 사람은 상당히 불리한 입장에 처해진다. 개인의 자존감이 행복에 미치는 영향은 매우 크기 때문이다. 상담 심리학자나 정신의학 전문의가 아니라도 쉽게 동의하는 명제이다.

누구나 행복은 '관계'의 원활함 여부에서 비롯된다. 부부, 부모, 자녀, 친구, 연인, 선후배, 공동체 할 것 없이 나와 타자와의 관계가 잘 돌아가면 행복하고 그렇지 않으면 불행하다. 너무나 당연한 얘기다.

그런데 타자와의 관계를 결정짓는 핵심적인 요소가 자존감이다. 나와 나 자신과의 관계를 멋지게 형성해야 남과의 관계도 멋진 모습으로 다가온다. 내가 나를 사랑하고, 내가 스스로를 괜찮은 사람이라 생각하고, 또 내가 나름 능력 있다고 자부심을 갖는 게 자존감이다.

이런 마음을 가져야 남들이 나를 사랑하고, 또 내가 남들을 사랑할 수 있게 된다. 반대로 내가 나를 보잘것없다거나 부끄럽다고 여길 경우, 또 나 스스로를 인정하지 않을 경우 남들로부터 사랑 받기 어렵다.

자존감이 부족한 사람은 지나치게 남의 인정을 갈구하게 된다. 자기 자신을 사랑하지 않는 사람은 왜 자신을 사랑해 주는 사람이 없느냐고 한탄하게 된다. 남들은 자기를 전혀 무시하지 않는데도 인정받지 못한다고 자책하기 일쑤다. 이런 사람이 행복할 수는 없다. 삶이 얼마나 피곤할까. 맹자는 이런 말로 자기 자신을 사랑하라고 가르친다.

"사람은 반드시 스스로를 업신여긴 후에야 남에게서 업신여김을 받으며, 집안도 반드시 스스로 비방한 후에야 남들로부터 비방 받게 되며, 나라도 반드시 스스로 공격한 후에야 다른 나라로부터 공격받는다."

자존감 부족한 사람이 단시간에 그걸 회복하긴 쉽지 않을 것이다. 자기 자신을 사랑하는 게 말은 쉽지만 결코 간단한 문제가 아니다. 어쩌면 줄곧 지켜온 인생관과 생활방식을 깡그리 바꿔야 할지도 모른다. 하지만 자신의 행복을 가꾸기 위해서는 피나는 자기 변신이 필요하다.

나는 자존감 증진의 첫 출발은 자기 몸을 사랑하는 데에서 해야 한다고 생각한다. 자신의 신체 각 부위에 대해 100% 만족하는 사람이 과연 있을까. 없다고 본다. 만족하지 못하는 가장 큰 이유는 남과의 비교 때문일 것이다.

남과 계속 비교하다 보면 끝이 없다. 미스코리아쯤 돼야 만족할 것 아닌가. 성형수술을 아무리 해도 만족의 끝은 없다. 그렇다면 나의 신체가 이 정도면 얼마든지 매력적이라고 스스로 선언을 해 버리면 어떨까 싶다. 남들의 평가나 남과 비교하는 습관은 철저히 무시해 버리고 말이다.

결국 자존감은 자기 스스로 키워나가야 한다. 남은 아무 소용이 없다. 심지어 부모의 도움조차 필요 없을지도 모른다. 나는 나다. 내 인생 내가 산다. 나 하고 싶은 대로 하고 산다는 생활 철학을 확립해 꾸준히 실천해 나가는 게 중요하다.

특히 남에게 칭찬이나 인정을 기대하느라 힘 빼지 않는 게 중요하다. 칭찬의 함정에서 벗어나야 자신이 건강해진다. 정신과 의사 프리츠 펄스의 진단에 귀 기울여 보자. "남들에게 의존하는 성격은 우리를 노예로 만든다. 특히 자기 존중의 경우에 그렇다. 만인의 격려와 칭찬을 받아야 직성이 풀린다면 이는 만인을 자신의 심판관으로 삼는 것과 같다."(김환영의 〈곁에 두고 읽는 인생 문장〉)

물론 이는 성인들에게 해당되는 얘기다. 나이 어린 자녀들에겐 틈

날 때마다 이런 생활 철학을 가질 수 있도록 사랑의 조언을 해 줄 필요가 있다. 특히 어린 시절 대인관계에 다소 문제가 있다 싶을 때엔 자존감 부족 여부를 부모가 조기에 발견해서 도와야겠다.

나는 자존감을 키워 행복의 길로 안내하는 최고의 저서로 심리학자 웨인 다이어가 쓴 〈행복한 이기주의자〉를 꼽는다. 책 머리에 소개된 '행복한 이기주의자가 되기 위한 10가지 마음가짐'만 읽어도 답이 떠오른다.

1. 먼저 나를 사랑한다
2. 다른 사람의 시선에서 벗어난다
3. 과거에 얽매이지 않는다
4. 자책도 걱정도 하지 않는다
5. 새로운 경험을 즐긴다
6. 모든 선택의 기준은 나다
7. 다른 사람과 비교하지 않는다
8. 미루지 않고 행동한다
9. 다른 사람에게 의존하지 않는다
10. 내 안의 화에 휩쓸리지 않는다

외모보다 중요한 것

비교 말고 자존감 가져야. 매너, 표정, 화법에서 매력 찾자

◆

◆

　고향친구가 단체 카톡방에 이런 우스개 글을 올렸다.

　"친구들아 지금 죽으면 안 된다. 어떤 사람이 죽어 천국에 갔는데 한참 공사 중이어서 들어가지 못했단다. 무슨 공사인지 물었더니 한국 사람들이 성형수술을 하도 많이 하는 바람에 천국에서 본인 확인하는 데 어려움이 커 생체자동인식 시스템을 설치하고 있다네. 시간이 오래 걸린다고 하니 참고하길." 꽤나 알려진 버전 아닐까 싶은데, 농담으로 웃어넘기기엔 자못 씁쓸한 얘기다.

　우리사회의 외모 중시, 성형 풍조는 도를 넘어도 한참 넘었다. 직장 다니는 딸아이들 얘기. "젊은 외국인을 만날 때 첫인사가 성형인 경우가 종종 있다. 대놓고 너도 성형을 했느냐, 어느 부위를 했느냐고 묻는다. 마치 한국인 모두가 성형수술을 하는 것처럼 비쳐지는 건 정

말 부끄럽고 속상하는 일이다."

성형수술을 모두가 하는 건 당연히 아니겠지만 참 많이 하는 건 사실이다. 서울 강남 거리를 걸어 보라. 건물마다 성형외과 간판이다. '성형민국'이란 말이 괜히 나온 게 아니다.

남녀노소 할 것 없이 외모가 좋으면 세상 살아가는 데 다소 유리한 건 사실이다. 사람의 겉보다 속을 보라고 다들 말하지만 먼저 보이는 게 겉이니 어쩔 수 없는 측면이 있다. 외모는 처음 내미는 명함이란 말도 있다.

당나라 때 정립돼 조선에까지 건너온 관리채용 기준 '신언서판(身言書判)'을 굳이 잘못된 것이라고 누가 말할 수 있겠는가. 신(身)은 건강과 외모를 뜻하는 개념일 텐데, 4개 덕목 중 제일로 꼽았다.

외모가 중시되는 건 아름다움을 좋아하고 추한 것을 싫어하는 인간 본성 때문이라고 본다. 잘생기거나 예쁜 사람, 몸매가 좋은 사람에 대한 이끌림은 본능에 가깝다.

조선시대 도학정치를 추구했던 조광조도 미모의 여성한테 눈길이 갔던 모양이다. 기묘사화 때 조광조 등 사림과 숙청에 앞장선 남곤과 얽힌 일화 한 토막.

"조광조가 소싯적 어느 날 남곤과 함께 길을 가는데 미모의 여인이 옆을 지나갔다. 조광조는 자신도 모르게 자꾸 뒤를 돌아보며 눈길을 보냈지만 남곤은 눈길 한번 주지 않고 앞만 보고 걸어갔다. 집에 돌아온 조광조는 이를 부끄럽게 여기며 어머니 앞에서 자신을 한탄했다. 그런데 어머니는 의외로 남곤을 가리켜 인간미 없는 차갑고 모진 사람이라 언젠가는 많은 사람의 피를 흘리게 할 거라고 단정하면서 그와의 교유를 금하라고 일렀다."(손문호의 〈옛사람의 편지〉)

나이깨나 먹은 나도 얼굴 점 빼고 머리숱에 신경 쓰고 있으니 내심 '조광조의 시선'을 의식하고 있다는 뜻이겠다. 그럴진대 젊은이들이 성형외과나 피부과, 안과, 치과를 찾아 외모 가꾸는 걸 어떻게 탓할 수 있겠는가. 취향에 따라선 외모에 최고의 비중을 두는 사람도 있을 수 있다.

문제는 외모지상주의가 우리 사회 전반에 만연해 있다는 사실이다. 인간 내면의 모습을 자세히 관찰하기도 전에 외모에 가치의 중심을 두고 평가하는 풍조는 분명 잘못된 것이다.

외모지상주의가 타파돼야 하는 이유는 이른바 '워런 하딩의 오류'가 잘 설명해 준다. 1921년부터 2년간 미국 대통령을 지낸 워런 하딩은 그 시절 꽃미남의 대명사였다. 잘생겼다는 이유로 상원의원 시절부터 열렬 지지자들을 몰고 다녔다. 때마침 대통령 선거에서 전체 여성한테 처음 투표권이 부여된 데 힘입어 여성들에게 인기가 높은 그가 압승할 수 있었다. 하지만 하딩은 유약하고 무능한 데다 도박과

불륜 등 막장에 가까운 사생활이 드러나 역대 최악의 대통령으로 평가 받는다.

그럼에도 불구하고 우리 사회에는 대중매체, 특히 영상매체가 외모지상주의를 끝없이 부추기고 있다. 외모와 아무런 상관도 없는 부분에 대한 평가까지 외모와 연결 짓다 보면 엉뚱한 피해자가 생긴다. 못생겼다는 이유로 능력을 정당하게 평가 받지 못하는 것은 억울한 일이다.

이 때문에 취업 불이익을 포함해 생존권을 위협받는 경우도 있다. 외모를 관리하려면 시간과 돈이 필요하다. 시간과 돈이 적은 사람이 불이익을 당할 수밖에 없는 불공평 구조다.

외모지상주의 탓에 삶에 자신감을 잃거나 우울증 등 정신질환을 겪는 젊은이가 적지 않다는 사실은 걱정스러운 일이다. 우리 구성원 모두가 각성하고 책임져야 할 사회 병리다. 외모지상주의를 완화, 혹은 퇴치하기 위한 법적, 제도적 개혁을 서둘러 추진해야 하는 이유다.

이보다 더 중요한 것은 개인 스스로가 외모지상주의에 휘둘리지 않고 자기 외모에 뚜렷한 주관을 가져야 한다는 점이다. 심리학자 웨인 다이어의 조언은 아무리 강조해도 지나치지 않다.

"내 몸이 바로 나다. 그러므로 자신의 몸을 싫어한다는 것은 자신을 인간으로서 받아들이지 않겠다는 말이나 매한가지다. (중략) 자신의 신체를 좋아하겠다고 결심하고 자신의 신체가 자신에게 소중하고 매력적이라고 스스로에게 선언하라. 그렇게 함으로써 다른 사람들의 비교나 평가는 거들떠보지도 말라."(《행복한 이기주의자》) 자존감이 중요하다는 뜻이겠다.

자기 외모에 높은 수준의 자신감을 갖고 사는 사람이 과연 몇 퍼센트나 될까. 아마도 비율이 그렇게 높진 않을 것이다. 어쨌거나 자신이 없다면 없는 것이다. 하지만 젊은이들이 끊임없이 남과 비교하며 외모 가꾸기에 몰두하는 대신 자기만의 독특한 매력 발굴에 나섰으면 좋겠다. 멋진 웃음, 밝은 표정, 청아한 목소리, 품격 있는 화법, 시의적절한 유머, 예절과 센스….

외모 출중하지 않아도 대중에게 사랑 받는 탤런트나 가수, 개그맨이 부지기수이다.

죽은 조상보다 산 조상
과거 지향적 제사 모시기와 산소 돌보기 더 간소화할 필요

◆

◆

내가 결혼할 때 양가 상견례 모습. 양쪽 부모님 모시고 여섯 명이 만났다. 내 부모님은 아내와 첫 만남이었다. 인사 나누자마자 아버지가 먼저 말을 꺼내셨다.

"그래 처자한테 먼저 한 가지 물어보자. 듣자 하니 성당에 다닌다는데 예수 믿는다는 뜻 아닌가. 우리는 뭐니 뭐니 해도 조상신을 최고로 친다. 예수 믿으면 조상 제사를 지내지 않을 수도 있다는 말 아닌가."

장인어른이 얼른 말을 받았다. "어르신 제가 대신 말씀 드리지요. 저는 아이들에게 종교의 자유를 주고 있습니다. 저는 유교를 지키고 있고요, 조상 제사도 정성껏 모십니다. 큰아이는 미국 건너가서 사는

데 교회를 다니고, 다른 아이들은 또 자기네들 알아서 성당을 다닙니다. 그런데 성당 다니는 아이들은 제사를 모실 수 있습니다."

아버지는 금방 흡족해 하셨고, 양가는 곧바로 날짜를 잡아 속전속결로 결혼 행사를 마무리했다. 당시 우리 집은 유교문화에 철저하게 젖어 있었다. 충효와 인의예지, 삼강오륜이 사고와 행동의 절대 기준인 것처럼 여기며 살았다.

우리의 전통이 그랬고 굳이 그것을 대신할 만한 정신적 이념이 따로 없었으니 군말 없이 따른 것이다. 내심 자부심 비슷한 게 있었고 은근히 자랑스럽기도 했다. 그 중요한 잣대 하나가 조상 숭배였다. 제사 잘 모시고, 산소 잘 돌보는 사람이어야 훌륭하다는 생각이다.

실제로 우리 집에선 아버지 살아계실 때까지만 해도 4대 봉제사를 했다. 아버지 기준으로 고조부모까지 제사를 지낸다는 뜻이다. 그렇게 하면 대략 기제사 8번에다 명절 제사 2번 합쳐 매년 10번씩 제사를 지내야 했다. 음력 10월에 산소에서 지내는 시제(묘제)는 별도다.

온 식구가 제사에 지극정성을 들이지 않으면 안 되었다. 새 달력을 받으면 누군가 새해 제사 날짜부터 제일 먼저 기록했고, 어머니는 기억 잘 했다가 제사 음식 마련하는 데 한 치의 차질도 없어야 했다. 손주들은 어디서 무얼 하든 제사에 참석해야 했다.

지금이야 조부모님까지 2대에다 명절 제사만 모시기에 많이 간소화되었지만 아직도 부담이 적지 않다. 여러 산에 흩어져 있던 산소를 한 곳에 작고 예쁘게 정리한 것은 그나마 다행이다.

제사와 성묘. 비록 죽은 조상이지만 나의 뿌리를 찾아 그분들의 유훈을 되새긴다는 것은 의미 있는 일이다. 유교적이든 기독교적이든 불교적이든, 예를 갖추는 방식의 차이는 그다지 중요하지 않다. 이를 계기로 가끔 자손이 한 자리에 모여 정을 나누는 것 또한 나쁘지 않다.

문제는 정신적, 물리적으로 부담을 가질 정도로 과하게 예를 갖추는 데에 따른 부작용이다. 구성원 모두가 공감을 이뤄 기쁜 마음으로 제사 모시기와 산소 돌보기를 하는 건 걱정할 게 없다.

하지만 주변 사람들에게 각각의 사정을 들어보면 불화 요소가 여전하다. 특히 젊은이들의 주장을 들어보면 과거 지향적 행사에 지나치게 힘을 쏟는 데 대한 불만이 작지 않다. 제사를 준비하고 참석하는 문제, 벌초와 성묘하는 문제를 더 간소화하자는 의견이 많다.

따지고 보면 조상 숭배는 과거 대신 미래를 지향하는 21세기 젊은 이들에게 전혀 맞지 않는 정서다. 이는 고대 중국의 현인 공자가 '논어'에서 가르친 말 한 마디에 근거한 것이다. "죽으면 예를 갖추어 장사 지내고, 또 예를 갖추어 제례를 지내야 할 것이다."

공자의 이 한마디 '예' 때문에 우리는 지금도 과거의 그늘에서 벗어나지 못하고 있는지도 모른다. 조상에게 예를 제대로 갖추지 못하면 '상놈' 취급 당하는 게 우리네 전통이었고, 지금도 이런 정서가 상존한다. 오래 전 중국문화학자 김경일은 저서 〈공자가 죽어야 나라가 산다〉에서 이런 문화를 신랄하게 비판한 적이 있다.

동양 3국 가운데 유교 종주국인 중국은 20세기 중반 사회주의 혁명을 계기로, 일본은 그보다 훨씬 앞서 메이지 유신 및 개혁개방 정책을 추진하면서 공자와 유교를 내쳤다. 우리는 이들 두 나라와 달리 서방 기독교 문화를 빠르게 받아들이면서도 유교 문화에 지나치게 집착했다.

지금도 유교 문화의 좋은 점은 당연히 계승 발전시켜야 한다. 하지만 주자학이라는 과거의 옷자락에 휩싸여 개개인의 전진을 방해하는 조상 숭배 문화는 적절히 정비할 필요가 있다. 가가례(家家禮)라고들 하지만 벌초의 수고를 덜 수 있도록 산소를 정비하고, 제사의 횟수를 가급적 줄여나가는 게 바람직하다고 본다.

죽은 조상보다 산 조상이 더 중요하지 않은가

2

말의 품격

입은 닫고 지갑은 열라고 한 이유

다변은 자기자랑의 표현일 뿐. 경청은 동서고금의 가르침

◆
◆

1994년 추석 무렵으로 기억된다. 야당 지도자 김대중이 미국 워싱턴 외곽의 한식당에서 기자 몇 명과 저녁을 함께했다. 2년 전 대통령 선거에 패하고 정계 은퇴한 상태지만 내심 차기 대선을 노릴 때였다.

자신을 홍보할 수 있는 절호의 기회라고 생각해서일까. 기자가 한마디 물으면 열 마디, 스무 마디 아니 10분, 20분씩 장광설로 답했다. 국내 정치에 대해선 말을 아끼면서도 북핵 해법을 포함한 국제정세, 한미 관계, 자신의 과거 정치 행적에 대해서는 거침이 없었다. 너무하다 싶을 정도로 다변(多辯)이었음을 지금도 생생히 기억한다.

모처럼 만난 젊은 기자들의 의견도 경청하는, 열린 정치인이면 좋으련만… 자리를 파하면서 나는 동석했던 동교동 핵심 인사에게 결

국 한 소리 하고 말았다. "오늘 보니 DJ 선생 안 되겠어요. 너무 말이 많으셔. 역시 70세는 노인인가 봐요."

당시 김대중의 최대 아킬레스건이던 '고령'을 건드렸으니 발끈한 건 불문가지다. "야, 나한테 한번 죽어 볼래. 너네들이 잘 모르니까 자상하게 설명해 주시는 거지."

김대중 같은 정치인이야 말로 먹고 사는 사람이니 말 많은 게 이해가 된다. 자신을 홍보하고, 자기주장을 펼치려면 입을 열 수밖에 없을 터이다. 하지만 대다수 보통 사람들에게 다변은 결코 좋은 인상을 주지 않는다. 공사석 막론하고서다.

반드시 발언해야 할 시점에 침묵을 지키는 것도 문제지만 남의 말 듣지 않고 자기주장만 해대는 건 꼴불견이다. 생각의 가벼움에다 신뢰의 결여를 느끼게 한다.

말수를 줄이고, 대신 경청하라는 건 동서고금의 일치된 가르침이다. '창조주가 사람의 귀를 두 개 만드는 대신 입은 하나만 만든 이유를 생각해 보라는 경구, 자못 울림이 크다. 성경에도 말을 적게 하라는 구절이 많이 나온다. 예수는 말 많은 율법학자들을 조심하라며 남에게 잘 보이려고 기도를 길게 하는 행태를 강하게 꾸짖었다.

소크라테스식 산파술. 자기주장이 옳다고 떠들거나 가르치려 들기보다 적절한 질문을 통해 상대방을 스스로 이해시키는 방식, 이 얼마나 효과적인 대화법인가. 탈무드엔 '입보다 귀를 더 높은 위치에 놓아라. 입은 적을 만들고 귀는 친구를 만든다'고 전한다.

'웅변은 은이요 침묵은 금이다'란 서양 격언은 언제 들어도 가슴에 와 닿는다. 미시간 대학 총장을 38년이나 재임한 제임스 앤젤은 퇴임을 앞두고 오랫동안 중책을 유지한 비법을 묻는 기자 질문에 '나팔보다 안테나를 높이고 살았다'고 회고했다. 구성원의 온갖 요구사항과 불만을 성능 좋은 안테나를 통해 경청했다는 얘기다.

율곡 이이는 '격몽요결'을 통해 이렇게 가르쳤다. "많은 말과 많은 생각은 마음에 해롭다. 일이 없으면 조용히 앉아 마음을 가다듬고, 다른 사람과 마주하면 말을 가려서 간결하고 신중하게 해야 한다. 때에 맞게 행동한 후에 말을 할 경우 말이 간략하지 않을 수 없다. 말이 간략한 사람이야말로 도리에 가까운 법이다." 이청득심(以聽得心), 과 언무환(寡言無患)은 결코 빈말이 아닐성싶다.

한창 활동할 시기 말 많은 건 또 이해가 된다. 사업을 하거나 직장생활 하다 보면 자기 홍보 필요성을 느낄 때가 많다. 다변은 왕성한 사회활동의 표현일 수도 있다. 집에서 가족끼리 대화하며 떠드는 건 또 무슨 문제가 되겠는가. 귀담아들을 필요조차 없는 잡소리일지언정 가족 구성원 간 친밀도를 높이는 수단이 될 수도 있을 게다.

문제는 나이 들면서 남 앞에서 괜스레 말이 많아지는 경우다. 이는 기본적으로 '너희는 모르지. 나는 안다' 식의 자기과시적 심리가 작동하기 때문이라고 본다. 가르치려 드는 꼴이다. 지식으로든 지혜로든 대화 상대가 수준이 더 높을 경우 얼마나 짜증이 나겠는가. 마주 앉은 사람이 젊은이라면 꼰대란 소리 듣기 십상이다.

다변은 자기자랑으로 발전하는 경우가 많기에 더더욱 경계할 일이다. 상대가 시기 질투심을 느낄 경우 분위기가 싸늘해질 수도 있다. 경로당에서 '손주 자랑하려면 만 원 내놓고 하라'는 말이 괜히 나오는 게 아니다. 관심도 없는, 듣고 싶지도 않은 얘길 왜 하느냐는 뜻 아니겠나.

남 얘기 할 때가 아니다. 나도 언젠가부터 부쩍 말이 많아졌다. 주변 사람들이 그렇게 평한다. 노화 신호일 수도 있다는 생각에 아찔하다. 나이 들수록 입은 닫고 지갑은 열라 했건만 벌써 그게 잘 안 지켜지려 하니 문득 걱정이다.

나도 어릴 적엔 말이 적은 편이었다. 초등학교 시절 학교에서 집으로 보내는 가정통신문에는 '과묵하고 성실하다'란 평이 자주 실렸다. 내심 '과묵'이라는 표현이 싫었다. '말 잘하고 활달하다' 뭐 이렇게 평가해 주면 좋으련만... 상급학교에 가서도, 신문기자 생활을 하면서도 크게 달라지지 않았다. 기본적으로 나서는 걸 싫어하는 성격이었나 보다. 원래 말주변이 없었기에 아마 그랬을 것이다.

그런 내가 왜 말이 많아졌을까. 요즘 가끔씩 해 보는 자문(自問)이다. 역시 노화 현상인가. 그게 사실이라면 섬뜩한 일이 아닐 수 없다.

낮고 조용하게 말하기

말은 솜씨보다 향기가 중요, 적게 사실만 적시에 사랑으로

◆

◆

초등학교 시절, 성적표에 해당하는 가정통신문의 국어란은 듣기 말하기 읽기 쓰기 등 네 가지를 평가하는 것으로 구성돼 있었다. 소견이 짧았기에 이런 생각을 했을 것이다. '읽기와 쓰기는 중요하니까 당연히 가르치고 평가해야겠지만 듣기와 말하기를 왜 평가하지? 언어장애라면 몰라도 선생님 말씀 다들 잘 알아듣고, 친구들끼리 하고 싶은 말 모두 잘하고 있는데…'

받아쓰기를 하다 보니 듣기는 그나마 조금 의미가 있겠다 싶었지만 말하기를 평가한다는 건 초등학교 졸업 때까지 이해되지 않았다. 말하기도 중요하다는 걸 처음 깨달은 것은 한참 뒤 TV를 접하면서부터다. TV에 등장하는 도시 아이들, 특히 서울 아이들이 말을 참 조리

있게 잘한다는 생각을 하면서 부러움을 갖게 된 건 당연지사.

북한 아이들의 또렷또렷한 말솜씨엔 주눅이 들 정도였으니 더 말할 것도 없다. 결국 말을 잘하려면 그걸 제대로 가르치고 배워야 할 것 같다는 생각을 하게 됐다.

하지만 과거 우리네 학교교육 환경은 말하기와 거리가 멀었다. 줄곧 입시 위주 주입식 수업이었으며, 발표와 토론식 수업은 상상하기 어려웠다. 선생님한테 질문하는 것조차 자유롭지 못했다. 평가시험도 지필로만 했으니 말하기 학습의 기회가 원천 봉쇄됐던 셈이다. 그렇다고 부모한테 특별히 교육받는 것도 아니었다.

말은 다른 동물이 갖지 못한, 인간 고유의 의사소통 수단이다. 마음의 소리인 셈이다. 사람은 자신을 드러내려는 욕구가 큰 만큼 말을 참 많이 한다.

"보통 사람은 시간으로 따진다면 일생 동안 적어도 5분의 1을 말하는 데 소비한다. 하루 평균 50페이지짜리 책 한 권 분량의 말을 하는 셈이다. 또 보통 남자는 하루 평균 2만 5000개의 단어를 말하며, 여자는 남자보다 5000개 더 많은 3만 개 단어를 말한다고 한다. 꼼꼼하게 이런 계산을 해 본 어느 미국 학자의 조사 결과다."(홍사중의 〈삶의 품격〉)

누구든 세상을 살면서 말을 잘하면 참 편하고 좋다. 말 한마디로 천 냥 빚 갚는다는 속담도 있지 않은가. 말을 또박또박 솜씨 있게 하는 것은 부러움 살 만하다. 그런데 이보다 더 중요한 것은 말을 품격 있게 해야 한다는 사실이다. 그래야 본인의 선한 뜻이 밖으로 정확히 전달될 수 있기 때문이다. 남에게 제대로 인정받고 존경 받기 위해서도 그렇다. 말을 조리 있게 잘하는 것보다 품격 있게 하는 게 더 중요하다는 생각을 부쩍 자주하게 된다.

품격 있는 말이란 무엇인가. 동서고금을 막론하고 가급적 적게, 조심스럽게 말하라고 가르치고 있음은 우연이 아니다. '말이 입 안에 있을 때에는 네가 말을 지배하지만 입 밖에 나오면 말이 너를 지배한다.'(유대 격언) '입과 혀는 재앙과 근심의 문이요 몸을 죽이는 도끼와 같다.'(명심보감) '말을 하기에 사람은 짐승보다 낫다. 그러나 말을 바르게 하지 않으면 짐승이 그대보다 낫다.'(사아디 고레스탄)

불쑥 내뱉는 한마디가 천 명, 만 명의 귀와 입을 통해 순식간에 옮겨진다는 걸 생각하면 말은 참으로 조심해서 할 일이다. 성경도 이런 점을 각별히 상기시킨다. '입으로 들어가는 것이 사람을 더럽히지 않는다. 오히려 입에서 나오는 것이 사람을 더럽힌다'

말이 품격을 갖추려면 적게, 조심스럽게 하는 데에 더해 향기가 있어야 한다. '바르게 말하는 법'에 관한 황명환 목사(서울 수서교회)의 설교는 명쾌해서 좋다. 황 목사는 말할 때 세 개의 문을 통과하라고 조언한다. '첫째 문 : 사실만 말하라. 둘째 문 : 지금 이 순간 말하는 게 적절한지 생각하고 말하라. 셋째 문 : 사랑하는 마음을 갖고 말하라.' 셋째 문의 '사랑하는 마음'이 바로 말하는 사람의 향기 아닐까 싶다.

겸손은 향기의 또 다른 표현이라 생각된다. 친구 중에 말을 참 품격 있게 한다는 느낌을 주는 이가 있다. 우선 조용하게 말한다. 칭찬과 덕담을 주로 한다. 남의 말을 끊는 법이 없고, 대화에 천천히 끼어든다. 어떤 사안이든 '나는 이렇게 생각하는데 너도 생각이 비슷한지 모르겠다'는 식으로 조심스럽게 자기주장을 편다. 논쟁이 된다 싶으면 살짝 빠져버린다. 종합하면 겸손 아닐까 싶다.

이 친구가 퇴계 선생의 태도를 배우지 않았을까 생각해 본다. 퇴계 제자 김성일은 퇴계언행록에 이렇게 기록해 놨다. "(선생은) 비록 여러 의견이 다투어 일어나도 거기에 휩쓸리지 않았고, 말씀하실 때에는 반드시 상대방의 말이 다 끝난 다음에 서서히 조리 있는 한마디로 말씀하셨다. 그때에도 반드시 당신의 말씀이 옳다고 단정하지 않고, 오직 '내 부끄러운 견해가 이러한데 어떨까'라고 하셨다."(문광훈의 〈괴테의 교양과 퇴계의 수신〉)

우리나라 정치인들의 말솜씨는 뛰어나지만 도무지 품격이란 게 없다. 여야, 선수(選數), 나이 불문하고 막말과 욕설이 다반사다. 막말이 정치혐오를 부른다고 서로 삿대질이니 목불인견이다. 멀리 보아 가정과 학교에서 '품격 있게 말하는 법'을 아이들에게 제대로 가르쳐야 막말이 사라질 것이다. 가장 좋은 가르침은 어른들의 모범적 언행 아닐까 싶다.

유머는 행복 전도사
호감 살 수 있는 최고의 수단. 노력해서 배울 수 있는 영역

◆

◆

유머에 아주 능한 대학 동창이 있다. 모임 때마다 시종 친구들을 웃기려 하고, 참석자들은 연이어 박장대소다. 술 한 잔 마시지 않음에도 대화의 분위기를 이끌어간다. 원래 친한 사이여서인지는 몰라도 그 친구가 참석하는 만남은 항상 유쾌해서 좋다.

유머 있는 자리가 좋고, 유머에 능한 사람이 부러운 것은 어제오늘 생각이 아니다. 인간은 사회적 동물이라 남녀노소 불문하고 다른 사람과 어울려 살아야 하는 만큼 유머는 만남에서 최고의 활력소 아닌가 싶다.

유머는 사전적 의미와 상관없이 익살, 개그와 거의 같은 말이라 생각된다. 남을 웃기는 말이나 몸짓을 총칭한다고 봐야겠다. 웃음을

유발하는 기폭제다. 웃음이 행복감의 표현이라고 한다면 유머로 주변 사람들에게 웃음을 자아내는 사람은 행복 전도사라 하겠다.

젊은이들이 배우자를 고를 때 유머 감각 갖춘 사람을 찾는 이유다. 기업에서 이른바 '펀(Fun) 경영'이 유행하는 것도 같은 맥락이다. 또 몸이 아프거나 어려움이 있을 때 웃음은 최고의 치료제가 될 수 있다. 지그문트 프로이트는 유머를 '문제 상황에서 활용할 수 있는 대처 방법 중 최고의 책략이라고 규정했다.

사람들이 유머 감각이 뛰어난 행복 전도사를 좋아하는 것은 너무나 당연하다. 성공한 정치인 중에 유머를 잘 구사하는 사람이 많은 이유 아닐까 싶다. 10만, 100만 명이 모이는 대중 집회에선 목소리 높이는 웅변 스타일의 정치인이 잘 먹힐 수도 있다.

하지만 소규모 행사나 방송 매체에 출연해서는 차분하면서도 익살스럽게 얘기하는 정치인이 더 설득력이 있다. 현대 정치인들이 틈만 나면 유머를 구사하려는 이유다.

미국에서 유머에 능했던 정치인으로는 단연 에이브러햄 링컨과 로널드 레이건 대통령이 꼽힌다. 남북전쟁을 성공적으로 이끈 링컨은 유머의 위력을 누구보다 잘 아는 정치인이었다.

그는 정치 라이벌 스티븐 더글러스가 자신을 두 얼굴의 인간이라고 공격할 때 "청중 여러분의 판단에 맡기겠다. 만약 내게 얼굴이 하나 더 있다면 지금 이 얼굴을 하고 있을 것이라고 생각하느냐?'고 물으며 익살을 부렸다.

방송기자와 영화배우 경력을 가진 레이건은 유머에 천부적인 능력을 갖춘 사람으로 평가된다. 어떤 상황에서도 능청스럽게 말을 받아넘기는 재주가 있었다. 낙천적 성격에다 자신감과 여유가 뒷받침됐기 때문 아닐까 싶다.

정권 초기 청중에게 총을 맞아 병원에 실려 가며 "예전처럼 영화배우였다면 총알을 피할 수 있었을 텐데."라고 말해 주변을 웃겼다. 수술을 시작하는 의사에게는 "당신도 (나와 같은) 공화당원이면 좋을 텐데."라고 말해 수술실에 웃음바다를 연출했다.

2차 세계대전을 성공적으로 치러낸 영국 수상 윈스턴 처칠도 연설과 유머에 탁월한 정치인으로 기억된다. 키가 작고 대머리인 자신의 용모를 비꼬는 야당 의원들에게 "갓 태어난 아기는 모두 나를 닮았다."고 응수했다. 수상으로서 의회에 지각한 걸 지적 받자 그는 '나처럼 멋진 아내를 둔 사람이라면 누구나 제 시간에 집에서 나오기 힘들 것'이라고 말해 의사당에 폭소를 자아내게 했다.

점잔 빼는 우리나라의 정치인들도 은근히 유머를 즐긴다. 김대중 대통령은 TV에 출연해 1980년 사형선고 상황을 전하면서 "당시 아내(이희호 여사)가 '남편을 살려 달라'고 기도하지 않고 하느님 뜻에 따르겠다고 기도해 내심 섭섭했다."고 말해 웃음을 불렀다. 딱딱하기로 소문난 박근혜 대통령도 경상도 사투리 등을 소재로 자주 썰렁 개그를 했다.

유머는 레이건처럼 천성적으로 잘하는 사람이 있다고 본다. 쾌활한 성격에다 말솜씨가 좋은 사람이 잘할 가능성은 당연히 높다. 하지만 전문가들은 누구든지 배울 수 있는 영역이라고 말한다.

심리학자 고영건, 김진영은 저서 〈행복의 품격〉에서 '유머의 재능이 타고난 것이라고 믿는 것은 오해다. 유머 역시 다른 기술들과 마찬가지로 인생이라는 학교에서 반드시 배워야만 쓸 수 있는 삶의 기술'이라고 했다. 코미디의 황제라 불렸던 찰리 채플린도 처음 코미디를 시작할 때에는 관객들의 야유를 받을 정도로 유치했지만 각별한 노력으로 성공했음을 강조한다.

유머는 타이밍과 맥락이 핵심이다. 분위기를 잘 살려 순발력 있게 말솜씨를 발휘해야 한다. 이런 건 배움을 통해 터득할 수 있을 것이다. 유머 연습법과 관련한 책도 시중에 많이 나와 있다.

더 중요한 것은 공감과 사랑 아닐까 싶다. 나와 상대방의 처지를 깊이 이해하고 상호 공감을 이뤄야 유머가 꽃 피울 수 있다고 본다. 듣는 사람에게 사랑의 마음이 전해지는 과정에서 나오는 우스개라야 깊은 울림이 생길 것이다.

듣는 사람을 비판하거나 비하하는 과정에서 내뱉는 개그는 엄청난 실언으로 변질될 수도 있음을 유의해야겠다. 전혀 유머러스하지 않은 사람이 욕심으로 억지웃음을 유도하는 건 소름 끼치는 일일 수도 있다.

칭찬에도 요령이 필요하다
분명한 칭찬거리가 있을 때 결과보다 과정을 격려해야

◆

◆

'칭찬은 고래도 춤추게 한다'

비록 진부한 표현일망정 칭찬의 중요성을 이보다 잘 표현한 문장은 없다고 생각한다. 고래 전문가들에 따르면, 실제로 고래는 칭찬해주면 춤을 춘다고 한다. 고래가 이럴진대 인정받기 좋아하는 사람은 더 말해서 뭐하랴.

사회적 지위고하, 연령대 관계없이 누구나 칭찬 받는 걸 좋아한다. 대통령도, 재벌 총수도 예외가 아니다. 자신이 세상으로부터 인정받고 있다는 기분 때문일 것이다. 아부도 아랫사람이 윗사람에게 하는 칭찬이기에 싫어하는 사람은 거의 없다.

김영삼 전 대통령에 얽힌 일화 한 토막. 1992년 12월 대통령 선거에 임박해 중견언론인 모임인 관훈클럽 토론회에 참석해 자신의 정견을 설명하는 자리였다. TV로 생중계되는 가운데 패널 한 명이 농촌문제의 심각성을 지적하며 대책을 물었다.

'김영삼 후보'는 뜸을 들이더니 "기자 여러분, 아마 여러분이 잘 모르실 수도 있는데 농촌문제와 농업문제는 전혀 다른 것입니다."라며 자신감 있게 답변을 이어나갔다. 토론회 모습을 조마조마하게 지켜보던 대선 캠프 참모들은 눈을 휘둥그레 뜨며 손으로 V자를 해 보였다.

평소 선거 캠페인에서 '머리는 빌릴 수 있어도 건강은 빌릴 수 없다'며 머리(정책 수행 능력)보다 건강이 더 중요하다고 주장해 온 김 후보가 유권자들에게 머리에도 강함을 드러낸 것으로 해석한 것이다.

상도동 자택으로 따라온 참모들은 경쟁적으로 아부성 칭찬을 쏟아냈다. "후보님이 이제 정책에서도 김대중 후보를 앞선 것으로 국민들이 인정할 것 같습니다." 김 후보는 만면에 웃음을 띠며 참모들에게 "그래 오늘 기분 좋은데 와인 한잔씩 하자."며 자축 파티를 열었다. 그러고는 당선됐다.

칭찬과 격려는 누구에게나 기쁨을 주는 보상이다. 신경과학적으로도 일찍이 증명된 사실이다. 뇌 영상 기법을 통해 칭찬이 우리 뇌에 어떤 영향을 미치는지 연구 분석한 결과, 칭찬은 뇌에 그 어떤 보상보다 강력하게 보상 중추를 자극하는 기쁨임을 밝혀냈다. 특히 자라나는 아이들은 꽃과 나무가 물과 햇빛을 먹고 자라듯 칭찬을 먹고 성장한다고 봐야겠다.

하지만 칭찬은 요령 있게, 지혜롭게 해야 한다. 무턱대고 자주 많이 한다고 상대방을 기쁘게 하는 것은 아니다. 그런데 주변을 살펴보면 칭찬하는 법을 제대로 몰라 부적절하게 하다가 분위기만 흐리는 사람이 적지 않다. 그래서 아부하기는 쉽지만 칭찬하긴 어렵다는 말이 나온다.

칭찬 요령 제1 계명은 칭찬할 만한 이유가 분명히 있을 때 하라는 것이다. 상식적으로, 객관적으로 볼 때 칭찬 받을 일이 전혀 없는데 받을 경우 당황스럽다. 입에 발린 인사치레임을 상대방이 느끼게 되면 오히려 역효과를 가져올 수 있다.

그것이 지나칠 경우 '이 사람이 왜 갑자기 나한테 친절하게 굴지? 무슨 꿍꿍이가 있는 것 아닐까' 하는 생각까지 하게 한다. 이런 오해를 받지 않기 위해서는 칭찬할 만한 사실이 있다면 그것을 구체적으로 적시해 주는 것이 좋다. 새뮤얼 존슨은 "칭찬은 금이나 다이아몬드와 마찬가지로 희소성에서 그 가치가 나온다."고 했다. 별 생각 없이 자주 하기보다 임팩트 있게 하는 게 더 좋다는 뜻이다. 그런 의미에서 모든 사람에게 하는 칭찬은 사실 칭찬이 아니다.

칭찬할 때 또 한 가지 유의해야 할 점은 결과보다 과정을 중시하라는 것이다. 어떤 일에서나 결과가 좋은 사람을 칭찬하기보다 노력하는 과정을 제대로 평가해 주는 것은 굉장히 중요하다.

좋은 성과를 낸 사람을 칭찬할 경우 자만에 빠질 수 있지만, 최선을 다해 노력한 사람을 칭찬할 경우 다음 기회에 더 좋은 성과를 창출할 가능성이 높다. 자녀 성적에 관심 많은 부모는 말할 것도 없고, 크고 작은 조직의 관리자들이 특별히 유념해야 할 대목이다.

이와 관련한 심리학자 고영건, 김진영의 설명은 명쾌해서 좋다. "좋은 성적(또는 결과)에 대해서는 함께 기뻐하는 것이 중요하다. 그리고 성적(또는 결과)과는 무관하게 능력이 아니라 노력에 대해 칭찬하는 것이 지혜로운 칭찬의 기술이다."(《행복의 품격》)

거짓말이 필요할 때

검은 거짓말이 가장 나빠, 흰 거짓말은 유용할 수도

◆

◆

　당신은 거짓말을 얼마나 하시나요?

　미국 시카고 소재 러쉬 대학병원은 보통의 어른들이 일주일에 13번씩 거짓말을 한다는 조사 결과를 내놓은 적이 있다. 미국인 통계여서 우리한테 적용하는 게 무리일 수도 있겠지만 윤리도덕을 가진 인간이 거짓말을 참 많이도 한다는 생각이 든다. 하루 평균 두 번씩 거짓말을 하며 산다니 말이다.

　미국 사회는 청교도 전통의 영향으로 우리보다 거짓말에 대해 훨씬 엄격한 편이다. 우리한테는 욕설 축에 끼지도 않는 거짓말쟁이(liar)란 말이 아주 모멸적인 욕에 해당된다. 개망나니에 다름 아닌 뜻이란다. 그렇다고 보면 우리나라 어른들은 러쉬 대학 조사 결과보다 더 자주 거짓말을 하고 있는지도 모른다.

나는 어떨까. 가슴에 손을 얹고 생각해 본다. 전화 건 상대가 '지금 어디냐'고 물으면 내게 유리한 환경을 조성하고자 곧잘 거짓되게 대답하곤 한다. 약속 불이행 성격의 거짓말은 꽤 자주 한다. 양심의 가책도 안 느끼는 걸 보면 나도 천생 거짓말쟁이 아닌가 싶다.

거짓말은 주로 자신의 명예를 지키거나 남한테 돋보이게 하려는 욕심에서 비롯되지만 입을 빌려서 하는 일종의 사기라고 생각한다. 종류와 크기에 다소 차이가 있을 뿐 속임수가 분명하지 않은가.

임마누엘 칸트는 거짓말에 관한 엄숙주의자다. 그는 "진실을 말해야 한다는 것은 만인이 지켜야 할 도덕률이다. 여기엔 결코 예외가 있을 수 없다."고 주장했다. 흔히 흰 거짓말(white lie)이라 부르는 선의의 거짓말은 나쁘지 않다고들 하지만 칸트는 이조차 인정하지 않았다. 모르긴 해도 거짓말의 폐해가 너무나 크다는 생각을 했을 것이다.

살다 보면 누구나 어쩔 수 없이 한두 번 거짓말을 할 수 있다. 위기에 몰린 사람이 나쁜 상황에서 벗어나기 위해 거짓말을 하기도 한다. 문제는 거짓말이 또 다른 거짓말을 부르기 때문에 하면 할수록 늘어난다는 사실이다. 그러다 보면 어느새 거짓말이 습관이 되어 버린다.

거짓말은 남을 속이는 것이기 때문에 대인관계에서 치명적 악영향을 미친다. 상대방에 직간접적으로 피해를 줄 뿐만 아니라 인격적으로 자기 스스로 신뢰를 잃게 한다. 이를 모르는 바 아님에도 끊임없이 거짓말을 하고 있으니 어리석은 일이 아닐 수 없다. 친지, 친구 사이를 금 가게 하는 데에 기짓말이 결정적 역할을 하는 경우를 우리는 수없이 보게 된다.

사소한 거짓말은 인간관계를 그르치는 데에 그치지만 거대한 거짓말은 세상을 파탄시킨다. 19세기 후반에 등장한 가짜 문서 '시온 장로들의 의정서'가 대표적이다. 조셉 텔루슈킨은 저서 〈힘이 되는 말 독이 되는 말〉에서 역사학자 노먼 콘의 주장을 인용, 나치 독일이 600만 명의 유대인을 학살한 홀로코스트 배경에 이 의정서에 적힌 거짓말이 있었음을 제시했다.

동서양의 역사를 살펴보면 전쟁의 발발이나 진행 과정에 이런 일이 허다했다. 새빨간 거짓말이 선전전의 핵심이었으니 두말할 것도 없다. 6.25 한국전쟁도 예외가 아니다.

민주주의 꽃이라 불리는 현대 선진국가 선거에서도 거짓 선전이 난무하니 안타까운 일이 아닐 수 없다. 이런 선거를 거쳐야 정치인이 될 수 있으니 어느 나라 할 것 없이 거짓말쟁이 지도자가 끊임없이 배출된다.

나쁜 정치인들이 흔히 동원하는 새빨간 거짓말만 사회악인 것은 아니다. 교묘한 거짓말은 더 나쁠 수도 있다. 진실과 허위를 적당히 섞어 작심하고 남을 속이려 들면 속수무책일 수가 있다. 홍사중이 저서 《삶의 품격》에서 정리한 내용을 소개한다.

"시인 알프레드 테니슨의 시에 '시커먼 거짓말'이란 말이 나온다. 터무니없는 거짓말이라면 사람들이 믿지 않는다. 따라서 거짓말 절반, 사실 절반을 섞는다. 그러면 사람들을 쉽게 속인다. 이런 음흉한 거짓말을 '검은 거짓말'이라고 한다. 검은 거짓말이 순도 50%라면 새빨간 거짓말은 순도 100%가 된다. 그렇다고 새빨간 거짓말이 더 나쁜 건 아니다."

테니슨은 "진실을 절반 섞은 거짓말이 가장 흉악한 거짓말이고, 일부분이 진실인 거짓말은 새빨간 거짓말보다 더 다루기 어렵다"고 했단다. 아무리 다루기 어렵더라도 국회 청문회나 법정에 등장하는 교묘한 거짓말에 대해서는 사실 여부를 따져 엄하게 처벌해야 할 것이다.

하지만 우리가 긴 인생을 살면서 어찌 진실만을 말할 수 있겠는가. 나는 칸트의 엄숙주의에 동의하지 않는다. 허위의 언사라고 모두 죄가 될 순 없다. 사실을 있는 그대로 말해 얻는 유익이 전혀 없고, 오히려 고통을 유발할 경우 다소간 거짓말을 한다고 해서 나쁘지 않다고 본다.

어린 시절 많이 들었던 '명백한 거짓말 세 가지'가 지금은 분위기가 많이 퇴색됐지만 그런 거짓말 좀 한다고 크게 나쁘지 않다는 생각이다. '노인의 죽고 싶다는 말, 처녀의 결혼하고 싶지 않다는 말, 상인의 밑지고 판다는 말.' 그냥 우스갯소리로 들어 넘기면 그만 아닌가.

살다 보면 선의의 흰 거짓말은 유익을 주기에 장려할 만하다. 노인에게 집안의 걱정거리를 숨기는 일은 결코 나쁘지 않다고 본다. 내겐 탈무드에 나오는 '진실을 말하지 않아도 되는 세 가지 예외'가 가슴에 와 닿는다(이석연의 《호모 비아토르의 독서노트》)

1. 지식 : 탈무드의 특정 구절을 아느냐는 질문을 받는 학자는 과시를 피하기 위해 모른다고 거짓말을 할 수 있다

2. 환대 : 어느 집의 손님 접대가 어떠했는지 질문을 받는 경우 '환대를 받았다'고 거짓말을 할 수 있다

3. 성과 관련된 거짓말 : 부부의 성생활과 같은 질문을 받는 경우 거짓말을 할 수 있다

직급 호칭, 파괴하는 게 좋다
직급 대신 이름+님, 인격 존중으로 소통에 큰 도움

◆

◆

　화장품 기업 아모레퍼시픽에서 인턴 중이던 막내딸이 전하는 말에 귀가 솔깃했다. 이 회사에선 전 임직원이 지위 고하를 막론하고 이름 뒤에 '님'을 붙여 부른다는 것이다. 부장이니 대리니 하는 호칭이 아예 없다고 했다. 정말인가 싶어 확인해 봤더니 '태평양' 시절이던 2002년부터 시행 중이란다. 나만 몰랐던 건가.

　신기하게 받아들였기에 며칠 뒤 딸아이한테 '님' 호칭과 관련한 사내 분위기를 꼬치꼬치 물어봤다.

　"50대 부장급이 30대 대리나 평사원한테 자연스럽게 '님'이라 부르더냐."

　"아주 자연스러워요. 저한테도 꼬박꼬박 '님'이라 하는데요."

"그렇게 불리면 네가 민망하지 않냐."

"모두가 서로 그렇게 부르기 때문에 상관없는 것 같아요."

"그렇게 불리니까 기분이 좋냐."

"처음 보는 사이인데 이름 부르며 반말하는 것보다 아무래도 느낌이 좋지요. 뭔가 대접받는 기분이고요."

"네가 부장급, 차장급 아저씨한테 이름 부르기가 조심스럽지 않냐."

"처음에 좀 주저했지만 금방 괜찮아졌어요. 저는 목소리를 조금 작게 해서 부르긴 해요."

수평적 커뮤니케이션에 도움 되겠다는 기대감에 곧장 내가 책임자로 있던 조직에 적용해 보기로 했다. 팀장급 간부들의 첫 반응이 다소 미지근했지만 한 팀만 시범적으로 시행해봤다. 1주일 후 평가회의에서 이런 말들이 오갔다.

A부장 : 상호 존중하는 분위기가 조성된다는 점에서 뜻있는 시도라 생각한다. 밑으로는 호칭이 자연스러운데 위로는 이름 부르기가 어렵다. 아랫사람을 '님'이라 불러가지고는 훈계나 꾸지람이 잘 안 될 것 같다는 생각이 든다.

B차장 : 호칭은 '님'이라 하면서도 곧바로 반말이 이어진다. 위로는 쉽지 않다.

C과장 : 후배한테 '님' 하니까 거리감이 느껴진다. 나는 아무래도 반말이 좋다.

D대리 : 아주 만족한다. 윗분들에게 이름을 부르지만 '님'을 붙이기 때문에 괜찮다고 생각한다. 정착되면 최소한 아랫사람에게 막말은 하지 않을 것 같다. 회식자리 같은 데에서도 이를 지키면 좋겠다.

E사원 : 예전처럼 부장님, 과장님이라 부르는 게 더 편하다. 그러나 계속 노력하면 될 것 같긴 하다.

예상대로 의견이 분분했다. 당장 결론 낼 사안이 아니라고 판단돼 1주일 더 적용해 보기로 했다. 1주일 후 평가회의에서도 비슷한 의견이었다. 토론 끝에 이왕 하는 것 조직 전체로 확대해 보기로 했다. 반응이 나쁘지 않았다. 다시 2주일이 지나 팀장들의 의견을 들어 일단 이런 결정을 하게 됐다.

"상급자가 하급자한테 이름 뒤에 '님'을 붙여 부르는 건 그다지 어렵지 않고, 하급자가 그걸 좋게 받아들이므로 가급적 그렇게 부르도록 한다. 반대로 상급자에게 이름을 넣어 부르는데 부담을 느끼는 하급자가 있다면 예전처럼 직급 호칭을 해도 상관없다."

나의 과문일 뿐 대기업의 직급호칭 파괴는 꽤 오래됐다. 선두주자는 CJ그룹. 과거 신문기사를 검색해 봤더니 2000년부터 시행 중이며, 그룹 공식 회의석상에서 이재현 회장한테 '회장님' 대신 '이재현 님'이라 부른다고 한다. IMF 경제위기를 겪었음에도 임직원들이 상명하복 마인드에서 벗어나지 못하고 있음을 안타깝게 여긴 최고경영진이 당시로서는 특단의 조치를 내린 셈이다. CJ그룹은 호칭 파괴 덕분에 임직원들 간 의사소통이 원활해져 창의적 조직 환경이 조성됐다고 판단하고 있다.

아모레퍼시픽도 만족스럽게 평가하고 있단다. SK텔레콤이 2006년 '매니저' 호칭을 도입한 데 이어 2010년대 들어서는 네이버, 카카오, 쿠팡 등 IT 기업들이 직급 호칭을 파괴하기에 이르렀다.

특히 주목되는 건 최대 기업 삼성그룹이 이를 따르고 있다는 점이다. 삼성전자는 2017년 이미 직급체계를 단순화하고 보직자를 제외하고는 전원 서로 '님' 호칭을 하도록 했다. 금융 계열사 맏형 격인 삼성생명도 2019년부터 임원, 파트장, 지점장 등 보직자는 기존 호칭을 유지하되 주임, 선임, 책임, 수석 등 4개 직급은 '프로'로 통일해서 부르게 했다.

기업들이 경쟁적으로 호칭 파괴에 나서는 데에는 단순히 창의적 소통 환경을 조성하기 위해서만은 아닌 듯하다. 몇몇 대기업 간부들을 취재해 본 결과 우수 인력 확보에 초점이 모아져 있는 것 같다. 연공서열에 따른 수직관계를 깸으로써 개인 능력을 우선시하는 문화를 조성하는 데 더 큰 목적이 있음을 엿볼 수 있다. 이를 통해 능력중심

평가 시스템을 구축함으로써 유능한 직원을 붙잡아두려는 전략이 숨어 있다는 얘기다.

내가 몸담았던 신문사는 독특한 호칭 문화를 갖고 있다. 논설위원이나 편집국 소속인 기자들은 상하 간 호칭이 아주 편하다. 수습기자 훈련 시기에는 엄격하지만 부서에 배치되고 나면 모든 상급자는 대략 '님' 없는 '선배'로 통일된다. 기자 초년병도 부장 정도까지는 그냥 '선배'라 불러도 무방하다. 반대로 간부나 선배가 후배를 부를 때에는 이름에다 반말이 일상적이다. 친한 사이에선 '야' '어이'가 예사다. 인격적 존중과는 거리가 멀지만 서로 편하게 부르니 소통에는 별 문제가 없지 않나 싶다.

하지만 기자직이 아닌 미디어경영직은 일반 기업 분위기와 크게 다르지 않다. 상급자에 대한 직급 호칭이 깍듯한 반면 하급자에 대해서는 대충 반말이다. 다행히 나의 호칭파괴 실험은 절반의 성공을 거뒀다. 지금도 하급자에 대한 '님' 호칭은 제법 자연스럽게 이뤄지고 있다고 한다. 모든 기업이 시도해 보길 권한다.

TV를 잘 활용하는 지혜
정보 상자와 바보상자 양면성, 대화 단절 초래 없어야

◆

◆

나는 결혼할 때 TV를 장만하지 않았다. 예나 지금이나 혼수품 1호에 해당하는 TV를 구입하지 않은 건 신혼 시기 '바보상자'에 홀린 채 살지 말자는 다짐에 따른 것이다. TV가 부부 대화에 장애물이 된다는 내 의견에 아내가 흔쾌히 동의해 줬다.

하지만 우리는 불과 6개월 만에 손을 들고 말았다. 결혼과 동시에 직장을 그만둔 아내가 무료하게 낮 시간 보내는 걸 무척 힘들어했기 때문이다. 나도 직업이 신문기자인지라 매일 뉴스를 전하는 TV가 집에 없는 게 은근히 불편했다.

뒤늦게 TV를 구입한 이후 이곳저곳 이사를 다니면서 그걸 집에 들여놓지 않은 경우는 단 한 번도 없다. 거실 전면에는 언제나 커다란

TV가 장승처럼 버티고 서 있다. 일찌감치 그 유용성을 일정 부분 인정했기에 바보상자라는 말을 좀체 입에 올리지 않는다. TV를 굳이 없앨 생각도 없다.

그런데 수년 전 어떤 소모임에서 이 이야기를 화제에 올렸다가 놀림감이 된 적이 있다. 알고 지낸 지 꽤 오래된 5명이 TV에 대해 각자 생각을 얘기하다 그중 3명이 집에 TV가 없는 것으로 드러났다. 국회의원, 부장판사, 대학총장이 그들. 3명 모두 결혼할 때부터 수십 년째 TV 없이 살지만 별 불편함이 없다는 것이다.

각자의 TV 무용론이 모두 그럴 듯 했고, 앞으로도 마련할 생각이 전혀 없다는 데에 의견이 모아졌다. 내게는 집에 TV를 두지 않겠다는 의지가 확고했는데 왜 그리 쉽게 무너져버렸냐는 '질책'이 돌아왔다. 지금이라도 내다버리는 게 좋다는 조언까지 들어야 했다.

TV 없이 살아가는 이 사람들이 특별하다는 생각이 드는 건 나 혼자만이 아닐 것이다. 대표적 대중매체로, 넓디넓은 세상과 손쉽게 소통하게 해 주는 유용한 수단을 경원시하는 게 과연 바람직한 것인지 솔직히 잘 모르겠다. 더구나 위에 소개된 국회의원은 TV 토론 프로그램에도 자주 등장하는 인물인데 말이다.

실제로 TV는 우리 일상에 큰 도움을 주는 문명의 이기(利器)임에 틀림없다. 지금은 매체가 많이 다양해졌지만 신문과 더불어 여전히 최고의 '정보 상자'다. 대놓고 바보상자라고 평가 절하되기엔 억울한 측면이 없지 않다. 뉴스를 포함한 정보 제공에 그치지 않고 최고의 오락 및 교양 증진 수단이기 때문이다.

나는 아이들이 중고등학교 다닐 때 학교나 학원 다녀와서 TV 앞에 앉는 걸 그다지 나무라지 않았다. 여자애들이라서 그런지 게임보다는 드라마나 오락 프로그램을 즐겼는데, 그들에겐 최고, 최선의 휴식 기회라는 생각이 들어서다. 하루 종일 공부에 시달리다 잠시라도 좋아하는 연예인들과 공감하며 웃고 떠들면 당연히 힐링에 큰 도움이 될 것이다.

특히 최근에는 넷플릭스나 유튜브와 같은 동영상 서비스 플랫폼의 발달로 TV로 접할 수 있는 콘텐츠 선택의 폭이 한층 넓어졌다. 마음만 먹으면 TV 앞에서 하루 종일 즐거움을 선사 받을 수 있다.

하지만 아무래도 TV는 마냥 가까이 하기에 문제가 많은 존재다. 가까운 사람과의 대화를 단절하게 만드는 것이 가장 나쁜 점이라고 생각한다. 어느 집 할 것 없이 가족이 거실 TV 앞에 앉으면 모두가 입을 다물어 버린다. TV 혼자 떠들기 일쑤다. 집중이 안 된다 싶으면 자기 방에 따로 TV를 마련한다. 결국 대화는 더 단절되고 가족 구성원 모두가 외톨이가 된다.

이는 매일같이 따뜻한 대화를 통해 정을 나누며 살아가야 하는 가족에게 TV가 중대한 해악을 끼치고 있음을 의미한다. 대화 부족은 필연적으로 부부간, 부모자녀 간 이해력 상실을 초래하고, 갈등을 유발하게 된다. 갈등 치유 능력을 갖지 못하게 됨은 말할 것도 없다.

미국의 일부 주에서 '1년에 1주일 TV 끄기' 캠페인을 벌이는 것은 이에 대한 심각한 상황 인식에 따른 것이라고 본다. 'TV를 끄면 삶이 살아난다(Turn off TV, Turn on life)'라는 캐치프레이즈가 던지는 메시지는 참으로 크다.

연령대 상관없이 시청자들을 사실상 바보로 만든다는 것도 TV의 분명한 해악이다. 유아기 때 스크린에 많이 노출되면 뇌기능 발달이 늦어진다는 전문가 연구는 수없이 많다. 읽기와 쓰기 등 언어 기능과 정신조절 기능을 관장하는 뇌백질의 발달 속도가 느려지기 때문이라는 것이다.

또 TV를 많이 시청할수록 알츠하이머(치매)에 걸릴 확률이 높다는 것도 의료계의 정설이다. '카우치 포테이토' 생활 습성을 가진 사람이 그렇지 않은 사람에 비해 중년 이후 인지 능력이 현저히 떨어진다는 연구 결과는 차고 넘칠 정도로 많다.

TV가 하루 종일 현란한 영상과 함께 떠들어대는 걸 무비판적으로 받아들이는 사람이 바보가 안 될 재간이 있겠는가. TV가 시청자들을 광고의 노예로 만드는 것도 같은 맥락이지 싶다.

이처럼 TV는 정보 상자와 바보상자라는 양면성을 가진 존재이기에 뚜렷한 주관을 갖고 활용하는 지혜를 발휘할 필요가 있다. 나도 잘 지켜지진 않지만 대강 이런 원칙을 갖고 있다. 이 세 가지만 잘 지켜도 성공 아닐까 싶다.

1. 심심하다고 무조건 켜지 않는다
2. 좋은 프로그램만 골라서 시청한다
3. 온 가족이 모였을 때에는 켜지 않는다

3

행동의 품격

겸손의 미덕

호감 갖게 하는 주요 덕목, 그러나 과하면 위선으로 변질

◆

◆

겸손은 자신을 낮추고 상대방을 높이는 미덕이다. 인간관계에서 자신에게 호감을 갖도록 하는 아주 중요한 덕목이다. 교만하거나 거만한 이를 좋아할 사람이 어디 있겠는가.

'벼는 익을수록 고개를 숙인다' 우리나라 이 속담만큼 겸손의 의미를 적확하게 표현하는 말이 또 있을까. 겸손하지 않고 잘난 체하는 사람은 언제 어디서든 미움 받기 십상이다.

동서양 최고 현인 두 사람의 말이 절묘하게 와 닿는다. "아는 것을 안다고 하고 모르는 것을 모른다고 하는 것, 그것이 곧 앎이다."(공자) "내가 유일하게 아는 것은 내가 아무 것도 모른다는 사실이다."(소크라테스)

능력을 갖춘 사람이 겸손하면 더욱 빛난다. 진정한 능력자는 겸손할 때 진가가 배가된다. '누구든지 자신을 높이는 자는 낮아지고 자신을 낮추는 자는 높아질 것이다'는 성경 구절도 같은 맥락으로 읽힌다.

지인 중에 본받고 싶을 만큼 겸손한 사람이 있는가 하면 유능해 보이지만 오만한 언행으로 눈살을 찌푸리게 하는 이도 있다.

A는 최고 명문대를 나온 정치인이다. 말로 먹고 사는 국회의원이지만 말이 적은 편이다. 모임에서 누군가 정치 현안에 대해 질문을 하면 차분하게 아는 것을 설명하는 데 그친다. 그 자리에 연장자가 있으면 사회적 지위의 높고 낮음에 관계없이 깍듯하게 예의를 차린다. 저절로 존경심이 생긴다.

B는 명문대 법대 출신으로 현직 법조인이다. 법조계에 대한 사회와 정치권의 비판이 화제에 올라도 좀체 끼어들지 않는다. 누군가 의견을 물어야 '나는 이렇게 생각한다' 정도로 간단히 의견을 제시한다. 반박이 있어도 '그런 생각을 충분히 할 수도 있지'라고 마무리하고 만다. 사람이 편안해서 좋다.

그런가 하면 C는 세상사 모르는 게 없는 사람 같다. 모든 주제에 자신의 주장을 강하게 부각시키려 한다. 당연히 말이 많고 목소리를 높인다. 대화 상대방의 의견을 깡그리 무시하려 든다. 피곤한 사람이다.

사람은 누구나 다른 사람으로부터 인정받고 싶어 한다. 인정을 받고자 자신을 드러내려 하고, 또 과시하고 싶은 충동이 생긴다. 인지상정이니 이를 함부로 폄훼할 일은 아니다. 문제는 정도가 심해 주변 사람들을 피곤하게 하는 경우다. 학력, 경력이나 지적 수준이 비슷한 이를 가르치려 한다는 인상을 주는 사람도 있다. 지적 허영에 빠진 사람 중에 이런 경우를 자주 접하게 된다.

보통의 경우 겸손은 무조건 미덕이다. 아는 것만큼 예의를 지켜 말하고 모르면 조용히 뒤로 물러서는 겸양을 갖춘 사람에게는 누구나 호감을 갖게 된다. 모르는 것을 모른다고 말하는 것이 진정한 용기다. 이런 게 본래 의미의 겸손이다.

겸손이 좋다지만 그것도 과하면 위선이나 교만으로 비쳐지는 경우가 있으니 경계해야 한다. 겸손이 과해 졸지에 반대 개념인 교만으로 변질될 수 있다는 건 아이러니다. 칭찬도 지나치면 아부가 되는 것처럼 이 또한 완급조절이 중요하다는 얘기다.

일찍이 윌리엄 셰익스피어는 '겸손은 보통사람에게는 미덕이지만 위대한 재능을 가진 사람에게는 위선'이라고 했다. 칼릴 지브란도 의미심장한 얘기를 했다. '거짓으로 꾸민 겸손은 겉치장을 많이 한 몰염치함이다' 겸손을 처세의 방편으로 삼는 사람을 겨냥한 것이리라.

겸손과 위선, 겸손과 교만의 경계를 '지혜로운 낙관성' 개념을 적용해 깔끔하게 정리한 심리학자들이 있다. 고영건, 김진영은 저서 〈행복의 품격〉에서 이렇게 말했다.

"백조는 수면 위에 고고하게 떠 있는 것 같은 우아한 인상을 주지만 수면 아래에선 오리처럼 끊임없이 자맥질을 한다. 사람이라면 누구나 세상 사람들의 인정과 칭찬을 받길 바라는 욕구를 가지고 있다. 하지만 비관적인 사람들은 인정받고 칭찬받고 싶은 욕구를 드러내는 것이 모난 돌이 정 맞는 것 같은 일을 초래할까 봐 그러한 욕구를 숨기고 마음과 다르게 표현하는 경향이 있다. 그 경우 속과 겉이 다른 모습을 보인다는 점에서 겸손한 것이 아니라 위선적인 것이라고 할 수 있다. 따라서 겸손의 미덕은 오로지 낙관적인 사람만 성취할 수 있는 덕목에 해당된다."

지인 중에 겸손이 과한 사람이 한 명 있다. 객관적 조건으로 보면 유능한 사람이다. 주변에서 대략 그렇게 인정한다. 하지만 종종 자신을 지나치게 낮추는 경향이 있다. 교만한 사람 못지않게 피곤함을 느끼게 한다. 세상만사 과유불급 아닌 게 없는 모양이다.

나이가 벼슬이어서야
생물학적 서열화 바람직하지 않아, 'OO씨'라 부르면 안 될까

◆

◆

우리처럼 나이를 중시하는 나라가 또 있을까. 처음 만난 사람에게조차 '실례지만'이라며 대놓고 나이를 묻는다. 낯선 사람끼리 싸우다 밀리면 '어린 것이, 너 나이 몇 살이야' 하고 윽박지르기 일쑤다. 나이가 벼슬인 나라'란 말이 나올 만도 하다.

나도 나이를 많이 따지는 편이다. 초면인 사람과 두어 시간 밥 같이 먹고 나이를 모른 채 헤어지면 어딘가 찜찜하다. 동갑이면 말을 트고, 두어 살 연장이면 형으로 모시고, 연하면 형 대접받는 식으로 단번에 가르마를 타야 속이 시원하다.

오지랖 넓게도 주변사람들에게 이쪽이 형, 저쪽이 동생이라고 감히 교통 정리하려는 나를 발견하기도 한다. 신문에서 인물기사를 읽

다 나이가 없을 경우 답답함을 느끼는가 하면, TV 시청하다 탤런트나 가수의 나이가 궁금해 자주 인터넷 검색을 한다.

이런 심사는 나이가 들수록 더 커지는 것 같다. 요즘은 오로지 나이만 따져 형 동생, 혹은 선후배를 가르고 싶어진다. 이 나이에 사회가 정한 간판이나 직위 따위가 무슨 소용이 있나 싶어서다. 환갑 나이 아재라서 그런가도 생각해 본다. 한데 나이 들었기 때문만은 아닌 것 같아 고개가 갸우뚱거려진다.

요즘 젊은 친구들에게서 부모 세대에 비해 나이를 더 세밀하게 따지고 있음을 발견하게 된다. 대학생들과 대화해 보시라. 입학 연도 학번보다 나이를 단연 우선시한다. 같은 학번이라도 재수를 해 한 살 많으면 깍듯이 언니, 혹은 형 호칭을 한다. 학번이 달라도 나이가 같으면 친구처럼 지낸다는 얘기와 다름 아니다. '빠른 ○○년생'까지 감안한단다. 젊은 직장인들한테서도 비슷한 얘길 듣는다. 입사 동기 사이에도 나이에 따라 서열이 매겨진다. 한 살만 많아도 언니, 형이 된다.

이런 현상을 장유유서(長幼有序) 문화에서 찾곤 하는데 나는 사실과 다르다고 본다. 장유유서는 '맹자'에 나오는 말로 어른과 아이, 나이가 많은 사람과 적은 사람 사이에 질서를 유지해야 건강한 사회가 된다는 유교 가르침이다. 하지만 장유유서는 본디 사회윤리가 아니라 가족윤리다. 가족이나 친척 간의 도덕률이지 사회에서 만난 남남 사이를 규율하는 법도가 아니란 말이다.

가까운 촌수의 혈연관계라면 당연히 한두 살까지 따져야겠지만 남남 사이는 그럴 필요가 없단 얘기다. 실제로 한두 살 갖고 장유유서 따졌다는 기록은 어디에도 없다. 학교나 직장에서 만나는 서너 살 차이 선후배는 옛사람들 기준으로 보면 친구일 뿐이다.

우리가 아는 역사인물 가운데 절친으로 알려진 김춘추와 김유신은 무려 9세, 정도전과 정몽주는 5세, 이항복과 이덕형도 5세 차이다. 내 어릴 적 시골에서도 어른들 사이엔 이런 규칙이 있었다. '5~6세까지는 어깨동무 친구, 7~8세까지는 말 트는 친구, 13~14세까지는 맞담배 친구'. 물론 남남 사이일 때 얘기다.

이런 규칙이 무너진 건 근대적 학제 도입 때문 아닐까 싶다. 같은 나이에 학교에 가게 되면서 친구가 되고 학년의 높낮이에 따라 선배, 후배가 생겼다. 자연스럽게 선배가 언니, 혹은 형이 된 것이다. 서너 살 많은 선배에게 반말했다간 혼쭐나기 마련이다.

수년 전 딸아이가 미국인 친구를 집에 데려온 적이 있다. 교환학생 갔을 때 처음 알게 돼 친하게 지내는 사이라고 했다. 친구가 가고 나서 딸아이에게 친구 나이가 몇인지 물었더니 의외의 답이 돌아왔다. "모르는데요. 물어본 적이 없어요."

평소 학교에서 그리고 직장에서 한두 살까지 따진다는 녀석이 몇 년간 사귄 미국 친구의 나이엔 무관심하다니… 그러면서 딸아이는 이런 말도 했다. 비슷한 연령의 한국인과 외국인 젊은이들이 뒤섞여 만난 자리에서 한국인끼리는 굳이 나이를 따져 언니, 오빠 호칭을 한다는 것이다. 말도 존대를 하고. 참 희한한 장면 아닌가.

미국은 그렇다 치고, 같은 유교 문화권에다 유사한 학제를 가진 중국이나 일본에서도 발견하기 힘든 우리만의 별난 현상이다. 반드시 나쁘다고 할 순 없을 것이다. 나이로 일찌감치 형, 동생을 정하면 관계 친밀도를 높일 수 있다는 주장은 상당 부분 설득력이 있다.

하지만 단순히 생물학적 나이가 서열을 강제하는 듯한 측면은 바람직하다고 보기 어렵다. 인간관계는 수직적이기보다 대등한 게 더 편하고 발전 지향적이라고 본다. 사회적, 국가적으로도 구성원의 개성과 다양성, 창의성을 확보하려면 가급적 수평적 인간관계를 많이 구축해야 하지 않을까 싶다.

언젠가부터 우리나라 학교에서는 월반과 유급, 조기졸업이 사라졌다. 직장에서는 여전히 능력이나 성과보다 근속연수가 중시되고 있다. 그 사이 나이가 서열을 정하는 중요한 잣대로 비집고 들어온 모양새다. 직장에서의 '싸구려 형님문화'도 그 부산물 아닐까 싶다.

공조직 결재라인에서 정상 처리된 결정이 비공식 형 동생 관계 개

입으로 하루아침에 뒤바뀌는 경우가 허다하다. 조직의 합리적 의사 결정 체계를 금가게 하는 행태가 아닐 수 없다.

나이 차이는 평생 바뀌지 않는다. 그러니 나이 차이로 정해진 서열 또한 변할 리 만무하다. 그런데 변화와 개혁을 갈구하는 이 시대 젊은이들은 왜 능력이나 인성, 경험이 전혀 반영되지 않는, 생물학적 서열화에 아무 저항 없이 굴복하는지 나는 이해할 수 없다.

비합리적이라고 할 수밖에 없는 한국적 나이 시스템에 그들은 왜 부모세대보다 더 순응하는지 좀체 이해되지 않는다. 비슷한 연배라면 나이를 묻지도 따지지도 말고 그냥 이렇게 부르면 안 될까. "서연 씨" 혹은 "어이 서연".

교양 있고 매너 좋은 사람

두 덕목 함께 갖춰야 대인관계 원만, 가정교육이 중요

◆

◆

　대학에 입학했더니 1학년 전체가 '교양과정부'란 곳에 편입됐다. 단과대 구분은 있었지만 신입생 전원을 반별로 편성해 공부하도록 했다.

　개설 교과목에 전공과 관련된 것은 거의 없고 국어, 영어, 국사에다 각종 개론 중심의 과목을 이수하게 했고 심지어 체육, 교련(군사훈련)도 이수토록 했다. 말이 대학이지 고등학교 교과목을 다시 배우는 느낌이었다.

　군사정권 시절이어서 혈기왕성한 학생들 통제하기 쉽게 하려는 전략인가보다 싶었지만 너무 심하다는 생각은 지울 수 없었다. 박정희 대통령이 시해되는 해여서 1년 내내 어수선했지만 교과목과 강의 내용이 왜 그토록 부실했는지 지금 생각해도 이해할 수 없다. 어영부영 1년을 보낸 것으로 기억된다.

교양과정부, 나쁘지 않다. 대학생이 되고, 곧 성인이 되는 젊은이들에게 교양이 무엇이고, 왜 교양을 갖춰야 하며, 어떻게 하면 교양인이 될 수 있는지 가르치는 것에는 나름 의미가 있다. 초중고 12년간 학교를 다녔지만 이런 교육 단 한 번도 받은 적이 없고, 가정에서 제대로 배운 적도 없으니 말이다.

사람이라면 누구나 어느 정도 교양이 있어야 그것을 바탕으로 좋은 매너를 갖춰 건전한 민주사회 시민으로 성장할 수 있다. 교양이라는 발판 없이 매너만 좋다고 해서 품격을 갖출 수 있는 것은 아니다. 교양이 있지만 매너가 좋지 않아도 마찬가지다. 이 둘은 한 묶음이라 생각된다.

주변을 살펴보면 교양이 있는 사람과 없는 사람은 쉽게 구분된다. 한국사의 기본조차 모르거나 신문 뉴스를 제대로 이해하지 못하는 사람을 교양 있다고 말할 순 없다. 돈 좀 있다고 사치하면서 가진 것 없다고 깔보는 사람도 교양 있다고 할 수 없다. 공개된 자리에서 똑같은 주제의 대화를 하면서도 교양이 있어 보이는 사람이 있는가 하면 없어 보이는 사람이 있다.

교양의 사전적 의미는 '학문, 지식, 사회생활을 바탕으로 이루어지는 품위, 또는 문화에 대한 폭넓은 지식'을 말한다.(표준국어대사전) 영어로 Culture, 독일어로 Bildung이라 부르는 걸 보면 교육이란 뜻이 내포돼 있다. 교양인이 되려면 다양한 배움을 통해 어느 정도 지적 바탕이 있어야 한다는 뜻이겠다.

지적 토대가 있다고 해서 교양 있는 사람이 되는 것은 아니다. 인격과 덕성을 갖춰야 한다. 수양과 노력이 필요한 부분이다. 인격의 조화를 이뤄 남을 배려하는 성정을 가져야 한다. 다음은 100세 철학자 김형석 교수의 교양론이다.

"진정한 교양은 하나의 발광체와 비슷한 것이다. 교양 있는 사람의 행동과 생활에는 언제나 삶의 향기와 생활의 빛이 나기 마련이다. 종교적 성자들에게 주어지는 후광도 아니며 어떤 특수한 무엇을 뜻하는 것은 아니다. 그러나 교양이 없는 사람들과 비교해 볼 때에는 언제나 고요하고 조화된 삶의 향기와 인생의 내적 빛을 발견하게 된다."(《100세 철학자의 철학, 사랑 이야기》)

품격 있는 사람이 되려면 일정 수준의 교양에다 좋은 매너, 즉 에티켓이 뒷받침돼야 한다. 매너란 한마디로 예절을 가리킨다. 교양 좀 갖췄다고 예절을 제대로 지키지 않는 사람한테 품격이 보일 리가 없다.

매너는 사람이라면 반드시 갖춰야 할 생활 덕목이다. 유럽 저명

저널리스트인 아리 투루넨과 마르쿠스 파르타넨은 저서 〈매너의 문화사〉에서 이렇게 말한다.

"인간은 자신들의 행동이 야생동물과 다를 게 없다는 점을 받아들이지 않았다. 매너는 인간이 자신과 동물이 얼마나 멀리 떨어져 있는 존재인지를 증명하기 위한 수단이 되었다."

매너는 특정 시대와 공동체의 문화를 반영하기 때문에 통일된 원칙이 있을 수 없다. 불과 100년 전만 하더라도 프랑스인과 중국인이 생각하는 바람직한 매너에는 엄청난 차이가 존재했다. 하지만 고도 글로벌 시대인 지금은 전 세계인이 웬만하면 각종 매너에 관해 거의 비슷한 인식을 갖고 있다.

기본적으로 남에게 폐를 끼치지 않고, 대신 호감을 주는 태도라면 그것이 바로 좋은 매너라고 본다. 전 세계인이 보편적으로 인정하는 매너에다 우리의 전통적 가치가 반영된 덕성이 가미되면 더 좋은 인상을 줄 수 있을 것이다.

매너의 종류는 수없이 많다. 몸가짐, 옷차림, 인사법, 식사예절, 골프매너, 무대매너, 운전매너… 사람은 평생토록 모든 행동에 매너를 갖추고 살 수밖에 없다. 행동 하나하나에 품격이 드러난다는 얘기이다.

셰익스피어는 골프매너에 대해 이렇게 말했다고 한다. "골프는 인생의 반사경이다. 티샷에서부터 퍼팅까지의 모든 과정이 바로 인생 행로다. 동작 하나하나가 바로 그 인간됨을 적나라하게 드러낸다."

골프만 그럴까. 흔히 하는 운전도 매한가지다. 어떤 운전자와 두세 시간만 동승해서 여행해 보면 그 사람의 매너와 품격을 알 수 있다. 무리하게 추월하지 않는지, 방향지시등을 제대로 작동하는지, 꼬리 물기를 하지 않는지, 보행자를 잘 배려하는지, 다른 운전자의 잘못을 욕하지 않는지… 운전 중 접촉사고가 났다고 생각해 보자. 두 운전자의 인격은 금방 드러난다.

교양과 매너는 더불어 사는 세상에서 사람을 사귀는 데에 매우 중요한 역할을 한다. 친구를 사귀든, 연애를 하든, 거래선을 찾든 교양이 없거나 매너가 좋지 않은 사람을 좋아할 리 없기 때문이다.

입시공부, 지식습득도 중요하지만 다들 교양 있고 매너 좋은 사람이 되고자 스스로 연마하는 노력을 기울여야겠다. 이를 위해선 가정의 역할이 자못 중요하다.

술, 취하지 말라 했건만

과음은 영혼과 육신 한꺼번에 파괴, 간헐적 단주 시도해볼 만

◆

◆

1990년대 모 중앙부처에서 있었던 일이다. 새 장관이 부임해 실국장급 간부 약 20명이 환영 만찬에 참석했다. 내무관료 출신으로 화끈한 성격에 두주불사로 소문난 장관은 좌정하자마자 폭탄주(맥주에 위스키를 섞은 술)를 돌리기 시작했다.

각자 인사말과 함께 순조롭게 돌아가던 술잔이 갑자기 멈춰 섰다. 말석에 앉은 A국장이 "장관님, 저는 좀 봐 주십시오." 하며 마시지 않겠다고 해서다. 일순 참석자들의 시선이 A국장에게 모아졌다.

"아, A국장은 술을 못 마시는 건가요?"

"예 저는…"

"에이, 그래도 장관이 새로 왔는데 축하하는 의미로 내가 제조한

것 딱 한 잔만 받지 그래."

"죄송합니다만 제가…"

"딱 한 잔만 하시라니까."

"예, 죄송합니다."

"허허 이 양반 별일일세. 그런데 술은 왜 안 하시나요? 어디 건강이 라도…"

"아닙니다, 장관님. 저는 교회를 다녀서요."

"아, 그래요. 진작 그렇다고 말씀을 하시지. 그럼 패스."

이 장면은 한동안 관가의 화제였다. 술을 거리낌 없이 강권하던 시절, 장관 첫 대면 자리에서 당당하게 술잔을 거절한 A국장은 이후 술에 관한 한 '자유인'이 됐다. 종교적 신념을 이유로 마시지 않겠다는데 누가 강권할 수 있겠는가. A국장은 업무 능력이 뛰어나고 대인관계도 원만해 술을 마시지 않으면서도 공직에서 승진을 하고, 큰 공공단체에서 중요한 보직을 맡기도 했다.

우리나라에서 사회생활을 하며 술을 피하기는 참 힘들다. 회식문화, 접대문화가 건재하기에 못 마시거나 안 마시는 사람에겐 여간 고역이 아니다. 호탕하게 잘 마시는 사람은 대인관계나 대외업무에 편리한 반면, 안 마시는 사람은 엄청난 불편을 감수해야 한다.

술에는 분명히 장단점이 있다. 담배처럼 백해무익하다는 말을 나는 하고 싶지 않다. 술은 신의 선물인 동시에 악마의 유혹이며, 백약의 으뜸이기도 하지만 만병의 근원이라는 말에 동의한다. 술은 교제와 잔치에 도움이 되며, 문학과 예술 발전에 일정 부분 기여한다고 믿는다. 가끔씩 절제해서 마시면 몸에 이로울 수도 있다. 동의보감에는 심혈관질환과 울혈증 등에 술을 중요한 약재로 처방한다.

성경에서도 술에 취하지 말라고 했을 뿐 입에 대지도 말란 얘기를 하지 않은 것은 이런 요소를 고려했기 때문 아닐까 싶다. 예수가 가나 혼인잔치에서 물을 포도주로 만드는 걸 첫 번째 기적으로 삼았으며, 돌아가시기 전날 포도주로 성찬식을 한 사실에 비춰볼 때 그 자신 포도주를 즐겼을 것 같다. 인의예지(仁義禮智)를 가르친 공자도 술을 곧잘 마신 것으로 기록돼 있다.

시선(詩仙)이자 주선(酒仙)이라 불리는 이백의 술 예찬가 월하독작(月下獨酌)이다.

"하늘이 만약 술을 사랑하지 않는다면 술별(酒星, 주성)이 하늘에 있지 않을 거라네. 땅이 만약 술을 사랑하지 않는다면 술샘(酒泉, 주천)이 땅에 있지 않을 거라네. 하늘과 땅이 이미 술을 사랑했으니 나 술을 사랑하는 것 하늘에 부끄러울 것 없네."

하지만 '영원한 술꾼'인 그에게도 술이 만사 해결책으로 생각되진 않았던 모양이다. 이백은 '선주에서 이운을 전별하며'란 시에서 '칼을

뽑아 물을 베어도 물은 다시 흐르고, 술잔 들어 근심을 씻으려 하나 근심은 다시 솟는다'고 했다.

가수 장혜진, 윤민수가 '술이 문제야'에서 헤어진 연인을 그리워하며 한잔, 그를 잊고자 한잔 술을 마신다고 노래하지만 이별의 아픔은 오히려 더 깊어지는 듯하다.

평생 술을 찬미하며 즐기다 만년에 단주(斷酒)를 선언한 최명(《술의 반란》 저자, 서울대 정치학과 교수 역임)은 이렇게 말한다.

"술을 마시고 생기는 용기는 만용이요, 술을 마시고 생기는 관용은 거짓이다. 술을 마시고 수치심을 잊는다면 그것은 인간성의 아름다움을 잊는 것이요, 술을 마시고 시름을 잊는다면 그것은 찰나적 사고의 발로이다. 또 술을 마시고 얻는 호연지기는 '맹자'를 읽지 못한 사람의 이야기다. 술은 사람에게서 냉정과 침착을 빼앗고 판단력을 약화시킨다. 술은 사람의 정신기능에 이상을 초래하는 이상한 물건이다."

적당히 마시는 술이야 크게 나쁘지 않겠지만 상습적으로 과하게 마시는 데 따른 폐해는 자못 크다. 실언, 성범죄, 가정폭력, 음주사고, 질병 등으로 자신과 이웃의 영혼, 육신을 깡그리 파괴하기 일쑤다. 우리나라에서 음주로 인한 연간 사망자가 4000명이 넘는다.

얼마 전 아나운서 김모 씨의 여성 몰카 사건, 탤런트 강모 씨의 성폭행 사건도 과음과 무관하지 않다고 본다. 성경은 '술에 취하지 마십시오. 거기에서 방탕이 나옵니다. 오히려 성령으로 충만해지십시오'라고 했다. 동시에 술 취함과 그 결과들을 죄로 규정하고 있다. 그럼에도 불구하고 이 세상 수많은 사람이 오늘도 술에 젖어 산다.

기독 신자인 나도 다를 게 없다. 음주에 비교적 관대한 유교집안에서 자라, 신문기자 생활을 해온 탓이라지만 핑계일 뿐이다. 고교 졸업과 함께 입에 대기 시작한 술을 식도궤양으로 2개월 끊었을 때를 제외하고 줄곧 마셨으니 음주력 어언 40년이다. 건강 걱정에다 '취하지 말라'는 가르침을 따르고자 절주(節酒)를 여러 차례 시도해 봤지만 뜻대로 되지 않았다.

또 다짐해 본다. 솔직히 현재로선 영구적 단주엔 자신이 없다. 간헐적 단주를 겸한 절주가 목표다. 술에서 해방되면 저녁시간을 운동과 독서로 알차게 보낼 수 있을 텐데… 지인들이 꿈도 야무지네라고 비아냥할까 두려운 건 어쩔 수 없다.

담배는 치명적인 마약이다

흡연자는 자기관리 실패자, 당장 끊고 건강 지키자

◆

◆

　박정희 전 대통령과 관련된 일화 한 토막. 1970년대 초 박 대통령은 MBC가 방영하던 범죄수사드라마 '수사반장'을 빠짐없이 챙겨보는 시청자였다. 드라마에서 수사반장 역을 맡은 주인공 최불암은 틈만 나면 담배를 피워 물었고, 박 대통령은 이 장면이 나올 때마다 기다렸다는 듯 담배에 불을 붙였다. 이에 부인 육영수 여사가 최불암에게 전화를 걸어 흡연 장면 좀 줄여달라고 부탁을 했다. 그러나 최불암의 흡연 장면은 사라지지 않았다.

　당시만 해도 몸에 백해무익하다는 담배를 엄청나게 많이 피웠던 모양이다. 청와대와 국회 등 대한민국의 모든 공공기관 회의장엔 담배 연기가 자욱했고, 민간에도 마찬가지였다. 대부분의 아버지들은 안방에서 재떨이를 옆에 끼고 살았다.

　내 기억과 경험으로도 그렇다. 대학 입학과 함께 담배를 배워 군대생활 하면서 나도 모르는 사이 애연가가 되었다. 당시 군에서는 대다수 장병이 담배를 피웠던 것 같다. 훈련 중 휴식 시간, 내무반 청소 끝난 후, 총기 정리 끝난 후, 식사 마친 뒤 등 틈만 나면 담배 일발 장전'이었다.

　그때에는 장병 복지 차원에서 사병들에게도 이틀에 한 갑씩 무료로 담배가 제공됐다. 얼마 후부터 군납용 면세 담배가 저렴한 가격으로 제공되다 2009년부터 그마저 중단된 것으로 안다. 정부가 왜 담배를 무료, 혹은 저가로 제공하면서까지 흡연을 장려 내지 방관했는지 이해할 수 없다.

　1990년대 초까지만 해도 대부분의 사무실에서 흡연이 자유롭게 허용되는 분위기였다. 관공서 건물에 마련된 기자실에 가면 좌석마다 재떨이가 비치됐고, 하루 종일 담배 연기가 자욱했던 기억이 난다. 한겨울엔 제대로 환기도 안 시켰으니 간접흡연 폐해가 얼마나 컸을까. 다들 건강을 포기한 채 살았던 것 같다.

　담배는 우리 몸에 치명적이다. 세계보건기구는 이를 마약으로 규정하고 있다. 나라마다 법적으론 기호식품으로 분류하지만 학술적으로는 엄연히 마약이다.

흡연의 폐해는 상상을 초월할 정도로 크다. 폐암과 구강암에 직접적으로 악영향을 미치는 것으로 진작 확인됐으며, 심장질환과 뇌질환도 유발한다는 게 의학계의 정설이다. 특히 담배에는 60여 종의 발암물질이 함유돼 있다. 흡연자의 폐암 발병 가능성은 비흡연자에 비해 최소 15배, 최고 60배 높은 것으로 알려져 있다.

그럼에도 불구하고 대부분의 국가가 담배거래나 흡연을 불법으로 규정하지 않고 있는 것은 아이러니다. 전통적 기호품인 데에다 일상에 워낙 깊이 뿌리내려 있어 근절이 불가능하기 때문에 애매한 입장을 취하고 있는 것 같다. 산업적 필요성도 무시하기 힘들 것이다.

결국 금지하지 않는 대신 세금을 높게 매기는가 하면 권유, 혹은 장려하지 않고 금연을 홍보한다는 어정쩡한 태도를 취하고 있는 것이다. 우리 정부도 마찬가지다. 담뱃값 인상, 금연 장소 확대 등의 조치를 취하며 금연을 유도한다지만 적극적이지는 않다

여기엔 동서고금을 막론하고 흡연에 관대한 전통과 문화가 깔려 있다. 남자가 흡연을 하면 멋있게 보인다는 게 대표적이다. 마초남 이미지가 그것이다. 반대로 여럿이 모인 자리에서 혼자 피우지 않을 경우 꽁생원 취급 받기 일쑤였다.

직장에서 함께 모여 담배를 피우며 친분을 쌓는 분위기도 무시하기 힘들었을 것이다. 첫인사를 하면서 담배를 건네며 흡연을 권하는

모습도 같은 맥락이다. 학연, 혈연, 지연과 함께 흡연을 4대 연줄이라 농담하는 사람도 있었다.

흡연이 호흡기 건강에 좋을 리 없겠지만 다른 질병에는 영향을 미치지 않는다는 오해도 한몫 했다. 심리적 안정에 도움 된다는 생각도 했다. '식후연초 불로장생'이란 엉뚱한 조어를 만들어내기도 했다.

하지만 담배가 마약임에 분명하고 주요 질환의 원인이라면 정부가 나서서 금연을 보다 적극적으로 유도해야 한다. 담뱃갑 혐연 문구 키우는 것 하나 두고 고민하는 정부를 나는 이해할 수 없다. 오로지 국민 건강을 위한다는 자세로 흡연 인구를 줄여나가야 한다.

우리나라의 경우 다른 선진국(OECD 회원국)에 비해 여자 흡연율은 비교적 낮지만 남자 흡연율은 아주 높아 2, 3위권을 유지하고 있다. 아직도 흡연율이 30%를 웃돌고 있는 것은 문제다.

정부에 전적으로 맡길 일은 아니지 않나 싶다. 흡연자 스스로 당장 끊겠다는 다짐을 하고, 실천에 들어가야 한다. 흡연자가 멋있어 보이는 시대는 오래 전에 지나갔다. 지금은 자기관리에 실패한 사람으로 여겨진다. 흡연은 본인 말고도 간접흡연자와 3차 흡연자에게도 폐해가 크기 때문에 결단을 내려야 한다.

나는 오래 전 금연을 했다. 여느 사람들처럼 실패를 수없이 거듭하다 결국 성공했다. 어떤 지인에게서 전해 들은 금연 비결을 실천에 옮겨 뜻을 이뤘다. 돈 한푼 들지 않는 최고의 비결이다. 비결에는 단 한 가지 조건이 있다. 담배를 끊고 싶다는 각오가 분명해야 한다.

방법은 이렇다. 오늘부터 금연을 굳게 다짐하고 담배를 피우지 않는다. 그러나 이틀째 되는 날 친구들과 어울려 놀다 3개비를 피워버렸다. 실패했다고 생각하지 마라. 크게 성공한 것이라 생각하라. 이틀에 2갑은 피웠을 텐데 3개비만 피웠으니 대단한 성공이라고 생각하라.

흔들림 없이 계속 금연을 실천한다. 일주일 뒤 술을 마시다 5개비를 피워버렸다. 실패라고 생각하지 마라. 7갑 피울 것을 5개비로 막았으니 아주 큰 성공이라 생각하라. 이런 생각과 행동을 3개월 정도 거듭하면 금연에 자신감이 생기고, 6개월쯤 계속하면 담배 맛이 뚝 떨어짐을 느끼게 될 것이다.

예순 살 청춘

울만의 시 '청춘'에서 용기 얻어. 오늘 하루 멋지게 살자

◆

◆

안도현의 시 '봉선화'다.

기어코 좋은 꽃으로 피어야겠다

우리는 봉선화 조선 싸리나무 울 밑에 사는

모양이 서툴러서 서러운 꽃

이 땅 겹겹 어둠 제일 먼저 구멍 뚫고

우리 봉선화 푸르른 밤 건널 때

흉한 역적 폭풍우도 맑게 잠재우고

솟을 꽃이겠다

터질 꽃이겠다

세상 짓이길 꽃이겠다

　나는 봄을 좋아한다. 공원을 찾아 조용히 벤치에 앉으면 신록의 봄이 차고 넘치도록 좋다. 능수버들이 연두에서 초록을 거쳐 신록으로 바뀌어가는 모습이 유쾌하다. 신록은 새 생명을 잉태하는 어머니. 신록을 바라보면 살아 있음의 눈부심이 황홀하다. 이파리 하나하나가 싱그럽다.

　그래서 나는 이양하의 '신록예찬'을 찾아 읽는다. '신록을 대하고 앉으면 신록은 먼저 나의 눈을 씻고, 나의 머리를 씻고, 나의 가슴을 씻고, 다음에 나의 마음의 모든 구석구석을 하나하나 씻어낸다. 그리고 나의 마음의 모든 티끌, 나의 모든 욕망과 굴욕과 고통과 곤란이 하나하나 사라지는 다음 순간, 별과 바람과 하늘과 풀이 그의 기쁨과 노래를 가지고 나의 빈 머리에 가슴에 마음에 고이고이 들어앉는다. 말하자면 나의 흉중(胸中)에도 신록이요 나의 안전(眼前)에도 신록이다.'

　고1 때엔가 국어책에 나온 수필이다. 자연의 신비를 찬미하며 직관적 상상력으로 인생의 아름다움을 노래한 작품이겠다. 이토록 좋은 글을 그때에는 그리 좋은 줄도 몰랐다. 국어 선생님이 작품을 감상하도록 가르치지 않고 시험 대비로 문장을 분석하거나 자음접변, 구개음화를 익히게 했으니 그럴 수밖에. 내가 만약 선생님이라면 '공원에 나가 10번씩 읽고 오기' 숙제를 내고 싶다고 상상한 적이 있다.

'청춘예찬'도 이런 생각이 들게 하는 작품이다. '청춘! 이는 듣기만하여도 가슴이 설레는 말이다. 청춘! 너의 두 손을 가슴에 대고, 물방아 같은 심장의 고동을 들어보라. 청춘의 피는 끓는다. 끓는 피에 뛰노는 심장은 거선(巨船)의 기관과 같이 힘 있다. 이것이다. 인류의 역사를 꾸며 내려온 동력은 바로 이것이다. 이성은 투명하되 얼음과 같으며, 지혜는 날카로우나 갑 속에 든 칼이다. 청춘의 끓는 피가 아니더면 인간이 얼마나 쓸쓸하랴.'

민태원이 1929년에 쓴 수필이다. 피 끓는 정열, 원대한 이상, 건강한 육체를 주제로 청춘을 찬미하고 격려한 작품. 환갑 나이에 읽어도힘이 불끈불끈 솟는다. 이 역시 학창시절엔 제대로 음미하지 못했다. 이 정도 명문이라면 책상 앞에 붙여놓고 매일같이 낭독해도 좋았을것을…

청춘, 그야말로 가슴 뛰게 하는 단어다. 나이로 치면 몇 살쯤일까. 청춘의 사전적 의미는 '십대 후반에서 이십대에 걸치는 인생의 젊은나이, 또는 그 시절'이다. 어느새 나도 나이 들었구나 하는 걸 처음 느낀 건 정확히 서른여섯 살 때다.

초겨울 한파가 몰아친 수능시험장 입구에서 고교생들이 웃통 벗어 던진 채 고함지르며 선배들을 응원하던 날. "나에게도 저런 때가 있었는데 지금 나는 몇 살이지?" 내 나이 정확히 두 배임을 확인하곤 "내 청춘은 어디로 갔지?" 하고 되뇌었던 기억이 아련하다.

흐르는 세월은 단 1초의 쉼조차 없는 법이다. 나이 들어 청춘이 좋은 것은 향수나 그리움의 표현이기 때문일 게다. 되돌아갈 수 없음에서 찾는 위안의 도피처. 동요가 좋은 것도 같은 맥락이지 싶다. 요즘 나는 추억의 동요, 혹은 가곡 듣는 걸 즐긴다. 익숙해서 그런지 마음이 더없이 편안해진다.

"동구 밖 과수원길 아카시아 활짝 폈네, 하이얀 꽃 이파리 눈송이처럼 날리네, 향긋한 꽃냄새가 실바람 타고 솔솔, 둘이서 말이 없네 얼굴 마주보며 쌩긋, 아카시아 꽃 하얗게 핀 먼 옛날의 과수원길."('과수원길'),

"봄의 교향악이 울려 퍼지는, 청라언덕 위에 백합 필 적에, 나는 흰 나리꽃 향기 맡으며, 너를 위해 노래 노래 부른다. 청라언덕과 같은 내 마음에 백합 같은 내 동무야, 네가 내게서 피어날 적에 모든 슬픔이 사라진다."('동무생각').

아카시아 흐드러지고, 백합 만발한 고향 마을이 그리워진다. 함께 뛰놀던 옛 동무들 얼굴이 파노라마처럼 떠오른다. 신록도 좋고, 청춘도 좋고, 동요 또한 좋다. 하지만 나이 좀 들었다고 추억 되새김질만

해서야 되겠는가. 나이 자랑이나 하고 살순 없지. 역시 사무엘 울만의 시 '청춘'에서 답을 찾아보련다.

'청춘이란 인생의 어떤 한 시기가 아니라 마음가짐을 뜻하나니. 장밋빛 볼, 붉은 입술, 부드러운 무릎이 아니라 풍부한 상상력과 왕성한 감수성과 의지력, 그리고 인생의 깊은 샘에서 솟아나는 신선함을 뜻하나니. 청춘이란 두려움을 물리치는 용기, 안이함을 뿌리치는 모험심, 그 탁월한 정신력을 뜻하나니. 때로는 스무 살 청년보다 예순살 노인이 더 청춘일 수 있네. 누구나 세월만으로 늙어가지 않고 이상을 잃어버릴 때 늙어가나니.'

내가 좋아하는 더글러스 맥아더 장군이 전장에서 즐겨 읊었다는 시라서 더 진하게 와 닿는다. '스무 살 청춘'은 어차피 떠나간 배, 그나마 '예순 살 청춘'이 남아 있다니 얼마나 다행인가. 명색이 청춘인지라 미래를 말하는 게 좋겠지만 쉽지 않다. 최소한 과거에 연연하진 말아야겠다. 어쭙잖은 이력 자랑하거나 지나간 세월 원망한들 누가 귀기울여 줄까. 꼰대 소리 듣기 십상이다.

지금 이 순간 정성을 다해 인생 꾸려나가다 보면 소소한 행복이라도 찾아오지 않을까. '카르페 디엠, 오늘 하루 멋지게 사는 사람.'

사랑의 조건

빅토르 위고는 소설 〈레미제라블〉에서 다른 누군가를 사랑하는 것은 신의 얼굴을 보는 것이라고 했다. 그는 또 '인생에서 최고의 행복은 사랑 받고 있다는 확신'이라고 했다. 인간사에서 사랑은 더없이 위대한 것이며, 사랑을 주고받기에 비로소 삶에 의미가 있다는 뜻이겠다.

그렇다. 사랑은 인류 최고의 발명품이다. 모든 종교의 궁극적 지향점이며, 동서고금 철학자들의 최대 관심사다. 사랑은 행복의 가장 중요한 조건이기에 온 세상 사람들이 그토록 갈구한다. 문화예술인들이 앞다퉈 작품 소재로 삼는 이유이기도 하다.

사랑은 당연히 크고 많을수록 좋다. "사랑도 밥과 같은 것이어서 계속 충족되지 않으면 결핍으로 인해 장애가 나타난다. 부모자식 간의 사랑, 친구들과의 우정, 연인간의 사랑을 많이 할수록 좋은 밥을 먹는 것처럼 정신적으로 건강해질 수 있다." 에리히 프롬의 말이다.

하지만 사랑은 우리 모두가 무궁무진 바라는 것이기에 항상 부족하게 느껴진다. 부족하기 때문에 곳곳에서 쟁탈전이 벌어진다. 한 여인을 두고 권총 결투가 벌어지는가 하면 급기야 전쟁을 유발하기도 한다. TV 프로그램 제목 '사랑과 전쟁'이 괜히 나온 게 아니다.

일상에선 부모자식 간에도, 부부간에도, 형제자매 간에도 예사로 사랑싸움이 벌어진다. 성경에 '사랑은 참고 기다리며, 친절하고, 시기하지 않으며, 무례하지 않고, 모든 것을 덮어준다'고 했건만 그것은 사랑이 풍성할 때 얘기인가 보다. 부족하면 미움과 다툼을 잉태한다.

그렇다면 여러분은 사랑을 제대로 실천하고 있는가. 그것을 주고자 노력하는가, 아니면 받고자 안달인가. 사랑은 누구에게나 받는 게 행복하지만 주는 게 더 중요할 수도 있다. 벤자민 프랭클린은 '사랑받고 싶다면 사랑하라'고 했고, 서머셋 모음은 '중요한 것은 사랑을 받는 것이 아니라 사랑을 하는 것'이라고 했다.

라이너 마리아 릴케는 이렇게 조언한다. "누군가를 사랑하는 것은 가장 어렵고 힘든 일이다. 그것은 궁극적이고 최종적인 시험이며 증명이다. 그 일을 위해 우리는 나머지 모든 일들을 준비해야 한다."

우리 주변에는 사랑해야 하는 사람, 사랑할 만한 가치가 있는 사람, 사랑 받고 싶어 하는 사람이 부지기수로 많다. 부모, 아내, 남편, 자녀는 기본이다. 그런데도 정성을 다해 노력하지 않는다.

시인 장석주는 저서 〈사랑에 대하여〉에서 노력을 강조한다. "사랑은 정성과 재연(再演)을 요구한다. 그러니까 사랑하는 사람은 '나는 너를 사랑해!' 라는 말을 반복해야 한다. 사랑은 그것을 선언하는 말과 지속하겠다는 약속을 삼켜야만 살아있을 수 있는 생물이다. 그런 말과 약속이 끊기는 순간 사랑은 덧없이 죽는다."

1

부부 사랑

결혼하는 이유

사회적 굴레임에 틀림없지만 행복 찾기의 지름길

◆

◆

    결혼을 하는 게 좋을까, 하지 않는 게 좋을까를 얘기할 때 흔히 소크라테스가 했다는 명언을 인용한다. "결혼을 하든 하지 않든 어느 편이나 후회할 것이다. 결혼을 해 보라. 좋은 아내를 만나면 행복해서 좋을 것이고, 나쁜 아내를 만나면 철학자가 될 것이다."

    2400년 전 그리스인들도 결혼 여부를 놓고 고민을 많이 했다는 뜻이겠다. 아니 그 이전에도 많이 했을 것이다. 사회학자들은 결혼의 기원을 구약성경 창세기에서 찾는다. 신인 여호와가 아담을 만든 뒤 그의 외로움을 덜어주기 위해 하와를 만들었다는 표현 때문에 첫 부부라는 해석이다.

    둘은 신의 사랑으로 태어나 지상 낙원에서 살았으니 참으로 행복했을 것이다. 하지만 하와가 뱀에 꼬임 당한 걸 계기로 원죄를 저질러 낙원에서 추방당했으니 부부의 선한 인연은 언제든지 악연으로 탈바꿈할 수 있다는 뜻이리라.

결혼에 대해 부정적인 시각을 가졌던 현인이 의외로 많다. 미셸 몽테뉴는 "결혼은 새장과 같다. 밖에 있는 새는 부질없이 들어가려고 한다. 안의 새들은 부질없이 나가려고 한다."고 했다. 샤를 보들레르는 '마누라가 죽었다. 나는 자유다'라고 했고, 레프 톨스토이는 "사람은 항상 어찌할 수 없을 때 죽음에 임하듯 그렇게 할 수밖에 도리가 없을 때 결혼해야 한다."고 말했다.

또 하인리히 하이네는 "결혼은 어떤 나침반도 일찍이 항로를 발견한 적이 없는 거친 바다"라고 했으며, 벤저민 디즈데일리는 "결혼이란 무덤에 들어가는 어리석은 짓"이라고 말했다. 이쯤 되면 결혼은 할게 못 된다.

그럼에도 대다수 사람은 결혼을 한다. 기나긴 역사 속에서 관습으로 굳어진 것이 큰 이유이겠지만 주변 사람들의 결혼생활에 대체적으로 긍정적인 평가를 하기 때문일 것이다. 성공한 결혼생활과 실패한 결혼생활 중 어느 쪽이 더 많은지 수치화하긴 어렵겠지만 전자가 후자보다 훨씬 많은 건 분명하지 싶다.

나도 결혼을 긍정적으로 보는 사람이다. 전혀 다른 세상에서 성장한 남녀가 사랑을 가꾸며 평안한 가정을 이룬다는 것은 인생사 최고의 행복에 속한다고 여겨지기 때문이다. 안정적으로 성생활을 영위할 수 있고, 외로움에서 손쉽게 벗어나게 해 주는 게 결혼이다. 자녀를 낳아 그 성장 과정을 지켜보는 기쁨을 만끽하는 데 결혼은 사실상 필수다.

중국 시사평론가 한하오웨(韓浩月)는 저서 〈남자의 도〉에서 가정을 이룬다는 행복을 재미있게 묘사했다. "건물을 뜻하는 집과 가정을 뜻하는 집은 종종 같은 것으로 혼동되는데, 둘 사이에는 큰 차이가 있다. 전자는 감정이 없는 건축물이고 후자는 숨 쉬는 생명체이며, 전자는 부서지고 무너지고 재건할 수 있지만 후자는 없어지지 않으며 다시 얻을 수도 없다. 또한 전자는 어디에서라도 돈만 지불하면 얻을 수 있고 다른 이에게 세를 놓을 수 있지만, 후자는 새가 둥지를 짓듯이 조금씩 지어나가야 하며 어디로 옮기든지 자신의 것에 속한다."

그럼에도 불구하고 결혼은 마르쿠스 툴리우스 키케로가 말했듯이 사회적 굴레임에 틀림이 없다. 결혼은 남녀의 생물학적 결합인 동시에 가정과 가정의 결합이다. 연애를 하다 결혼을 하면 두 사람의 사랑에 양쪽 가정의 여러 사람이 끼어들고 국가의 법과 사회의 풍속이 개입하게 된다. 이 과정에서 갈등이 생겨날 여지는 상존한다. 이렇게 부담감과 피로를 유발할 수도 있는 결혼을 꼭 할 필요가 있느냐고 의

문을 제기하는 건 당연하다.

하지만 내 주변을 살펴보면 이런 피로도에 비해 행복감이 더 큰 부부가 훨씬 많다. 이혼율이 높긴 하지만 비교적 안정적으로 결혼생활을 유지하는 부부가 절대 다수다. 결혼에 따른 고통을 호소하는 부부가 적지 않지만 결혼생활 유지에 따른 이점이 훨씬 많기에 그런 것 아니겠는가.

멋져 보이는 알파걸, 골드미스가 늘고 있지만 그들이 모두 행복한 것은 당연히 아닐 것이다. 그들의 노후를 생각해 보라. 노인의 삼고(三苦) 즉 질병, 가난, 외로움 가운데 외로움은 결혼 생활자에 비해 현저하게 클 것이며, 보완될 수 있는 여지는 매우 제한적이라고 본다.

결혼을 통해 가정을 이루는 최대 이점은 역시 젊어서나 늙어서나 부부를 포함한 가족 간의 사랑을 통해 한껏 행복을 키워 나갈 수 있기 때문일 것이다. 젊은이들이여, 사랑하는 이가 있다면 주저 없이 결혼을 하라.

마르틴 루터는 "훌륭한 결혼만큼 즐겁고 황홀하고 매력적인 인간관계, 즉 무언에 의한 마음의 교류는 없다"고 했다. 그는 로마가톨릭 사제로서 독신으로 지내다 종교개혁 선언 직후 사랑하던 수녀와 결혼을 했다.

부부 이심이체(二心異體)

성장 배경 차이로 二心 불가피. 다름을 인정하는 게 중요

◆

◆

　지인 자녀 결혼식에 갔다가 모처럼 주례사를 주의 깊게 들어봤다. 주례 없는 결혼식이 급격히 확산되는 시대에 '살아남은' 주례사가 어떤지 궁금해서였다.

　"부부 일심동체이기에 두 사람은 오늘부터 매사 한마음 한 뜻이 돼야 합니다. 자기 생각을 고집하지 말고 양보하는 자세로 맞춰나가야 행복한 가정을 이룰 수 있습니다."

　오래 전 내가 결혼할 당시 흔하디흔한 주례사 멘트와 똑같음에 놀랐다. 배우자 부모를 내 부모라 생각하고 정성 들여 효도하라, 힘들더라도 아이는 둘 정도 낳는 게 좋다는 말까지 판박이였다. 30년 세월이 짧지 않건만 아직도 부부 일심동체를 강조하는 게 신기하게 들렸다.

내가 부부는 일심동체가 아니라 이심이체임을 인식하는 게 중요하다는 생각을 한 지 꽤 오래됐기 때문이다. 부부가 일심동체인지, 일심동체여야 하는지, 이심이체인지, 이심이체여야 하는지 사람마다 생각이 다를 수 있다. 그런데 나는 존 그레이의 〈화성에서 온 남자, 금성에서 온 여자〉를 읽고 일심동체란 생각을 깨끗이 지워버렸다.

부부의 연을 맺은 두 사람이 성장 배경 차이로 사고방식이나 언어, 행동 등 모든 점에서 서로 다르다는 사실을 깨닫지 못하면 갈등을 겪을 가능성이 높다는 그레이의 진단은 당연하고도 탁월하다. 남녀 간 성격 차이를 강조하며 남자를 고무줄, 여자를 파도에 비유한 것도 기발한 분석이다. 화성에서 자란 남자와 금성에서 성장한 여자가 지구에서 만나 불타는 사랑을 나눌지언정 완전히 일심, 그리고 동체가 되는 건 결코 쉽지 않을 것이다.

문제는 이처럼 당연해 보이는 사실을 많은 사람이 제대로 인식하지 못하고 있다는 점이다. 나는 언젠가부터 부부는 본질적으로 이심이체이고, 굳이 일심동체일 필요도 없으며, 일심동체는 긴 생을 살면서 최종 목표로 삼을 수는 있겠지만 그것에 얽매일 필요가 없다는 생각을 갖게 됐다.

그럴진대 결혼 초기부터 배우자를 자기한테 맞추기 위해 변화시키려고 애쓰는 건 무의미하지 않을까 싶다. 사랑을 앞세워 결혼을 하더라도 두 사람은 여전히 자기만의 생각, 자기만의 세계를 가진 독특한 인격체이기 때문이다. 부부는 아무리 노력해도 결코 하나가 될 수 없다는 점도 인정할 필요가 있다.

일심동체는 어느 한쪽의 일방적 양보나 희생을 강요하는 말일 수 있다. 과거 우리네 남성 중심 유교문화가 일심동체를 자연스럽게 받아들이게 했다는 분석은 일리가 있다. 아내는 매사 무조건 남편을 따라야 한다는 여필종부(女必從夫)를 좋은 말로 포장한 것에 지나지 않는다는 얘기다.

구순 넘긴 내 장모님은 여필종부의 전형이다. 장인어른의 생각과 행동을 무조건 지지한다. 그래서인지 두 분 금슬은 더 없이 좋다. 이 경우에는 아무런 문제가 없겠지만, 요즘 세상에 이런 부부 찾기는 거의 불가능에 가깝다. 남편이든 아내든 배우자에게 무조건 '나를 따르'고 한들 따를 리 만무하다. 강요하면 불화만 생길 뿐이다.

결국 이 시대 부부는 서로의 다름을 인정하고 그걸 당연하게, 그리고 편하게 받아들이는 게 무엇보다 중요하지 않나 싶다. 작년인가 송혜교 송중기 커플 파경과 관련, 송혜교 소속사가 입장문에서 "둘이 다름을 극복하지 못해 부득이하게 이런 결정을 내리게 됐다."고 밝혔다. 두 사람이 다름을 극복하고자 어떤 노력을 했는지, 왜 극복하지 못했는지는 알 수 없다.

다만 이 글을 보면서 부부 이심이체라는 내 판단이 옳다면, 다름을 극복하려고 노력할 것이 아니라 다르다는 사실을 처음부터 인정하고 상대방을 있는 그대로 받아들이는 노력을 하는 것이 중요한데 그게 조금 부족하지 않았을까 잠시 생각해 봤다.

김대중 전 대통령 부부는 이심이체임을 인정함으로써 아름다운 가정을 꾸민 대표적 사례라 할 수 있다. 측근 정치인들에 따르면 김 전 대통령과 부인 이희호 여사는 각자 독립된 인격체임을 중시해 평생 서로 존경하는 삶을 영위해 온 것으로 알려졌다. 결혼 초기부터 서울 동교동 집에 문패 두 개를 나란히 걸었다는 사실이 그걸 상징한다. 종교가 달라 김대중 전 대통령은 로마가톨릭, 이 여사는 개신교 신앙을 갖고 있으면서도 전혀 불편을 느끼지 않았다는데 이심이체임을 인정한 덕분 아닐까 싶다. 나도 30년 결혼생활에 부부싸움을 거의 해 본 적이 없는데 이 지점에서 그 이유를 찾곤 한다.

언젠가 직장 남자 후배 기자로부터 '여름날의 결혼식'이라 적힌 예쁜 청첩장을 받았다. '인사말씀'에 '우연이 겹쳐 인연이 되고 인연이 쌓여 운명이 됐습니다. 이제 그 만남의 결실을 맺고자 합니다. 두 사람을 가까이서 지켜봐 온 분들과 더불어 그 기쁨을 나누려고 합니다'라고 적혀 있었다. 나는 이런 덕담을 했다.

"부부는 일심동체가 아니라 이심이체임이 분명하다. 너희 둘은 직업이 기자란 것 빼고는 같은 게 아무것도 없다고 보면 된다. 진실로 사랑하기에 결혼하겠지만 상대를 사랑하는 수준과 방법까지 포함해 모든 면에서 서로 다르다는 사실을 곧 알게 될 것이다. 이럴 때 다름을 극복하려 하기보다 그걸 인정하는 것이 무엇보다 중요하다. 빨리 극복해야겠다는 욕심으로 다름을 일치시키려다 어려움을 겪는 부부가 적지 않다는 사실을 명심할 필요가 있다. 고무줄이 파도를 만났으니 필시 아내의 심리적 변덕을 자주 보게 될 것이다. 사랑하는 사람이 좀 변덕스러우면 어떤가. 변덕과 업 다운이 파도의 본질이란 사실을 얼른 깨닫고 세심하게 배려하면 부부 행복은 절로 오지 싶다. 여름날 저녁 웨딩마치에 큰 박수 보낸다."

남편 육아휴직 의무제
육아 등 합리적 가사분담은 행복한 결혼생활의 핵심

◆

◆

원활하고 합리적인 가사(家事) 분담은 부부행복, 가정행복의 필수 요소다. 얼핏 사소한 것 같지만 누군가 하지 않을 수 없는, 더 없이 중요한 것이 가사다. 가사를 제대로 관리하지 못해 갈등을 겪는 부부가 의외로 많다. 이 때문에 이혼으로까지 발전하는 경우를 자주 보게 된다.

인간사 아주 사소한 것이 중요한 사건으로 발전하는 걸 나는 군대생활 할 때 더러 경험했다. 사병들끼리 벌어지는 '줄 빠따'가 대표적이다. 내무반 청소를 시작할 때 후임병이 먼저 빗자루를 잡지 않는다고, 식사 마치고 후임병이 먼저 식기 세척에 나서지 않는다는 이유로 고참병이 후배 기수별로 기합을 주곤 했다.

그러다 상해가 발생하고, 가해자가 영창 가는 모습을 여러 번 봤다. 나이 들어 생각해 보면 유치하게 왜 그런 사소한 일에 목숨 걸었을까 회상하곤 한다. 하지만 그 나이에, 그 환경에선 유치한 게 아니라 당연시 할 정도로 중요한 문제였는지도 모른다. 당시로선 그렇게 함으로써 사병들이 위계질서를 유지할 수 있었을 것이란 생각도 든다.

이렇듯 가사도 사소한 것 같지만 부부를 포함한 가족 구성원에게는 더없이 중요한 문제에 속한다고 해야겠다. 문제 해결 능력이란 관점에서 볼 때 그다지 어려운 일은 아니지만 매일같이 필수적으로 해야 하는 일이기에 사업이나 직장 생활 못지않게 중요하다 해서 틀린 말이 아니다.

가사는 너무나 단조롭고 귀찮다는 특징이 있다. 육아, 요리, 장보기, 설거지, 청소, 쓰레기 처리, 빨래… 육아와 요리를 빼곤 성취감도 별로 없으니 하기 싫을 수밖에 없다. 논어에 '기소불욕(己所不欲) 물시어인(勿施於人)'이라 했지만 그게 말처럼 쉬운가, 서로 미루다 보면 불화가 생긴다.

과거 대다수 남편이 혼자 바깥에서 돈을 벌고, 아내가 전업주부였을 때는 사실 가사 문제에 별 어려움이 없었다. 아내가 가사를 거의 전담하고 남편은 고마움을 표하면서 조금 도와주는 것으로 정리가 됐다. 서로 만족하면 그만인 게 부부 사이 아닌가.

문제는 많은 아내가 직장생활을 하게 되면서부터 불거졌다. 사회와 가정의 환경이 완전히 바뀌었음에도 남편이 자기 부모한테 배운 대로 가사 대부분을 아내한테 맡기려다 보니 갈등이 생기는 것이다.

나도 어차피 기성세대라 가사에 관해 상당히 보수적인 편이었다. 남자가 부엌 드나드는 걸 부끄러운 일로 여기면서 자랐고, 아이들이 제법 성장할 때까지 가사를 거의 외면했다. 하지만 그게 아니었다. 가사는 남편이든 아내든 결코 혼자 할 수 없고, 혼자 해서도 안 되는 일임을 나이 오십 줄에 들면서 깨달았다. 물론 그 즈음 아내가 바깥일을 시작하기도 했다.

내겐 가사에 관해 몇 가지 뚜렷한 철학이 있다. 사실은 별 것도 아니다. 누구나 대략 동의할 것이다.

첫째, 어떤 상황에 놓인 부부든 합리적 가사분담이 결혼 만족도, 가정 행복도를 제고하는 핵심임을 빨리 깨달아야 한다는 것이다. 남편은 단지 아내를 돕기 위해서가 아니라 가정의 행복을 위해 가사에 적극 동참해야 한다. 가사노동의 가치를 폄훼하는 것은 절대 금물이다. 부부가 가사노동의 가치 공유를 통해 소소하면서도 소중한 행복을 가꿔나갈 수 있다.

나는 요즘 설거지에 꽤나 맛을 들였다. '군대 실력'을 발휘하다 보면 아내나 딸아이들보다 더 깨끗하게, 훨씬 빨리 할 수 있다는 자신감을 갖게 됐다. 청소도 마찬가지일 것이다. 가족들이 자기네 하던 일 부담을 덜 수 있으니 좋아하고, 그들이 좋아하니 덩달아 내 기분이 좋다.

둘째, 가사는 남녀 관계없이 누구나 노력하면 할 수 있다는 인식을 가져야 한다는 점이다. 가사는 어떤 것도 피아노 연주나 스케이팅처럼 제대로 배워야 할 정도로 어려운 것이 아니다. 누구나 반복해서 하다 보면 중상 수준의 실력과 요령이 생긴다. 육아가 엄마만 할 수 있는 게 결코 아니란 얘기다. 남편은 또 한 명의 아내가 되어야 하고, 아내는 또 한 명의 남편이 되어야 한다.

그런 의미에서 요즘 성장기 남녀 학생들에게 기술과 가정 과목을 통합해서 똑같이 가르치는 것은 참 잘하는 일이다. 나는 어릴 때 요리는 천성적으로 여자가 남자보다 잘하는 것으로 생각했다. 하지만 세계적으로 유명한 요리사 중에 남자가 더 많다는 사실을 몰랐을 때 얘기다.

살다 보면 남녀 차별이 아니라 구별이 필요할 때도 있겠지만 관행에 따라 처음부터 구분할 필요는 없다고 본다. 남녀 성향 차이 때문에 가사 수행 능력이 조금 떨어지면 또 어떤가. 낙제를 면해 60점 이상이면 충분하다. 부부 다른 한쪽이 채워 주면 A학점도 쉽게 받을 수 있다.

셋째, 가사의 분량을 적극적으로 줄여 보자는 것이다. 우리는 가사를 관행적으로 하는 습관이 있다. 효율성이나 창의성에 좀체 관심을 갖지 않는다. 그러다 보니 시간이 흐를수록 가사는 늘어나고 그만큼 힘들어진다.

가사를 줄이는 미니멀리즘 운동가들의 목소리에 한번쯤 귀 기울여봄직하다. 미국의 미니멀리스트 에리카 라인은 저서 〈나는 인생에서 중요한 것만 남기기로 했다〉에서 이렇게 조언한다.

"나는 투머치(too much), 그러니까 너무 많은 물건, 너무 많은 전화통화, 너무 많은 볼일, 잘 알지도 못하는 사람들에게 했던 너무 많은 약속에 넌더리가 났다. (중략) 미니멀 라이프를 추구해 보기로 결심하는 것은 어떨까. 우리 내면의 가장 깊은 가치를 따라가 보는 것, 이 선택은 압박감과 죄책감, 그리고 극도의 피로에서 우리를 해방시켜 줄 것이다." 그는 가사에서도 불필요한 것을 과감하게 걷어내는 비움의 기술을 익히라고 말한다.

넷째, 아빠인 남편이 법정 육아휴직을 적극적으로 사용해야 한다는 것이다. 가사분담에서 가장 중요한 게 공평육아 아닐까 싶다. 아기한테 엄마 손이 더 많이 필요하다는 이유로 엄마한테 육아를 전적으로 맡기는 것은 과중한 부담이다. 이 때문에 아이 낳지 않겠다는 말이 더 이상 나오지 않으면 좋겠다.

나는 이를 위해 '남편 육아휴직 의무제'를 법제화해야 한다고 생각한다. 국가적으로 출산 장려를 위한 최고의 정책이라 생각해서다. 무려 600년 전 세종대왕도 임신한 여자의 남편에게 출산 휴가를 줬다는 사실을 상기하면 못할 이유가 없다. 세종실록에 따르면, 세종대왕은 관비의 출산 휴가를 7일에서 100일로 늘리고, 부인을 돌보는 남편에게도 30일의 출산 휴가를 줬다.

결혼 10000일 기념

중년부부의 사랑 이벤트. 20000일 챙기려면 건강이 중요

◆

◆

신접살림 차린 지 불과 1주일. 새색시가 조심스럽게 남편 직장으로 전화를 건다. "지금 엄마한테 와 있어요. 엄마가 맛있는 것 해 주신다는데 이쪽으로 퇴근해서 같이 저녁 먹고 집에 가요." 달짝지근한 제안에 남편의 대답은 엉뚱하다.

"무슨 소리 하는 거야 지금. 명색이 남자가 어떻게 처갓집으로 퇴근을 해. 나 우리 집으로 퇴근할 테니 알아서 해." 이 남편, 30여 년 전 바로 나다.

지금 생각해 보면 그때 난 앞뒤, 아니 전후 좌우 사방이 꽉 막힌 젊은이였다. 조상 제사와 산소 관리를 천금같이 여기는 유교 집안에서 자랐다지만 남들보다 상태가 좀 심했던 것 같다. 서울로 시집가는 누

나한테 여필종부(女必從夫) 강조하는 어른들 밑에서 성장했으니 가부장적 사고가 뼛속 깊이 배어 있었다고 봐야겠다.

이런 사람이 결혼기념일을 기억해서 챙길 리 만무하다. 결혼을 기념한다는 개념 자체가 머릿속에 없었을 것이다. 결혼 15년쯤 되던 해 기어코 사달이 나고 말았다. 아침 식사 도중 "그런데 말이야. 결혼은 남녀 같이 하는데 왜 남편만 아내한테 이벤트를 준비하고 뭘 선물하고 그러지?"라고 말한 것이다.

별 생각 없이 던진 말인데 아내가 발칵 했다. "왜 갑자기 그런 소릴 하는 거요. 내가 결혼기념일 기억 안 한다고 단 한 번이라도 말한 적 있나요. 결혼기념 외식하자고, 이벤트 해 달라고 한 번이라도 말한 적 있나요. 그런데 왜 엉뚱한 소릴 하냔 말이에요."

갑작스러운 공격에 단 한마디도 대꾸하지 못한 채 한참 동안 뻘쭘하게 서 있던 기억이 선명하다. 기념일 같은 것 잘 챙긴다는 직장 선배 조언으로 저녁에 집으로 꽃바구니를 배달함으로써 손쉽게 위기를 넘겨서 그런지 그때뿐이었다. 이후에도 결혼기념일은 잊고 살았다.

그러다 27년을 넘겨 내게는 아주 의미 있는 결혼기념 이벤트를 하게 됐다. 만 일 기념식. 딸아이들과 대화 중에 결혼한 지 만 일이 곧 다가온다는 사실을 확인하고는 큰맘 먹고 행사를 준비했다. 만 일은 대략 27년 5개월에 해당된다.

자그마한 목걸이를 사고, 장문의 감사 편지를 썼다. 아이들은 만일 동안의 스토리를 엮어 축하 동영상을 만들어줬다. 오랜만에 고급식당을 예약해 근사하게 식사까지 하고 나니 더없이 좋았다. 사실상처음 해 보는 결혼기념 행사인데 그다지 어렵지도 않고 어색하지도않았다. 그런데 왜 그리 무심하게 살았는지…

결혼기념은 서양 기독교 문화의 산물이다. 19세기 기독교 국가에서 결혼한 날에 맞춰 매년 축하 예배하던 데에서 비롯됐단다. 결혼기념엔 역시 선물이 관심이었나 보다. 유럽에선 1주년에 지혼식(紙婚式)이라 해서 부부가 서로에게 종이로 된 선물, 즉 책이나 그림 따위를 선물하는 게 관행이었다.

나라마다 조금씩 다르지만 연수가 쌓여 선물이 보석으로 바뀌면서 25주년 은혼(銀婚), 30주년 진주혼(眞珠婚), 40주년 녹옥혼(綠玉婚), 45주년 홍옥혼(紅玉婚), 50년은 금혼(金婚)이라 불렸다. 우리나라에서도 언젠가부터 금혼식을 챙기는 사람이 많아졌다. 60주년을축하하는 회혼례(回婚禮)도 가끔 볼 수 있다.

결혼기념 이벤트에는 정형화된 답이 있을 수 없다. 부부가 서로의사랑을 확인하고, 가족의 의미를 되새길 수 있으면 그만이다. 두 사람에게는 어떤 방식이라도 나름 특별하기 때문이다. 부부 서로 '감사의삼배(三拜)'를 해 보면 의미도 있고 재미도 있단다. 나도 고향집 전화

번호인 아파트 출입문 비밀번호를 결혼 날짜로 바꿔 볼까 생각 중이다.

결혼기념의 완결판은 역시 리마인드 웨딩 아닐까 싶다. 턱시도 양복에다 웨딩드레스 입으면 쑥스럽지만 색다른 느낌이 들 것이다. 그렇게 차려 입고 사진이라도 한번 찍어 보면 어떨까. 탤런트 최민수가 신혼여행 갔던 사이판에서 리마인드 웨딩을 했다고 화제가 된 적이 있다. 최민수가 "25년 전에 했던 결혼식은 리허설이었던 것 같다. 25년간 연애하고 이제 진짜 결혼식을 한 것 같은 느낌"이라 말했다는 데에 공감이 간다.

선물은 뭐가 좋을까. 나는 만 일 기념일에 목걸이를 준비하며 보석이란 걸 처음 생각해 봤다. 백화점 보석상에 갔더니 가격이 왜 그렇게 비싸고 천차만별인지 새삼 놀라지 않을 수 없었다. 보석에 대한 지식이 전혀 없음에도 마음에 드는 건 비싸고, 저렴한 건 눈에 들어오지 않으니 역시 보석=돈인가 보다 하는 느낌이었다. 보석 제대로 선물하려면 비자금 통장이 필수겠다는 생각마저 들었으니 세상 많이 배운 셈이다. 직후 아내가 대충 짐작하는 비자금 통장을 만들긴 했다.

보석보다 더 값진 선물은 마음이 담긴 편지 아닐까 싶다. 손으로 쓴 편지면 더 좋겠다. 오글거리는 표현으로 감사의 뜻을 담아도 되고, 앞으로의 다짐을 적는 것도 괜찮겠다. 따뜻한 노래나 시도 생각해 봄직하다. 이장희가 부른 '나 그대에게 모두 드리리'를 나직하게 들려주는 건 어떨까.

　나 그대에게 모두 드리리
　터질 것 같은 이내 사랑을
　그댈 위해서라면 나는 못할 게 없네
　별을 따다가 그대 두 손에 가득 드리리

제목이 비슷한 칼릴 지브란의 연시는 언제 들어도 좋다.

　나 그대에게 아름다운 이름이고 싶네
　차가운 바람 속에 그대 서 있을 때라도
　그대 마음 따뜻하게 채워드릴 수 있는
　그대의 사람이 되고 싶네 (중략)
　그렇게 우리 서로의 가슴 안에
　가장 편하고 가까운 이름이 되어
　변하지 않는 진실로 그대 곁에 머물고 싶네

만 일을 기념했으니 이만 일도 기념해야 할 텐데, 나이 계산해 보면 대략 83세가 된다. 그때까지 해로할 수나 있을지 모르겠다. 당장 술 줄이고 운동량 늘려야겠다. 독자 여러분도 동참하시길.

주례 없는 결혼식이 유행이지만
혼주의 성혼선언은 난센스, 제3자인 사회자에게 맡겨야

◆

◆

요즘 결혼식장에 가 보면 '주례 없는 예식'이 대세다. 종교 시설을 뺀 일반 결혼식장의 경우 무려 5분의 4 정도가 주례 없이 혼례를 치르는 것 같다. 불과 5, 6년 사이 일로 급변하는 세상임을 실감하게 된다. 지금 분위기로는 얼마 안 가 주례가 완전히 사라질지도 모를 일이다.

이는 결혼식이 부모가 아니라 당사자인 신랑, 신부가 주도하면서 생긴 현상이다. 형식에 치우치는 경우가 허다한 주례사에 특별한 의미를 부여하지 않는 데 따른 것이다. 젊은이들의 실용주의 사고를 굳이 나무라고 싶지는 않다.

실제로 과거 결혼식 주례사는 말 그대로 통과 의례였던 것 같다. 주례는 부모, 혹은 당사자와의 인연을 간단하게 언급한 뒤 판에 박힌 얘기로 장광설을 늘어놓곤 했다. 부부 일심동체와 자녀 출산, 부모 효도가 3대 단골 메뉴였다. 나도 특별히 기억되는 내용이 없는 걸 보면 마찬가지 아니었나 싶다.

모교 은사쯤 되면 괜찮은 편이었다. 과거에는 정치인 주례가 참 많았다. 자기 지역 국회의원이나 당협위원장에게 부탁하면 흔쾌히 응하는 분위기였다. 정치인 입장에선 유권자들에게 얼굴을 알릴 수 있는 절호의 기회였지만 신랑, 신부와 개인적으로 친분이 있을 리 만무하다. 신랑, 신부 혹은 둘 중 한 명이라도 잘 아는 사람이 애정을 담아 축하와 당부의 말을 해야 할 텐데 그게 잘 안 되는 경우가 많았다.

이처럼 형식으로 흐르다 보니 주례사는 짧을수록 좋다는 생각이 팽배했다. 이런 주례를 뭐하러 두느냐는 얘기가 나오는 건 당연지사. 주례를 없애 버리고 축제 형식으로 치르는 게 군이 잘못됐다고 생각하진 않는다. 하지만 지금 이뤄지고 있는 주례 없는 결혼식은 형식과 내용 면에서 다소 문제가 있는 것 같다. 생각을 조금 더해 고쳤으면 좋겠다.

제일 눈에 거슬리는 건 주례가 하던 성혼선언을 혼주가 대신하는 문제다. 성혼선언은 말 그대로 해당 결혼이 원만하게 이뤄졌음을 하객들에게 공개적으로 알리는 행위이다. 예식을 올리는 신랑, 신부가 이제 부부의 연을 정식으로 맺어 배타적 사랑을 하게 됐으니 잘 지켜

봐 달라는 의미를 담고 있다.

이것을 요식행위라고 치부해 버리면 할 말이 없겠지만 의미를 부여한다면 당연히 제3자가 하는 게 옳다. 흔히 신랑, 혹은 신부 아버지가 낭독하는데 이치에 맞지 않는다는 생각이다. 특별히 제3자를 내세우기 어렵다면 사회자가 대표해서 읽는 게 바람직하다고 본다.

또 한 가지 신랑, 혹은 신부 아버지가 주례사를 본떠 행하는 '당부의 말씀' 혹은 '격려의 말씀'도 적잖이 귀에 거슬린다. 형식상 주례사가 아니기에 자기 자녀들에게 할 얘기라면 하객들 앞에서 하는 건 이치에 맞지 않는다. 통상적으로 전하는 내용을 들어보면 신혼여행 다녀온 뒤 인사하러 왔을 때 안방에서 할 성격의 얘기다. 그런 얘기를 하객들에게 뭐하러 하느냐는 것이다.

이치에 맞지 않는 '당부의 말씀'을 하다 보니 자기 자녀한테 존칭을 쓰는 우를 범하곤 한다. 자녀한테 당부하는 내용임에도 하객들을 의식하다 보니 엉뚱하게 존칭이 튀어나오는 것이다. 우스꽝스런 장면이 아닐 수 없다.

이런 경우 방법은 있다. 신랑, 신부 자녀한테는 간단하게 당부 멘트를 한 다음 하객들에게 부모로서 다짐을 한 뒤 감사의 뜻을 표하는 내용을 주제로 삼는 방식이다. 신랑, 신부에게는 신혼여행 다녀오면 특별히 당부하겠다는 말을 덧붙이는 것도 괜찮겠다.

여기에 더해 결혼식 때마다 어색하게 느껴지는 게 하나 더 있다. 신부가 아버지와 손잡고 입장하는 모습이 나는 마음에 들지 않는다. 지금의 결혼식은 번거로운 전통 혼례를 대신해 서양, 특히 미국에서 들어온 형식이다.

하지만 신부 아버지가 함께 입장한 딸을 먼저 입장한 신랑에게 넘겨주는 퍼포먼스는 어딘가 부자연스럽다. 부부관계에서 지나친 남성 우위, 남성 주도를 용인하는 꼴을 많은 하객에게 공개적으로 보여주는 행위이다. 부부가 당당하게 손잡고 함께 입장하는 게 명실공히 남녀가 평등한 21세기 이 시대에 맞지 않을까 싶다.

입만 열면 남녀평등 운운하는 여성단체들이 이런 관행을 왜 고치려 들지 않는지 나는 이해할 수 없다. 신랑 뒤에 자기 부모, 신부 뒤에 자기 부모가 줄지어 함께 입장하는 것이 나는 가장 아름다운 모습이라고 생각한다.

작은 결혼식의 조건

체면과 허례에 볼모 잡힌 결혼 문화. 신랑, 신부 의지에 달려

◆

◆

　　고교 친구가 동창회 카톡방에 이런 글을 올렸다. "토요일이나 일요일 제일 성가신 일이 결혼식 하객으로 가는 일이다. 결혼이 인륜지대사라고 했지만 당사자에게 해당되는 일이다. 하객으로 가서 축의금 내고 서둘러 식사나 하고 나오는 일을 그만두기로 했다. 딸이 곧 결혼한다. 결혼식은 양가 합의로 하지 않기로 했다. 그동안 낸 축의금이 좀 아깝긴 하지만 현행 결혼식 문화를 바꾸자는 게 내 지론이므로 어쩔 수 없다. 양가 만나서 밥만 먹기로 했다."

　　특이한 뉴스였기에 반응은 다양했고, 평가는 엇갈렸다. "아서라 남들 하는 대로 따라 하는 것도 괜찮다." "모르긴 해도 좀 서운한 사람 많을 텐데." "결혼식 때 아니면 친구 자녀 얼굴 언제 볼 수 있겠나." "혼

인은 혼주, 상은 상주 마음이지." "대단하네, 둘이 잘 살면 그만이지 뭐." "반만년 역사에 개혁을 이루었다." "멋지고 용기 있는 결정에 박수 보내마."

친구한테 전화를 해 봤다. 혹여 하객 초대 없이 어디선가 조용히 '작은 결혼식'을 하려나 생각했지만 말 그대로 밥만 먹을 계획이란다. 양가의 부모·자녀 8명이 최고급 호텔에서 식사하는 걸로 결혼식에 갈음한다는 것이다. 예물이나 예단도 일절 하지 않으니 결혼 비용은 식사비 100만 원 남짓이 전부라고 했다.

문학평론가로 출판사를 경영하는 친구는 이런 결정을 하게 된 이유로 "언젠가 내가 칼럼으로도 썼지만 떠들썩하게 치르는 결혼식이 아무런 의미도 없기에 굳이 하지 않는 게 좋겠다는 생각을 갖고 있었는데 딸과 사윗감도 같은 생각이었다."고 전했다.

결혼식을 아예 하지 않은 친구의 결정은 우리네 보편적 정서와는 상당한 거리가 있다. 하지만 작은 결혼식, 스몰 웨딩은 결혼 적령기 젊은이와 부모들 사이에서 곧잘 입에 오르내리는 주제다. 얘기는 기존 결혼식 문화를 비판하는 데에서 시작된다.

"시끌벅적하게 하객을 맞다 보면 주인공인 신랑·신부가 지쳐서 파김치가 된다." "도떼기시장 같은 결혼식은 정말 아닌 것 같다." "돈으로 체면을 사는 허례허식은 이제 사라져야 한다." "노후 비용을 자녀 결혼에 쏟아 붓는다는 게 말이 되느냐." "축의금 빚 갚는 심정으로 결혼식 참석하는 건 정말 싫다." "제법 가진 사람들이 경쟁적으로 호화 결혼식 하는 것 보고 서민들이 따라 하니 그게 문제다."

이런 정서가 반영된 듯 작은 결혼식을 생각해 봤거나 계획 중인 사람은 꽤나 많다. 모임에서 작은 결혼식을 하겠다고 공개 다짐하는 사람도 있다. 하지만 실제로 실행하는 사람은 그리 많지 않다. 작은 결혼식을 생각했지만 실행하지 않거나 못하는 사람이 90% 이상이라는 통계도 있다. 웬만한 각오로는 하기 어렵다는 얘기겠다.

작은 결혼식은 초대 하객 수를 적게 한다는 뜻일 수도 있고, 비용을 저렴하게 최소화한다는 의미일 수도 있다. 최고급 호텔에서 휘황찬란하게 치르면서 하객 수를 제한한다고 작은 결혼식이라 할 순 없다. 그러니 둘을 합친 개념으로 보는 게 타당해 보인다.

사실 친인척이 아주 적거나 혼주가 사회활동을 하지 않는 사람은 성대하게 하고 싶어도 할 수가 없다. 세상 물질 제법 가진 사람이 체면 세우려고, 또는 한밑천 잡겠다는 심사로 호화판을 벌이는 게 꼴불견이란 얘기다.

과거에도 호화, 고급 결혼식이 왜 없었겠냐마는 경제적 상류 계층에 한정돼 있었다. 대다수 서민은 큰 부담 없이 치를 수 있었다. 예식장 인근 대형 식당을 빌려 갈비탕이나 국수 한 그릇 대접해도 예의에 벗어나는 게 아니었다. 부족하다 싶어 집에서 떡이나 무침, 전 따위를 마련해 가서 내놓으면 좋은 평을 받았다. 하지만 지금은 너나도나 고급 뷔페다. 1인당 최소 4만 원, 5만 원이니 혼주와 하객 모두 부담이다. '최소 축의금'이 5만 원을 넘어 10만 원으로 급상승하는 이유다.

약 5년 전 호화 결혼식이 사회적으로 화두가 된 적이 있다. 언론에서 작은 결혼식 캠페인을 벌이는가 하면 '검소한 혼례 운동본부'란 시민단체가 결성되기도 했다. 당시 이각범 전 청와대 정책기획수석의 딸이 작은 결혼식 치렀다는 사실이 뒤늦게 알려져 화제가 됐었다.

미국 저명 로펌에 다니는 딸이 서울에서 간소하게 혼례를 올리고 싶다 해서 양가 합쳐 2000만 원으로 치렀다고 했다. 양가 합쳐 신랑·신부 기준 사촌 이내 친척 80명과 신랑·신부 친구 55명, 고교 및 대학 은사 20명만 조용한 음식점에 초대했으며, 축의금과 축하 화환은 일절 받지 않았다고 한다.

나도 결혼 적령기에 접어든 아이들이 있으니 남의 일 같지 않다. 가끔 이런 상상을 해 본다. 신랑·신부를 친하게 알고 결혼을 진정으로 축하해 줄 사람 양가 합쳐 50명 정도만 비싸지 않으면서 깔끔한 식당으로 초대해 갈비탕에 비빔밥 정도 차려놓고 예식 올리는 모습. 두 시간이면 어떻고 세 시간이면 또 어떤가, 참석자 전원이 돌아가며 추억담이나 덕담 한마디씩 해 주면 새 출발하는 젊은이들에게 더 없이 큰 축하와 격려가 될 것이다. 작지만 의미 있고 아름다운 결혼식이 되지 않을까.

이럴 경우 굳이 축의금을 받을 필요도 이유도 없으니 혼주와 하객 모두 부담이 없겠기에 덤으로 좋을 것 같다. 하지만 이런 장면을 성사시키려면 신랑, 신부에게 확고한 의지가 있어야 한다. 대략 첫 대면하는 사돈 간에 이런 제안을 했다가 상대방이 완곡하게나마 거절해 버리면 더 이상 방법이 없을 것 같다. 신랑, 신부가 주도권을 갖고 각자 자기 부모를 설득시키는 게 관건이지 싶다.

우리 아이들에게 얼핏 의견을 물어본 적이 있다. 아쉽게도 썩 좋은 반응을 받아내진 못했다. 기다려 보련다.

2

부모 사랑

'엄마'라는 위대한 이름

희생과 눈물의 이름 이제 그만, 엄마가 행복해야 자녀도 행복

◆

◆

여러분은 엄마라 부릅니까, 어머니라 부릅니까. 미성년자는 대부분 엄마라 호칭한다. 사람마다, 집안 분위기 따라 다르겠지만 결혼을 하고 나이 들면서 어머니라 부르는 비율이 높아진다. 남성보다 여성의 엄마 호칭 비율이 더 높으리라 짐작된다.

표준국어대사전에는 엄마를 '격식 갖추지 않아도 되는 상황에서 어머니를 이르거나 부르는 말'이라고 돼 있다. 사전적 의미로는 엄마=어린이어, 어머니=성인이라 해서 크게 틀리지 않을 듯하다. 우리말 역사를 살펴보면 시대적으로 엄마가 어머니보다 훨씬 앞선다.

엄마는 멀리 삼국시대 문헌에 벌써 '아마'란 표현으로 등장한다. 이게 15세기 무렵 '어마'로 변했다가 18세기에 엄마로 바뀌었다. 어머

니는 18세기에 '어마니'란 표현으로 등장했다 19세기 말에 와서야 어머니란 이름을 굳혔다. 이래서 어머니보다 엄마 호칭이 더 친숙한 건지도 모른다.

나는 결혼을 계기로 30년 가까이 불러온 엄마를 대신해 '어무이'라 부르기 시작했다. 그냥 형들 따라 한 것이다. 어른이 되었으니 젖내 나는 엄마 호칭은 버리고 어머니라 불러야 하는데, 표준말 호칭이 어색해서인지 엉뚱하게 남부지방 방언인 어무이를 택한 것이다.

그러다 나이 오십 줄에 다시 엄마로 되돌렸다. 엄마란 호칭이 얼마나 정겹고 아름다운가, 엄마라 부를 날이 앞으로 얼마나 될까, 혹여 남들이 마마보이라 놀려도 상관없다는 생각에 급속 유턴한 것이다. 어머니가 어찌 엄마를 대신할 수 있으랴.

누구나 생존 여부와 관계없이 포근하기 그지없는 엄마의 품을 떠올리며 갖가지 상념에 젖는다. 나이깨나 먹은 사람들에게 엄마의 이름은 희생이요, 엄마의 이름은 인내요, 엄마의 이름은 눈물이다. 이런 엄마를 가장 잘 표현한 심순덕의 시 '엄마는 그래도 되는 줄 알았습니다'를 읊어 본다.

엄마는 그래도 되는 줄 알았습니다
하루 종일 밭에서 죽어라 힘들게 일해도

엄마는 그래도 되는 줄 알았습니다

찬밥 한 덩이로 대충 부뚜막에 앉아 점심을 때워도

엄마는 그래도 되는 줄 알았습니다

한겨울 냇물에서 맨손으로 빨래를 방망이질해도

엄마는 그래도 되는 줄 알았습니다

배부르다 생각 없다 식구들 다 먹이고 굶어도

엄마는 그래도 되는 줄 알았습니다

발뒤꿈치 다 헤져 이불이 소리를 내도

엄마는 그래도 되는 줄 알았습니다

손톱이 깎을 수조차 없이 닳고 문드러져도

엄마는 그래도 되는 줄 알았습니다

아버지가 화내고 자식들이 속 썩여도 전혀 끄떡없는

엄마는 그래도 되는 줄 알았습니다

　외할머니 보고 싶다 외할머니 보고 싶다 그것이 그냥 넋두리 인 줄만

　한밤중 자다 깨어 방구석에서 한없이 소리 죽여 울던 엄마를 본 후론

　아! 엄마는 그러면 안 되는 것이었습니다

유대인 속담에 '신은 모든 곳에 있을 수 없기에 엄마를 만들었다'는 말이 있다. 신의 전지전능함에 틈이 생겼기에 엄마라는 존재가 탄생했다는 뜻이겠다. 그래서 엄마는 신처럼 제 자녀의 삶 전체를 주관한다. 엄마가 거룩하고 위대한 이유, 감히 신과 동격이라 불려도 된다는 말이 나오는 까닭이다. 김종철의 시 '엄마 어머니 어머님'이 이런 엄마를 잘 묘사하고 있다.

누구나 세 분의 당신을 모시고 있다
세상을 처음 열어주신 엄마
세상을 업어주고 입혀주신 어머니
세상을 깨닫게 하고 가르침 주시는 어머님
엄마의 무릎에서 내려오면 회초리로 사람 가르치는 어머니가 계시고
세상을 얻기 위해 뛰다 보면 부끄러움과 후회로 어머님 영전 앞에 잔 올린다
성모 아닌 어머님이 세상 어디에 있더냐
기도로 일깨우고 눈물로 고통 닦아 주신 엄마 어머니 어머님
모두가 거룩한 분이시다

엄마가 한 분이 아니라 세 분이라니, 그럼 삼위일체? 역시 끝없이 복을 주는 분이시다. 우리가 엄마라는 말만 들어도 가슴 시리고 눈시울 적셔지는 것은 일종의 죄책감 때문 아닐까 싶다.

엄마의 무조건적인 헌신과 희생을 당연시하고 일방적으로 도움받기만 한 데 대한 죄송함의 표현이겠다. 그것 깨달을 즈음, 효도 좀 해 볼까 할 때 엄마는 병석에 눕거나 내 곁에 계시지 않는다. 가슴 친들 무슨 소용이 있겠나.

심순덕이 묘사하는 그런 엄마의 상(像)은 점차 찾기 어려워지겠지만 헌신과 희생은 엄마의 본능 아닌가 싶다. 세상이 아무리 바뀌어도 엄마는 '아낌없이 주는 나무'임에 틀림없어 보인다.

환갑 가까운 내 아내도 천생 헌신의 엄마다. 딸아이 셋 모두 장성했음에도 그들 뒤치다꺼리에 여념이 없다. 바깥일 겸하느라 매사 귀찮고 힘들 텐데도 싫은 기색 한번 하지 않는다. 아이들이 집에 들어설 때 아빠 대신 엄마 먼저 찾는 건 당연지사.

하지만 이 시대를 살아가는 젊은 엄마들은 발상의 전환을 좀 하는 게 좋지 않을까 싶다. 부모 세대와 똑같은 방식으로 굳이 희생을 각오할 필요는 없다. 자녀에게 가진 것 충분히 내어주면서도 자신의 존재 의미를 한껏 살려나가는 게 현명해 보인다.

직장 맘들 중에 자녀와 오랜 시간 함께하지 못한다며 자책하는 사람이 적지 않은데 그럴 이유도, 필요도 없다. 전업주부라고 모두 훌륭한 엄마가 될 수 없듯 직장 맘이라 해서 나쁜 엄마일 이유는 결코 없다.

자녀에게 엄마는 존재 자체가 아름답고 위대하다. 모든 엄마는 그 이름만으로 높은 자존감을 가질 자격이 있다. 요즘 엄마는 세상 변화에 발맞춰 주어진 행복을 마음껏 누릴 필요가 있다. 완벽한 엄마가 아닐지라도 충분히 좋은 엄마면 성공이다.

엄마가 행복해야 자녀도 행복하다.

아빠의 존재감

잃어버린 책임감 되찾고 자녀 교육에도 관심 가져야

◆

◆

지금은 고인이 된 웃음 전도사 신수관 교수가 TV 교양 프로그램에 나와서 했던 말이 생각난다.

"미국의 어떤 여론조사기관이 세상에서 가장 아름다운 단어가 무엇인지 조사 대상자들에게 물었더니 압도적 1위가 엄마였다고 합니다. 그런데 아빠라는 단어는 10위도 아니고 50위도 아니고 70위를 넘겼다고 합니다. 그 정도로 엄마는 아빠에 비해 훨씬 더 아름답고 위대하다는 겁니다. 여러분의 엄마, 어머니한테 잘하세요."

자신이 유아기 때 홍역인가 죽을병이 걸렸는데 엄마가 밤새 껴안고 숨을 불어넣어 기적적으로 살려냈다는 사연을 전하면서 했던 말이다. 이에 반해 아빠는 죽은 아이를 왜 끌어안고 있느냐며 얼른 갖다

묻자고 멍석과 지게를 들이댔다는 얘기를 덧붙였으니 시청자들에게 부모 '비교공감'이 얼마나 컸겠는가.

엄마, 아빠가 자녀를 향해 베푸는 사랑에 차이가 크다고 느끼며 자란 사람이 많을 것이다. 가정 안에서 엄부자모(嚴父慈母)가 보편적 정서였던 과거에는 말할 것도 없겠지만 지금도 그런 분위기가 남아 있다고 본다.

10여 년 전 TV 오락 프로그램에서 어떤 아이가 이런 우스갯소리를 한 적이 있다. "엄마가 있어 좋다 나를 예뻐해 주니까. 냉장고가 있어 좋다 나에게 먹을 것을 주니까. 강아지가 있어 좋다 나랑 놀아 주니까. 그런데 아빠는 왜 있는지 모르겠다."

한 세대 전이라면 모를까 요즘 아이들도 저런 생각을 하느냐며 씁쓰레함을 느낀 기억이 난다. 사실 그 무렵 나도 비슷한 경험을 했다. 딸아이가 대학 입시공부 하느라 밤늦게 귀가할 때 가끔 아내 대신 내가 기다리곤 했다. 그럴 때 문을 열고 들어오는 딸아이가 첫 마디로 '엄마는?'이라고 물으면 '이게 뭐지' 하는 생각이 들었다. 역시 아이에게는 아빠가 엄마에 비할 수 없구나 하는 자괴감 비슷한 것 말이다.

세상의 아빠들이 느끼는 그런 불공평에 따른 불만은 아빠들이 자초한 것 아닐까 싶다. 불과 한 세대 전만 해도 5월 8일 어버이날은 어머니날이었다. 카네이션은 당연히 엄마한테만 드렸고, 자녀 초등학교 축하엔 엄마만 초대됐다. '어머니 은혜'란 노래는 있어도 '아버지 은혜'란 노래는 없었다. 진자리, 마른자리 갈아 뉘신 분은 아빠가 아니라 오로지 엄마였다는 뜻이다.

당시 대부분의 아빠는 집에서 어머니날을 빼곤 일 년 내내 제왕 노릇을 했다. 재떨이 가져와라, 냉수 떠 와라 하면 아무도 거역할 수 없는 존재였다. 그러나 두려움의 존재일 뿐 사랑의 존재는 결코 아니었다.

하지만 세상의 아빠들이여 실망할 필요는 없다. 아빠의 존재감은 예나 지금이나 분명히 있다. 옛 시인은 '아버지 날 낳으시고, 어머니 날 기르시니라'고 노래했다. 굳이 엄마가 아닌 아빠가 나를 낳았다고 표현할 정도로 존재감이 크다는 뜻 아닐까. 아빠의 죽음을 하늘이 무너진다는 '천붕(天崩)'이라 표현할 정도로 아빠는 크고도 중요한 존재였다

아빠는 여전히 가장(家長)이라 불린다. 가정의 주인이란 뜻이다. 그러니 주인의식을 가져야겠다. 급격한 도시화로 전근대적 농촌 가정이 급속히 감소함에 따라 아빠는 가정을 벗어나 직장으로 내몰렸다. 그러다 보니 엄마가 가정생활을 주도하게 되고 아빠의 권위는 땅에 떨어졌다. 바깥에 나가 돈이나 벌어오는 기계로 전락한 것이다.

우리 사회에서 불과 한 세대 만에 가정의 주도권이 아빠에게서 엄

마에게로 급격히 넘어간 것은 불행한 일이다. 가정에서 남편과 아내, 아빠와 엄마의 권한과 책임은 공평한 게 좋다. 그래야 두 사람과 그 자녀들이 행복해질 수 있을 것이란 생각 때문이다.

아빠가 잃어버린 권위를 되찾아 존재감을 갖고 행복한 가정을 꾸며나가기 위해서는 세월 속에 방기했던 책임감을 다시 찾아와야 한다. 돈 벌어줬다고 손 털어서는 자녀들에게 존중 받기 어렵다.

중국 시사평론가 한하오웨(韓浩月)는 〈남자의 도〉란 책에서 가정적인 남자가 되는 게 중요하다면서 아빠들에게 다음과 같이 조언했다.

"달콤한 집을 가꾸어라 - 소통이 되고 정성을 기울인 집은 무너지지 않는다. 좋은 아버지 되기는 어렵지 않다 - 아이의 영혼을 풍요롭게 해 주어야 한다. 매일 30분 주방에서 보내라 - 주방에서 땀 흘리는 남자가 섹시하다. 일을 사랑하되 가정을 더욱 사랑하라. 1년에 두 번은 가족 여행을 떠나라. 아이와 함께하는 시간을 늘려라. 빈손으로 절대 집에 들어가지 마라. 미래의 딸에게 편지를 써라."

한국적 상황을 감안하면 여기다 아빠의 교육 책임을 하루빨리 회복할 필요가 있다. 전통적으로 아빠는 엄격한 훈육 담당자였다. 그러나 바깥 산업 현장으로 나가면서 교육을 엄마한테 맡기게 되었다. '엄마의 정보력, 아빠의 무관심'이란 말이 상징하는 바는 크다. 대표적으로 자녀의 학교 교사 면담도 엄마 대신 아빠가 적극적으로 담당해야 한다. 그래야 아빠의 존재감과 권위를 되찾을 수 있다.

아빠도 법정 육아 휴직에 적극 동참해야 한다. 달콤한 가정을 가꾸기 위해서는 자녀와 열심히 부대끼며 사는 것이 최선이다. 가장이라면서 가정사를 주도하지 않는 것은 직무유기다. 그렇게도 어려운 가정 경영을 왜 여자한테, 아내한테 떠맡기려 하는가.

"한 가정을 다스리는 것은 온 왕국을 다스리는 것보다 근심이 덜하지 않다." 미셸 몽테뉴가 한 말이다.

'국이 식지 않는 거리'가 좋긴 한데
부모 자녀 주거 이상적인 거리. 배려 위한 규칙 필요

◆

◆

처음 신문기자가 돼 대한노인회 소속 간부 노인을 취재한 뒤 이런 기사를 썼다. "요즘 노인들은 굳이 자녀와 한 집에 사는 걸 원하지 않는다. 며느리가 시어른과 함께 사는 걸 내심 꺼리기 때문에 한솥밥 먹으면 서로가 불편하다고 말한다. 그렇다고 멀리 떨어져 사는 걸 바라진 않는다. 손주들 보고 싶으면 언제든지 만날 수 있어야 하고, 부모가 아프면 아들이 금방 달려올 수 있어야 한다는 생각을 갖고 있다. 그래서 국이 식지 않을 정도의 거리에 살길 원하는 노인이 늘고 있다."

당시 취재원 노인은 '국이 식지 않는 거리'를 이렇게 설명했다. "아들이 저녁에 맛있는 쇠고기 국을 먹다 어머니 생각이 날 때 냄비를 들고 갖다 드리는 데 온기가 식지 않을 정도의 거리, 또 어머니가 끓인 된장찌개를 아들이 자기 집까지 가져가는 데에 식지 않을 정도의 거리를 말합니다. 승용차가 있으면 조금 멀어도 되지만 걸어서 오가야 한다면 더 가까워야겠지요. 우리 부부는 아파트 맨 위층, 아들 부부는 같은 아파트 1층에 사는데 아주 만족스럽습니다."

200자 원고지 5장 남짓 자그마한 기사에 데스크가 '국이 식지 않는 거리'란 제목을 붙여 줬다. 햇병아리 기자가 지나가는 노인 말 한마디를 잘 포착했다며 칭찬받은 기억이 아련하다.

지나간 세월을 더듬어보면 우리네 가족 주거 형태가 많이도 바뀌었다. 1980년대까지만 해도 노인이 같은 도시에 거주하는 자녀와 떨어져 다른 집에 사는 경우는 아주 드물었다. 아들이건 딸이건 한 사람은 반드시 부모를 모시고 사는 게 상식이었다.

노인 단독세대는 자녀와의 불화가 심각한 케이스인 것으로 인식될 정도였다. 취재원 노인은 그런 시절에 자녀와 한집에 사는 게 능사가 아니라고 생각했으니 독립심과 배려심을 갖춘 다소 특별한 사람이었다고 본다.

지금은 어떤가. 정반대로 결혼한 자녀와 한 지붕 아래 사는 노인을 찾아보기 어렵다. 결혼과 동시에 자녀를 내보내는 게 상식이다. 부모 모시고 살려는 며느리가 없는 것은 물론이고, 며느리와 함께 살려고 작정하는 '간 큰' 부모도 거의 없다. 부모나 자녀 모두 개인주의적 성향이 강해 동거를 불편해하기 때문이겠다.

마음 편한 딸과도 함께 사는 걸 꺼릴 정도다. 사위가 편하지 않단다. 노인이 쇠약해지거나 병을 얻으면 요양원이나 요양병원에 가는 추세여서 부모 자녀 한집 살이 모습은 더더욱 찾아보기 어렵게 됐다.

다만 별거하되 '국이 식지 않는 거리'에 사는 걸 택하는 사람이 크게 늘고 있다. 대개 젊은 부부가 부모 집 근처에 살길 원한다. 효심과 자녀사랑이 바탕에 깔렸겠지만 부모 자식 간 이해관계가 맞아떨어지기 때문 아닌가 싶다. 육아가 가장 큰 이유다.

여성의 사회 진출이 급속 확대되면서 부모가 육아에 도움을 주지 않으면 출산 자체를 시도하기 어려운 게 현실이다. 친정이든 시집이든 부모한테 육아를 의존하다 보니 자연스레 가까이 살게 된다. 부모 입장에서도 손주 사랑 맘껏 즐길 수 있으니 나쁘지 않다.

그러다 아이들이 자라고 부모가 연로해서도 계속 한동네에 살 경우 부모 부양에 도움 될 것이기에 좋아 보인다. 갈수록 심각해지는 노인 고독의 근본 해결책이 될 수도 있겠다. 이해관계가 반영된 세대 간 품앗이일망정 권장할 만한 윈-윈이라고 본다.

아무튼 이런 분위기가 더 확산되면 꽤 오랫동안 지속돼 온 핵가족화가 사실상 힘을 잃고, 새로운 형태의 대가족제도가 자리 잡을지도 모른다. 핵가족이면 어떻고 대가족이면 어떤가. 가족 구성원이 편하고 행복하면 그만이다. 나도 언젠가 딸아이들 결혼하더라도 가까이 살며 손주 매개로 자주 만나는 노년을 상상해 본다.

그러나 신형 대가족이 진정 행복을 누리기 위해서는 상호 존중하고 배려하는 노력이 반드시 필요하다. 언젠가 KBS 주말드라마 '세상에서 제일 예쁜 내 딸'이 묘사한 시어머니·며느리, 장모·사위 관계라면 가까이 살 이유가 없다. 유치원 다니는 손녀 하나 건사하지 못해 가족관계가 뒤틀어지는 모습은 시청하기에 부담스러웠다. 박정수가 연기하는 시어머니도, 김해숙이 맡은 장모도 존중과 배려가 부족해 보였다. 그럴 바엔 파트타임 육아 도우미를 쓰는 게 낫다.

60대 지인은 출가한 두 딸을 지근거리에 두고 산다. 평소 원하던 걸 이뤘으니 일단 성공이다. 손주 돌보며 딸 사위와 더불어 사는 모습이 일단 행복해 보인다. 두 사돈댁까지 근처인 것은 덤으로 좋단다.

하지만 옆에서 지켜보면 과연 저게 정답일까 하는 생각이 든다. 가끔씩 이런 말을 해서다. "사랑하는 아이들 옆에 끼고 사는 게 정말 좋다. 하지만 밤낮 없이 왁짜지껄 부대끼다 보니 내 몸이 많이 피곤하긴 하다."

가족이라도 가까이 살다 보면 정신적 육체적 부자유로 인해 피로감을 느끼게 될 가능성이 있다. 또 알게 모르게 상대방 행동거지를 간섭함에 따라 불화의 싹이 돋아날 수도 있다. 이런 상황이 갈등으로 발전하기 전에 예방책을 마련할 필요가 있다.

라이프사이클, 육아 방식 등에서 생기는 세대 차이와 관련해 상대방에 이해를 강요하는 건 금물이다. 또 상대방이 편안하고 행복하게 여기는 게 무엇인지 정확하게 헤아리는 게 중요하다. 원하지도 않는데 주고 싶다고 맘대로 주는 건 결코 행복의 길이 아니다. 이런 점을 감안해 보면 부모 자식 간이지만 양측을 규율하는 원칙 같은 걸 세밀하게 정하는 것도 괜찮을 것 같다.

'국이 식지 않는 거리'가 '국이 오가지 않는 거리'로 바뀌는 건 시간문제다. 상호 존중과 배려만이 이런 불행을 막을 수 있다.

눈물바다 된 장수 잔치

60대 자녀 재롱에도 무표정. 수연(壽宴) 늦기 전에 자주 해야

◆

◆

　여든을 훌쩍 넘긴 노부부가 정든 고향을 떠나 딸이 사는 수도권 신
도시로 이사를 왔다. 자녀들과 떨어져 사는 것이 익숙한 듯했지만 노
년의 외로움은 어쩔 수가 없었다. 아들이 없는 데에다 큰딸이 미국에
사는 까닭에 둘째 딸 집 옆으로 거처를 옮겼다. 내 장인, 장모 얘기다.

　몇 년 뒤 장인어른 구순(九旬)잔치를 했다. 잔치라기보다 조촐한
가족모임이라 해야겠다. 명색이 열 살 꺾어지는 나이인데 그냥 지나
치기 어렵고 해서 잔치 모양을 내 보기로 했다. 호텔도 좋고 레스토랑
도 괜찮겠지만 그냥 딸이 사는 아파트에 출장 뷔페를 부르기로 했다.
한 살 아래 장모님의 온전치 못한 건강을 고려한 결정이었다.

　일시 귀국한 큰딸과 사위, 손주들과 80대 동생부부, 조카들까지

30명 넘게 모였으니 제법 시끌벅적했다. 목사인 큰딸의 감사기도, 둘째 딸의 감사패 증정, 막내딸의 감사편지 낭송, 각자 만든 축하 영상편지 시청, 손주들의 애교떨기, 어버이은혜 합창….

"우리 아버지 그리고 엄마, 불러도 불러도 너무나 좋은 이름입니다. 튼실한 버팀목이자 따뜻한 울타리입니다. 저희를 반듯하게 키워주셔서 감사합니다. 서로 진심 사랑하셔서서 감사합니다. 90星霜 건강한 모습으로 함께해 주셔서 감사합니다. 두 분, 저희 곁에 그냥 계신 것만으로도 행복합니다. 못다 한 효도, 한참 더 하고 싶습니다. 두 분 건강한 백수 가꿔나가시길 기도합니다". 감사패 글귀다. 우리한테는 나름 뜻 깊은 장수 잔치였다.

장수는 누구나 바라는 바다. 다들 병석에서의 노년을 걱정하면서도 사랑하는 이들과 더불어 오래오래 살길 꿈꾼다. 그래서 수연(壽宴), 곧 장수를 축하하는 행사는 각별한 의미가 있다. 예부터 수연은 자식자랑, 돈자랑이라 했다. 잘난 자식이 있든지 가정 형편이 좋을 경우 가까운 친지는 물론 먼 동네 사람들까지 불러놓고 한바탕 잔치를 벌이곤 했다.

반대로 내세울 만한 자식이 없든지, 하객들에게 대접할 만한 여유가 안 될 경우 언감생심이었다. 지금도 크게 다르지 않을 것 같다.

인생 첫 수연인 60세 회갑연(回甲宴)은 천덕꾸러기 된 지 오래다.

수명이 워낙 길어져서다. 회갑이라며 친지 모아놓고 잔치하는 사람은 거의 찾아보기 힘들다. 아직 돈벌이 현장에 있거나 부모가 생존한 경우가 적지 않으니 잔칫상 받기가 쑥스럽기도 할 것이다. 단출하게 가족끼리 식사하거나 국내외 여행 다녀오는 게 대세다. 이쯤 되면 회갑을 아예 수연 목록에서 빼 버리는 게 맞을지도 모르겠다.

70세 고희연(古稀宴)도 건너뛰는 경우가 많다. 건강한 사람은 70세도 청춘이긴 매한가지다. 백수 철학자 김형석 교수가 "60세에서 75세 사이가 인생의 황금기였다"고 회고할 정도이니 고희가 장수 축하받을 나이는 아닐 성싶다. 80세 산수(傘壽)의 경우 평균 기대 수명에는 못 미치지만 요즘 장수 잔치의 대세인 것 같다. 호텔 같은 데 가면 산수연 현수막이 자주 눈에 띈다.

졸수연(卒壽宴)이라고도 불리는 구순잔치는 대략 수연의 끝자락에 속한다. 88세 미수연(米壽宴) 다음이다. 요즘 말끝마다 100세 시대라지만 백수연(白壽宴)은 여전히 기대난망이다. 굳이 백세를 채우지 않고 1년 앞당겨 99세에 수연을 하는 이유이기도 하다. 100세가 아직은 하늘이 내려주는 나이라고들 하니 90대 진입만 해도 수명에 관한 한 성공했다고 볼 수 있다.

이애란이 90세에 저 세상에서 날 데리러 오거든 알아서 갈 테니 재촉하지 말라 전해라고 노래한 걸 보면 이쯤 살다 가면 그리 섭섭하지 않다는 뜻일 게다. 실제로 요즘 장례식장에선 90세가 조문 인사의 중요한 잣대가 된다. 고인의 나이를 물어봤다가 80대란 답이 나오면 '아이고 조금 더 계셨으면 좋았을 텐데 섭섭하겠다'고 위로하지만 90세를 넘겼다고 하면 그런 말이 선뜻 나오지 않는다.

우리나라의 90세 이상 인구는 17만 2천 명쯤 된다. 매년 1만 6천 명가량이 90대에 진입한다. 90세까지 산다는 게 축하할 일이지만 안타까운 것은 건강이 뒷받침되지 않는다는 사실이다. 자녀나 요양시설 도움 없이 독립적인 삶을 영위하는 90대 노인이 과연 몇이나 될까. 극소수이지 싶다. 만수무강, 무병장수면 참 좋으련만 그게 어찌 사람 뜻대로 될 일인가.

내 어머니도 '영광스럽게' 90대 진입에 성공하셨다. 하지만 안타깝게도 와병 중이시다. 하반신 거동이 전혀 안 돼 대소변을 받아내야 하고 중증 치매까지 앓아 우리 집 근처 요양병원에 계신 지 한참 됐다. 이제 당신 나이도 못 맞히시고, 사랑했던 큰아들이 오래 전 곁을 떠났다는 사실도 헷갈린다.

그래도 구순잔치는 해야지 싶었다. 이것저것 모든 게 마지막일 수 있다는 생각이 미쳐서다. 영광의 90대 진입 깃발을 든 바로 그날, 장인어른 잔치를 했던 바로 그 자리에 아들과 며느리, 딸과 사위, 그리고 손주들이 모였다. 비슷한 모양으로 잔치 흉내를 냈지만 좀처럼 흥이 나지 않은 것은 왜일까. 거실 침대에 누운, 잠깐 휠체어에 앉은 주인공에게서 함빡 웃음을 기대한 건 역시 불효자의 욕심이었나 보다.

어머니는 당신 18번인 찔레꽃과 섬마을처녀를 따라 불렀지만 시종 무표정에 모기 소리였다. 60대 중반 아들이 어린 시절 약장수 흉내를 재연하고, 환갑 넘긴 딸이 잊긴 동화(童話)로 재롱을 피웠지만 멀뚱멀뚱 쳐다보기만 하셨다. 기념사진 찍으며 손주들이 온갖 애교를 떨고서야 겨우 희미한 웃음을 지으셨다. 결국 어버이은혜 합창은 눈물바다를 이루게 했다. 너무 늦어버린 장수잔치였다.

이 세상 아들딸들이여, 장수잔치는 기회 있을 때마다 자주 하는 게 좋겠다. 고희면 어떻고 회갑이면 또 어떤가.

이별의 정거장, 요양병원
차디찬 병원 침대보다 따뜻한 가족 품이 좋을 텐데

◆

◆

대학 시절 '리더스 다이제스트'란 영문 잡지에서 읽은 미국의 안타까운 사연 한 편이 지금도 기억에 생생하다.

연로한 데에다 지병까지 있는 아버지가 며칠 동안 아들의 안부 전화를 받지 않는다. 아들은 멀리 떨어져 살다 보니 금방 달려가기가 쉽지 않다. 걱정이 커져 고향집을 찾았을 때 아버지는 이미 불귀의 객이 된 상태다. 심장질환 약병이 방바닥에 굴러 떨어져 있다. 아버지는 일자무식(一字無識)이어서 '눌러서 왼쪽으로 돌리세요'란 지시어를 읽을 수 없었고, 그래서 응급 약을 먹지 못해 죽은 것으로 생각하며 울부짖는다. "제가 옆에 모시고 살았어야 했는데, 아버지 죄송합니다."

당시만 해도 우리나라의 경우 노인이나 질환이 있는 가족을 혼자 살게 하는 경우는 거의 없었다. 대가족제도가 상당 부분 남아 있었고 독거노인은 찾아보기 힘들었다. 당연히 부모는 집에서 자녀들이 지켜보는 가운데 임종하는 것으로 인식되던 시기였다. 그러니 20대 초반이던 나로서는 미국 노인들의 인생 마지막이 참 불행하구나라고 생각할 수밖에 없었다.

한데 지금 우리 상황은 어떠한가. 질환이 있든 없든 자녀와 동거하는 노인은 드물다. 자녀 부부 둘 다 바깥에서 일을 하기 때문이긴 하다. 나이 들어 거동이 불편하거나 질병으로 도움이 필요한 경우 1차 방문 간병 서비스 받기, 2차 요양원 혹은 요양병원 입원이 관행처럼 굳어가고 있다.

불과 10년 전만 해도 부모를 요양원이나 요양병원 보내는 걸 '고려장' 이미지 때문에 꺼리는 분위기였지만 지금은 당연시되고 있다. 전국 각지에 요양원과 요양병원이 우후죽순처럼 생겨나는 이유다.

구순 지난 내 어머니도 우리 집 근처 요양병원에 계신다. 어머니가 시골집에 혼자 사실 때 나는 이런 다짐을 하곤 했다. "엄마, 나 이제 5년쯤 후면 정년퇴직할 텐데 그때엔 여기서 나랑 둘이서 맛있는 것 해 먹으며 함께 살아요."

얼마 지나지 않아 허언이 되고 말았다. 그새 어머니는 낙상으로 대소변을 못 가리는 중환자로 치매까지 앓게 되었고, 나는 정년이 2년 늘어나버렸다. 아들은 창살 없는 감옥에 갇히는 어머니를 물끄러미 쳐다보는 수밖에 달리 방법이 없었다.

요양병원을 자주 출입하다 보면 이런 저런 사연을 많이 접하게 된다. 겉으로 드러난 병세 차이가 천차만별이듯 요양병원에 오게 된 사연도 가지가지다.

영양보충을 위한 튜브를 낀 채 외부 산소를 공급받아야 하는 중환자가 있는가 하면, 거동과 식사가 자유로워 외견상 멀쩡한 노인도 적지 않다. 모든 걸 포기한 듯 하루 종일 멍하니 앉아있거나 잠만 자는 노인이 있는가 하면 자식자랑, 남편자랑에 열 올리는 노인도 있다.

이들에게 분명한 공통점이 하나 있다. 시간에 맞춰 함께 눈 뜨고 밥 먹고 잠들지만 사실상 모두가 죽음을 대기하고 있다는 사실 말이다. 요양병원에서 어머니를 여의고 간호조무사가 된 시인 서석화는 저서 〈이별과 이별할 때〉에서 요양병원을 '이별을 준비하는 정거장'이라 명명했다.

"어딘지 모르고 들어선 사람들, 밥 먹다가, 자다가, 사랑하는 사람들과 따뜻한 시간을 보내다가, 혹은 사랑이 끝나버려 추수 끝난 들판처럼 휑한 외로움의 무게에 깔려 있다가, 폭풍처럼, 혹은 너무도 아무렇지 않게, 그 정거장에 들어선 사람들. (중략) 이별이 그렇듯

(정거장은) 당연히 습하다." 서석화는 '우리는 누구나 언젠가는 배차 시간표도 없는 차를 기다리는 정거장에 있게 될 것'이라고 장담한다.

요양병원에 가보면 문병 오는 가족들의 행태가 천태만상이다. 방문 횟수에 따라, 부모와의 친밀도에 따라, 대화 내용에 따라 평소 어떤 사이인지 능히 짐작할 수 있다.

병실의 문병 위치에 따라 누군지 금방 알아볼 수 있다는 우스갯소리도 있다. '침대에 바짝 붙어 앉아 얘기 나누며 이것저것 챙겨 주면 딸, 그 옆에 뻘쭘하게 서 있는 사람은 사위, 문 앞에 서서 먼 산 바라보는 사람은 아들, 복도에서 휴대폰 만지작거리는 사람은 며느리'

부모 요양병원 모셔다 놓은 자녀는 편하긴 하다. 가끔 들러 인사하고 의사나 간호사 만나 병세 확인하면 끝이다. 하지만 분명한 것은 요양병원의 차가운 침대에서 생을 마감하기보다는 오래 살았던 집에서 죽음을 맞이하는 게 존엄한 죽음에 가깝다는 사실이다. 병원에서 튜브나 전선에 꽂힌 채 죽고 싶은 사람이 어디 있겠는가. 가족의 품에 안겨 조용히 눈감고 싶을 것이다.

요양병원 가는 걸 피할 수 있는 방법은 없을까. 누구나 가야 하고 갈 수밖에 없다고 체념할 게 아니라 각자가 좋은 방법을 찾아보는 건 어떨까. 노환의 종류와 정도, 진전 속도, 가족의 사정이 제각각이니 일반화한다는 건 원천적으로 불가능하다고 본다.

내 할아버지와 아버지는 평생 사신 시골집에서 가족들이 지켜보는 가운데 돌아가셨다. 어머니를 어디서 어떻게 보내드려야 할지 은근히 걱정이다. 우리 집에서 가족, 간병인과 함께 시간 보내며 호스피스 서비스까지 받을 수 있다면 얼마나 좋겠는가. 하지만 너무 늦어버린 것 같아 가슴이 아려온다.

3

자녀
사랑

그래도 하나는 낳아야지

모성의 가치 무시 못해. 출산과 육아는 소름 끼칠 정도로 큰 행복

◆

◆

　직장 후배가 페이스북에 여러 장의 사진을 올렸다. 아내가 쌍둥이를 임신한 모습. 하얀 원피스 차림에 배가 제법 불룩했고, 후배는 아내 배에 귀를 갖다 대며 활짝 웃는 사진도 있었다. 출산 예정 시점도 공개했다.

　얼마나 자랑하고 싶었으면 그랬을까 싶다. 후배는 결혼한 지 꽤 지났지만 아이가 생기지 않아 마음고생이 컸다. 여러 차례 의술의 도움을 받은 결과 한참 늦게나마 임신에 성공한 것이다. 축하 댓글이 엄청 많이 달렸다. 세상으로부터 축하 받을 만도 하다.

　아이를 낳는다는 것, 정말 소름 끼칠 정도로 큰 기쁨에 속한다고 봐야겠다. 부부가 사랑의 결실을 맺어 2세까지 얻었으니 한 평생 살

면서 이보다 큰 행복이 어디 있을까. 그래서 동서고금을 막론하고 출산은 장려되었고, 출생은 축하 받았다. 다산이 미덕이었으며 아이 못 낳는 여자는 큰 흠으로 여겨졌다.

하지만 언젠가부터 어느 나라 할 것 없이 산아제한이 이뤄졌다. 가정의 빈곤에서 탈출한다는 게 이유였다. 그런데 저마다 경제개발 단계에서 주로 산하제한 정책이 시행됐다는 건 아이러니다. 문제는 산하제한이 너무 심하게 이뤄져 대부분의 서방국에서 저출산이 심각한 상황에 이르렀다는 사실이다.

우리나라의 저출산은 가히 국가 재난 수준이다. 가임기 여성들이 결혼을 꺼리거나 미루는 데에다 결혼해도 출산을 아예 하지 않으려는 풍조가 조성되고 있다. 내가 아는 40세 전후 남자 지인 둘도 결혼한 지 꽤나 지났음에도 아이를 갖지 않겠단다. 안타까운 일이 아닐 수 없다.

출산하지 않으려는 현상을 당사자들에게 책임 물을 수는 없다. 요즘 세상에 아이 낳아 키우기가 여간 힘들지 않다는 데에는 누구나 동의한다. 여성이 대부분 결혼해도 일하는 세상, 일을 하지 않으면 안 되는 세상이라 아이 낳아 키운다는 건 참으로 힘든 일이다. '아이는 낳기만 하면 제 알아서 자란다'는 건 무책임하기 짝이 없는 옛말일 뿐이다.

아이를 많이 낳아 키우던 시절에도 '무자식이 상팔자'니 '자식이 웬수'니 하는 말이 있었다. 그만큼 육아는 전쟁에 비유될 정도로 부모의 희생과 헌신이 필요하다. 직장 여성의 경우 출산했다가 육아 어려움 때문에 직장을 포기해야 하는 상황에 직면할 수도 있다.

나도 직장 다니는 딸들 생각하면 결혼 후 함부로 아이 낳으라고 말할 수 있을지 의문이다. 아침마다 출근하기 바빠 제대로 화장도 못한 채 헐레벌떡 뛰쳐나가는 모습을 보면 저래 가지고 어떻게 결혼해서 아이를 낳아 키울 수 있을지 걱정이다.

나는 원래 자녀를 두 명 이상 낳는 게 좋겠다는 생각을 갖고 있었다. 한 명일 경우 자녀가 성인이 되고 부모가 늙었을 때 그 자녀가 외롭고 부담이 커 어려움을 겪을 것이란 생각에서다. 하나만 갖겠다는 사람에게 '부모 이기주의'라고 비판하기도 했다. '아이를 한 명밖에 갖지 않는 사람은 한 눈으로 세상을 보고 있는 것과 마찬가지'란 탈무드 내용까지 인용하면서 말이다.

하지만 지금은 생각이 달라졌다. 하나라도 낳아 잘 길러보는 게 어떻겠느냐고 말한다. 요즘 분위기를 보면 농어촌에 거주하거나 저학력인 여성의 출산율은 비교적 높은 데에 반해 대도시 거주 고학력, 고연봉 직장 여성의 출산율은 아주 낮다. 이 차이 역시 안타까운 현상이 아닐 수 없다.

어떤 환경에 처한 여성이든 출산과 육아의 기쁨을 누리지 못하는 건 분명 불행이라고 감히 말하고 싶다. 자녀를 낳아 키우는 즐거움과 보람, 심리적 만족, 그에 따른 가정의 행복은 돈으로 결코 환산할 수 없는 절대 가치를 갖고 있다. 경우에 따라서는 천문학적인 기회비용을 지불해서라도 누릴 만한 가치가 있다고 본다.

언젠가 저명한 정신과 의사한테 들은 얘기다. 대략 이런 내용이다.

"세상의 모든 엄마에겐 모성(Mothernity)이란 게 있다. 밥 안 먹겠다고 대책 없이 떼쓰는 아이, 아무런 이유도 없이 울어대는 아이, 제멋대로 장난치며 방을 어질러놓는 아이 때문에 피곤에 지치고 화가 치솟는다. 이런 아이를 도대체 왜 낳았는지 모르겠다고 후회스럽기도 하다. 하지만 목욕을 시켜 수건으로 잘 닦은 뒤 파우더를 하고 뺨이나 배꼽에다 뽀뽀를 하면 아이가 까르르 하며 활짝 웃는다. 그 순간 엄마의 짜증과 수고스러움, 후회는 한 순간에 싹 날아가 버린다. 이게 모성이다. 이런 모성은 세상의 다른 어떤 가치나 행복과도 바꿀 수 없다."

그렇다. 이런 의미의 모성은 엄마뿐만 아니라 아빠도 당연히 지니고 있을 것이다. 젊은 부부들이여, 각자의 천부적인 모성을 살려 여건이 힘들겠지만 아이를 하나라도 낳아 길러보는 게 어떨까.

출산은 정부가 장려한다고 반드시 잘될 일은 아니다. 정부가 국익 차원에서 정책적으로 장려할 수는 있겠지만 어차피 결정은 당사자인 부부가 하는 것이다. 자신들의 행복을 위해 출산 여부를 결정할 수밖에 없다. 노후에 자녀로부터 봉양 받는 시대는 지나갔지만 노후 외로움을 피하는 데에도 자녀는 필요하다고 본다.

딸이 더 좋은 세상

아들 선호 싹 사라져, 여아 선택 출산 위한 불법 낙태 걱정

◆

◆

대학병원 분만실 앞. 간호사가 신생아를 보여주며 "공주님입니다. 축하합니다."라고 하자 아이 할머니는 "하는 수 없지 뭐." 하고는 돌아서서 눈시울을 적신다. 옆에 있던 외할머니는 사돈 등을 토닥이며 "섭섭해도 어쩌겠습니까, 인력으로 안 되는 것을. 다음에 꼭 아들 낳으면 되지요." 하며 손수건을 건넨다. 내 큰 딸아이 출산 때 모습이다.

처음 아빠가 된 나도 내심 서운했던 것으로 기억된다. '기왕이면 아들이면 좋았을 텐데....' 그즈음 길가다 딸 둘 데리고 다니는 젊은 부부를 보면 속으로 '저 집은 딸만 둘이네' 하며 조금 안됐다는 생각을 했었다. 그리고는 3년 뒤 둘째 딸아이를 낳았고, 아들 욕심은 접었다.

그런데 수년 뒤 느닷없이 처가에서 압력(?)이 들어왔다. "후회는 하지 않게 하나만 더 낳아보는 게 어떨까." 순전히 아들 낳을 목적으로 4년 터울로 셋째를 가졌고, 또 딸을 봤다. 당시로선 남들이 조금 안쓰럽게 보지 않았을까 싶다.

그 시절엔 왜 그렇게 아들, 아들 했는지 모르겠다. 자녀가 몇이든 아들 하나는 꼭 있어야 한다는 세상이었으니 젊은 부부들의 스트레스가 얼마나 컸을까 싶다. 아내가 아들을 낳지 못하면 쫓아내도 된다는(칠거지악, 七去之惡) 도덕률을 가진 나라의 후손이었으니 어쩌겠는가.

김영삼 정부 시절 국무총리가 3명의 신임 차관급 인사에게 임명장을 수여한 뒤 환담하다 4명 모두 딸만 됐다는 사실이 밝혀져 화제가 됐다. 일부 대화 내용이 신문 가십난에 소개되기도 했다. "저도 아들 낳아보려고 나름 노력했지요. 그게 마음대로 됩니까. 그때에는 너나없이 아들 타령을 해 무척 힘들었지요." "어른들이 딸자식은 자식이 아니라고 생각했으니 남아선호는 어쩔 수 없었다고 봐야지요." "언젠가 세상 바뀔 겁니다. 딸 가진 부모도 기죽지 않는 세상이 곧 올 겁니다." "키우기는 지금도 아들보다 딸이 낫지요. 노후엔 아들보다 딸이 훨씬 낫다고 하지 않습니까." 고관대작들 사이에 이런 얘기가 오갔다는 사실 자체가 남아선호 현상이 상당했음을 뜻한다.

실제로 옛 어른들은 딸을 제대로 된 자식으로 생각하지 않았다. 출가외인(出嫁外人)이라 했으니 키울 때만 내 자식이지 결혼 후에는 남의 자식이었던 셈이다. 아들이라야 혈육도 잇고 조상 제사도 모실 수 있다고 생각했기에 다분히 유교문화 유산이겠다.

내 어머니는 기력이 괜찮았을 때 누나가 모시고 살았다. 명절은 아들 집에서 쇠는 게 좋겠다 싶어 모시러 가면 어머니는 "그래 설과 추석은 자식 집에서 보내는 게 맞지." 하곤 하셨다. 당신한테 더없이 효도하는 딸이 자식이 아니라니….

불과 30년, 세상 참 많이도 변했다. 500년 이상 지속돼 온 남아선호 현상은 어느새 거의 퇴조한 듯하다. 환갑 바라보는 고향 친구들 중에 '너 아들 없어도 진짜 괜찮느냐'며 진심으로 걱정해 주는 경우가 가끔 있긴 하다. 경상도 사는 아재들이다. 나는 그런 친구를 '꼴통'이라 부른다. 이런 극소수 목소리조차 얼마 안 가면 완전히 사라지지 않을까 싶다.

정부 통계상 출산 시 남아선호는 진작 사라졌다. 출생성비(출생 여아 100명당 남아 수)는 1990년 최고점을 찍어 116.5였다. 그 해 셋째 아이 성비는 193.3이나 됐다. 남아를 선택 출산하기 위해 낙태시술을 아주 많이 했다는 얘기다. 다행히 2007년 이후엔 105~106선을 유지하고 있다. 셋째 아이도 마찬가지다. 이 수치는 생물학적으로 한국인의 자연스러운 출생성비여서 평균적으로는 남녀 어느 쪽으로도 선택 경향이 없다는 뜻이겠다.

한데 요즘엔 남아선호가 사라진 데 그치지 않고 거꾸로 여아선호 시대가 왔음을 느낀다. 성인이 된 딸아이들과 이런 대화를 나눌 정도다.

"결혼해서 아이 갖게 되면 아들 딸 중 어느 쪽이 좋을까."

"당연히 딸이지요."

"확률은 반반인데 자꾸 아들 낳으면 어떻게 하지."

"아들 자꾸 낳을 일은 없어요. 첫째가 딸이면 하나 더 낳을 수도 있지만 아들이면 안 낳을 거예요. 아들 둘은 상상하기 싫어요."

"남편이 아들을 원할 수도 있잖아."

"그런 간 큰 남편 잘 없을 걸요."

세 딸 삼구동성(三口同聲)이니 딱히 덧붙일 말조차 없다. 각종 여론조사에서도 여아선호 경향은 뚜렷하다. 2019년 한국리서치가 5월 가정의 달을 맞아 성인남녀 1000명을 대상으로 실시한 가족 의식조사에서 딸이 하나는 있어야 한다는 응답자가 아들이 하나는 있어야 한다는 응답자의 2배에 달했다. 젊은 부부들이 부계보다 모계 사람을 더 자주 만난다는 조사 결과와 일맥상통해 보인다.

30년 전엔 상상조차 할 수 없었던 여아선호. 아들 중심의 족보문화와 제사문화가 빠른 속도로 빛을 잃은 게 가장 큰 원인 아닐까 싶다. 여성의 사회경제적 지위 향상과 그에 따른 가정에서의 발언권 상승이 연쇄적으로 작용했을 것이다. 딸이 아들보다 공감 능력이 뛰어나다는 점도 영향을 미친 듯하다. 굳이 아들일 필요가 없다는 흐름이 자리 잡은 건 분명해 보인다. 하지만 아들의 강점 또한 여전하기에 아들 선호 분위기도 상당기간 혼재하리라 본다. 앞으로도 세상은 남성이 주도할 것이며, 자식으로서 든든하다는 느낌을 주는 건 역시 아들이라 생각하는 사람이 적지 않아서다.

그럼에도 불구하고 작금의 급격한 의식 변화 기류에 비춰 볼 때 출산 시 여아선호 현상은 갈수록 심화되지 않을까 싶다. 그게 걱정이다. 30년 후를 생각해 보자. 여아를 선택 출산하려는 사람이 생겨날 수도 있다. 남아선호 때처럼 불법 낙태시술이 다시 만연해질 수도 있다는 얘기다. 혼자만의 기우이기 바란다.

손주 육아로 등골 휘어서야
육아는 부모가 책임지는 게 원칙, 노부모 부담 최소화해야

◆

◆

    손주 둘을 키워준 할머니의 서글픈 뒷모습을 본적이 있다. 같은 아파트에 사는 분이었다. 1.4후퇴 때 북에서 월남한 노부부는 애지중지 아들 하나 키웠으며, 결혼시켜 분가를 했다.

    부부 교사 아들 내외는 자녀를 낳자마자 부모한테 손을 내밀었다. 맞벌이 부부가 그리 많지 않던 시절, 아이 키우며 직장생활 하기가 무척 힘들었을 것이다. 수도권 내 다른 도시에 살던 노부부는 손주 육아 지원에 흔쾌히 응했다.

    당장 자신들이 살던 아파트를 처분해 평수를 키워 아들 집과 합쳤다. 월남 가족이라 외롭기도 하던 차에 아들 내외의 SOS가 은근히 고맙게 느껴졌을 지도 모른다.

아들 부부는 얼마나 마음이 편했겠는가. 할머니는 북에서 전문대학을 나온 지적인 사람이기에 육아에 더 마음이 놓였을 것이다. 하지만 며느리와의 관계는 시종 원만치 못했다. 아이들이 초등학교에 입학할 정도로 제법 자라 손 갈 일이 적어질 즈음 고부 갈등은 극도로 심화됐다. 마주보고 밥 먹기조차 부담스러울 정도가 됐다.

급기야 노부부는 분가를 선언하고 과거 살던 곳으로 되돌아갔다. 아들 부부, 손주들과 돌아서야 하는 일흔 전후 부부의 심정이 어땠을까. 나는 당시 정치인들이 흔히 사용하던 사자성어 '토사구팽(兎死狗烹)'을 떠올렸다. 실컷 부려먹고 필요 없게 되자 내쳐버리는 모습 말이다.

나는 손주 육아를 대체로 탐탁지 않게 본다. 과거 대가족 시절에는 아이가 태어나면 당연히 가족 모두가 함께 키웠다. 할아버지, 할머니, 고모, 삼촌의 총력 육아로 엄마, 아빠는 편하게 일손을 덜 수 있었다. 모두가 한 식구이니 육아를 비롯한 모든 가사를 자연스럽게 함께한 것이다.

하지만 지금은 전혀 다른 세상이다. 말 그대로 핵가족 시대다. 자녀가 결혼을 계기로 분가를 하면 당연히 가사를 따로 해야 한다. 출산을 하면 자기들 힘으로 키우는 게 원칙이다. 나이 든 부모에게 육아 부담을 시키는 건 가혹한 일이 아닐 수 없다.

손주 육아라는 게 상상 이상으로 힘들기 때문이다. 손주에 대한 사랑이 아무리 차고 넘친다 해도 환갑 넘긴 할아버지 할머니로선 힘이 부친다. 젊은 시절 아들딸 키울 때와는 체력에 큰 차이가 있어서다.

자녀 출가까지 시킨 부모로서는 가사노동에서 해방돼야 할 나이이다. 육체적이든 정신적이든 그나마 건강할 때, 편안함을 즐겨야 할 시기에 손주 육아에 얽매이는 건 불행이 아닐 수 없다.

물론 일반화하기 어려운 문제이긴 하다. 육아가 아무리 힘들어도 손주 사랑이 커 스스로 뛰어들 수도 있다. 또 노후 경제가 궁해 용돈 좀 받아쓸 목적으로 자원할 수도 있다.

어떤 경우든 손주 육아에 나선 어른들은 이구동성으로 힘들다고 말한다. 자녀들은 가급적 부모한테 부담주지 말고 스스로 육아를 해결하는 게 현명하다고 본다. 서울에 사는 내 40대 조카 둘은 각각 셋, 다섯 아이를 키우는데 부모 손을 전혀 빌리지 않는다.

자신들이 친하게 알고 지내는 교회 '권사'한테 전적으로 육아를 맡겨 놓고 있는데 아주 만족스럽단다. 물론 두 부부 다 고연봉자여서 사례금을 두둑하게 드리긴 할 것이다. 셋과 다섯, 그 많은 수의 아이를 부모한테 맡긴다고 생각해 보라. 등골이 휘고 말 것이다.

내가 이런 생각에, 이렇게 말은 하지만 육아를 전적으로 피할 수 있을지 의문이다. 언젠가 딸 셋을 출가시켜야 하는데 손주가 태어나면 마냥 모른 체 외면할 수 있을까. 직장 다니는 딸들 아침마다 종종걸음 하는 걸 보면 저래 가지고 결혼해서 어떻게 아이 낳아 키울까 하는 생각이 절로 든다.

요즘 나이든 엄마들 사이에 이런 말이 나돈단다. 아이 낳으면 친정어머니, 시어머니 중에서 십중팔구 친정어머니가 키우게 된다. 당연한 일인지도 모르겠으나 그 이유가 가관이다.

딸이 직장생활과 육아에 치어 파김치가 된다. 급기야 친정어머니한테 직장을 그만둬야 하나 고민을 털어놓는다. 이때 친정어머니 왈, "네가 왜 그 좋은 직장을 그만둬야 하나, O서방(사위)은 다니고 너는 그만 둔다는 게 말이 되느냐."고 목소리를 높인다. 딸이 남편 직장 그만두게 할 수도 없는 상황에서 힘들어 죽겠다고 울먹인다.

이때 친정어머니는 딸 고3 때 잠 안자고 새벽까지 공부하던 모습을 떠올린단다. 그렇게 힘들게 공부해서 명문대학 진학하고, 훌륭한 직장 들어가서 일 잘하고 있는데 그걸 포기하겠다니 열불이 난다. 친정어머니, 결국 이렇게 선언한단다. "애야 너 아무 걱정 말고 직장 일이나 열심히 해서 출세해. 아이는 내가 봐 줄 테니 신경 쓰지 말고."

설사 육아를 부모한테 맡기더라도 부담은 최소화하도록 노력해야 한다. 여유가 있다면 낮 시간 가사도우미를 적극적으로 활용토록 해야 한다. 할아버지 할머니가 육체적, 정신적으로 편안해야 도움 받는 손주가 행복하다.

자녀 미래를 설계하지 말라고?

사사건건 진로 간여는 금물, 격려 멘토형 부모가 가장 좋아

◆

◆

　전성은의 책 〈왜 부모는 자녀를 불행하게 만드는가〉를 읽으면 많은 생각을 하게 된다. 경남 거창고 교장을 지냈으며, 노무현 정부 때 교육혁신위원장을 역임한 사람이다. 그의 주장은 오랜 교단 경험에서 우러나온 것이기에 확신에 차 있는 듯하다.

　"41년 동안 자식을 사랑하지 않는 부모를 본 일이 없다. 그런데 학교생활 속에서 고민하고 당황해 하며 방황하는 아이들의 원인이 부모가 아닌 경우 또한 본 일이 없다. 문제라고 불리는 아이들의 원인 제공자가 부모가 아닌 경우도 본 적이 없다. 그래서 감히 나는 말할 수 있다. 적어도 학교에는 문제아가 없다. 문제 부모가 있을 뿐이다."

　책의 제목부터 도발적이다. 자녀를 불행하게 만드는 존재가 부모

임을 기정사실화하면서 '왜'라고 묻는다. 전성은은 책에서 부모 십계명이란 걸 실었다.   제1계명이 '자녀의 인생을 설계하지 마라.' '너 하나만 믿고 산다고 말하지 마라'(제2계명) '자녀를 다른 아이와 비교하지 마라'(제3계명) 등 다른 모든 계명은 선뜻 이해됐지만 제1계명은 곧바로 와 닿지 않았다.

부모가 자녀 인생을 설계해 주면 자녀가 불행해진다고? 꼭 그럴까. 말은 그렇게 할 수도 있겠지만 과연 현실성 있는 얘기일까란 의문이 들어서다.

전성은의 주장에 나는 절반만 동의하고자 한다. 책임 있는 부모라면 자녀의 행복한 삶을 위해 어릴 때부터 적절히 미래를 설계해 주는 게 더 바람직할 수도 있다는 생각이다.

흔히들 아이는 하얀 도화지라고 한다. 순수하고 무한한 가능성을 갖고 있지만 한편으로는 언제 어떤 상처를 받고 주저앉을지도 모르는 미숙한 존재이기에 부모의 역할은 참으로 중요하다. 누구나 태어나서 처음 만나는 멘토가 부모일진대 각별히 관심 갖고 앞날을 이끌어주는 것은 당연히 좋은 일이다.

자녀를 대하는 부모의 유형을 자율형(방임형), 코치형(격려 멘토형), 주도형(엄격 교육형) 세 가지로 분류한다고 치자. 부모들에게 물어보면 아마 대다수가 코치형이 가장 바람직하다고 답할 것이다. 하지만 실제로는 주도형이 가장 많지 않을까 싶다. 자녀의 미래 불투명성에 대한 불안감이 작용하기 때문이라고 본다.

부모가 학업을 비롯한 자녀의 성장 과정에 간여하는 것은 너무나 정상적인 모습이다. 대학 입시 성공 조건이라는 '할아버지의 재력, 엄마의 정보력, 아빠의 무관심'은 그냥 우스갯소리일 뿐이다. 아빠의 무관심이 결코 성공의 조건이 될 수 없을뿐더러 바람직한 것도 아니고 자랑할 일은 더더욱 아니다.

치열하게 경쟁하고 있고, 또 그렇게 해야 살아남을 수 있는 현실에서 자녀를 적극 뒷바라지해 주는 걸 누가 탓할 수 있겠는가. 자녀가 원할 경우 과외를 시켜 줄 능력이 있으면 시켜 주는 것이고, 강남에 학원 보내 줄 능력이 있으면 보내는 것이다. 매년 보도되는 '강남학원 밤샘 줄서기'도 손가락질할 일만도 아니다. 보통 사람들에겐 당연히 비정상적인 행태로 비치겠지만 그 부모 입장에선 자녀 사랑의 표현일 수도 있다.

문제는 아이의 타고난 성격이나 능력을 고려하지 않은 채 부모가 일방적으로 정한 목표에 따라 밀어붙이는 경우다. 초등학생 자녀가 원하지 않는데도 친구가 다닌다며 자정 넘도록 붙잡아두는 학원에 억지로 보내는 것이 대표적인 예다. 이런 경우 많은 아이가 혼돈의 늪에 빠져들게 된다.

언젠가 공익광고에 나왔던 '부모와 학부모의 차이' 멘트를 음미해 볼 필요가 있다. "부모는 멀리 보라 하고 학부모는 앞만 보라 한다. 부모는 꿈을 꾸라 하고 학부모는 꿈꿀 시간을 주지 않는다."

더 큰 문제는 자녀가 진로를 결정하는 과정에 지나치게 개입하고 부모 희망 위주로 방향을 잡는 경우다. 음악을 하고 싶은데 굳이 경영학과에 가라, 건축을 전공하고 싶은데 굳이 의대에 가라, 문학을 공부하고 싶은데 굳이 법대에 가라고 강요하는 바람에 괜히 먼 길 돌아가는 사람을 우리는 흔하게 볼 수 있다.

미래의 주인공은 어차피 자녀 본인이기에 부모가 주도자가 되려는 건 금물이다. 현명한 조력자로 머무는 게 좋지 싶다.

극성 부모들은 성인 자녀에게까지 인생을 좌지우지하려 한다. 최고 명문대학에 입학하면 적성과 관계없이 무조건 고등고시 준비하라고 닦달하는 부모가 아직도 있다. 유교문화가 뿌리 깊은 지역 사람들에게서 그런 모습을 어렵지 않게 볼 수 있다. 자녀가 한사코 거부할 경우 기업체에 취직하되 특정 그룹에 가야 한다고 압박하는 경우도 있다. 4차 산업혁명과 인공지능 시대가 가시화되는 시점임을 감안하면 어리석은 생각이 아닐 수 없다.

여기서 전성은의 부모 제1계명을 다시 생각해 본다. 자녀 인생 설계와 관련, 예비 설계나 기초 설계에 관심 갖고 도와주는 것은 좋겠지만 본 설계는 오롯이 자녀한테 맡기는 게 바람직할 것 같다. 다양한 체험 기회 제공, 창의력 및 관심 분야 개발 지원, 독서 및 외국어 교육 등이 전자에 속한다면 전공 결정과 직업 선택은 후자에 속하겠다. 내가 이 계명에 절반만 동의하는 이유다.

저명 철학자의 조언을 들어보면 자녀의 최종 진로 결정에는 부모가 한 발짝 물러서는 게 확실히 옳다는 생각이 든다.

"그들(자녀)이 여러분과 함께 있지만 여러분 소유물은 아닙니다. 여러분은 그들에게 사랑을 줄 수는 있지만 생각을 강요할 수는 없습니다. (중략) 그들의 영혼은 여러분이 꿈길에서도 가볼 수 없는 내일의 집에 머무르기 때문입니다. 여러분이 그들처럼 되기 위해 노력할 수 있지만 그들이 여러분처럼 되게 하려고 애쓰지는 마십시오."(칼릴 지브란의 〈예언자〉)

관심과 간섭 사이
관심은 사랑 간섭은 욕심, 잔소리 아닌 조언이 바람직

◆

◆

자기 아빠 꼰대란 소리 들을까 걱정된다며 딸아이들이 신신당부
하는 말이 있다. 한마디로 요약하면 젊은 사람들한테 사생활을 가급
적 언급하지 말라는 것이다. 회사에서 하루 종일 함께 일하는데 업무
얘기만 하면 너무 삭막하지 않느냐고 해도 막무가내다. 남의 사적 영
역에는 관심 자체를 갖지 않는 게 좋다고 말한다. 특히 결혼과 관련된
얘기는 절대 금물이란다.

"나이든 분들은 남 결혼에 대해 쓸데없이 왜 그렇게 간섭하려는
지 모르겠어요. 결혼했느냐는 물음에 했다고 하면 (배우자가) 몇 살
이냐, 무슨 대학 나왔느냐, 고향이 어디냐, 직장이 어디냐, 둘이 성격
은 잘 맞느냐, 어떻게 만났느냐, 잘해 주느냐, 아이는 몇 낳을 계획이

냐며 끝없이 질문을 해요. 결혼 안 했다고 해도 왜 아직 안 했느냐, 사귀는 사람 있느냐, 연애한 적 있느냐, 어떤 스타일 좋아하냐, 직장 안에 호감 가는 사람 없느냐, 집에서 빨리 결혼하라고 압력 넣지 않느냐며 역시 끝도 없이 물어요. 젊은 사람들 짜증나지 않겠어요."

나는 주변 사람들에게 관심이 많은 편이다. 아이들 기대와 달리 직장 동료, 친구, 동네 이웃 할 것 없이 곧잘 가족 현황을 물어보곤 한다. 친해지려면 상대방 관심사를 빨리 파악해야 된다는 생각에 나도 모르게 개인사를 캐묻게 된다.

매사 과유불급이라고, 일정한 선을 넘으면 안 되겠지만 지인의 사생활에 적당히 관심 갖는 건 당연하고, 결코 나쁘지 않다고 본다. 특히 직장에서 크든 작든 조직의 관리자가 되면 직원들의 사생활 파악하는 건 일정 부분 의무라고도 생각한다.

이따금 만나는 사람인 경우 다음 만남을 위해 가족 사항 등을 메모해 두기도 한다. '노모 치매로 요양원 계심, 아내 직장 2년 전 그만 둠, 딸 사회복지공무원 합격해 ○○구청 근무, 아들 로스쿨 준비 중…' 이런 것 기억했다가 가족 안부 물어보는데 '쓸데없이 남 일에 관심 갖는다'며 싫은 표정 짓는 사람 아직은 본 적이 없다. 지난번에 상세히 얘기했는데 잊어버리고 또 물으면 짜증나지 않을까 싶다.

이런 주제로 아이들과 토론하다 보면 정면으로 마주하는 게 관심이냐, 간섭이냐에 대한 인식 차이다. 나는 친해지기 위해 당연히 할 수 있는 수준의 관심을 표시했다는데 아이들은 짜증나는 간섭으로 분류한다. 극복하기 힘든 세대차이 아닐까 싶긴 하다.

임홍택이 쓴 신세대 안내서 〈90년생이 온다〉를 읽어 보면 이 시대 젊은이들의 정서를 대략은 이해하면서도 마음에 들지 않는 구석이 적지 않은 게 사실이다. 뭘 몰라서 그렇다는 생각에 이들을 설득하고 싶어지는 건 나도 모르는 사이 꼰대 축에 든 탓일까. 아재라면 몰라도 꼰대란 소린 결코 듣고 싶지 않은데 말이다.

관심과 간섭은 전혀 다른 뜻을 가진 낱말이다. 표준국어대사전을 보면 관심은 '어떤 것에 마음이 끌려 주의를 기울임', 간섭은 '직접 관계가 없는 남의 일에 부당하게 참견함'이라 돼 있다. '정신경영아카데미'를 운영 중인 문요한은 관심과 간섭을 옳고 그름, 혹은 좋고 나쁨에 대한 주관적인 판단 여부와 상대방 생각이나 행동을 바꾸려는 개입 여부로 구분한다.

그는 '관심은 연민 호감 호기심이라는 감정의 토대 위에 비롯되는, 대상에 대한 판단 이전의 이끌림이며 간섭은 감정보다 이성의 토대 위에 비롯되는, 상대방의 생각이나 행동을 바꾸려는 판단적 개입'이라고 정의한다. 그는 '관심의 목적은 상대방의 마음과 행동을 이해하고 함께 하는 데 있지만 간섭의 목적은 상대방의 개별성을 존중하지 않고 생각과 행동을 바꾸고자 하는 데에 있다'고 말한다. 명쾌한 구분이라 생각된다.

시인 김영자도 '관심과 간섭'이란 시에서 명확한 구분을 시도한다.

관심과 간섭의 간격은 얼마나 될까
종이 한 장의 차이일까 아니면 하늘과 땅만큼일까(중략)
모든 사람이 관심 가져 주기는 원하나 간섭 받기는 싫어하더군요
관심이 돌봄이요 보살핌이라면 간섭은 참견이요 조정함입니다
관심은 항상 상대방 중심이요 간섭은 항상 자기중심입니다(중략)
이제 이 두 마디 말을 섞어 살지 말아야겠습니다
간섭은 버리고 관심은 잘 키워
나 오늘 어디에 있든지 하늘나라를 가꾸는 자 되렵니다

하지만 실제로는 관심과 간섭의 경계가 모호해 어려움을 겪는 경우가 많다. 간섭은 대개 관심에서 시작된다. 누구한테든 관심이 있기에 간섭하는 것이다. 관심이 없다면 간섭할 이유도, 필요도 없지 않겠는가. 특히 자녀를 키우면서 이런 고민에 봉착하는 사람이 적지 않다. 자녀한테 관심 없는 부모가 없을진대 관심과 간섭의 경계를 넘나

드는 건 필연일 수도 있다. 이 과정에서 마찰을 빚는 케이스를 **종종** 접하게 된다.

나도 요즘 다 큰 아이들을 대하며 관심과 간섭의 '이상적인 거리'를 어떻게 설정해야 할지 고민하곤 한다. 결혼 적령기에 접어든 큰아이와 취업 준비생인 막내한테 아빠로서 해 주고 싶은 말이 얼마나 많겠는가. 하지만 한마디 한마디가 조심스럽다. 아빠로서 당연히 해야 하는 관심 표시를 간섭으로 받아들이는 듯 다소 예민한 반응을 보이기 때문이다.

이 지점에서 내가 발견한 단어는 '조언(助言)'이다. 조언의 사전적 의미는 '말로 거들거나 깨우쳐 주어서 도움'이다. 사랑하는 연인이나 가족, 친한 친구에게 관심을 나타내는 건 당연하다. 이들에게 간섭으로 비쳐지는 게 싫다고 해서 관심에 머무는 건 무책임함이라 생각된다.

한 발짝만 더 나아가 보는 건 어떨까. 고장 난 축음기를 연상케 하는 잔소리가 아니라 애정이 듬뿍 담긴 조언이라면 어느 누가 싫어하겠는가. 그러나 간섭에 이르기 전, 여기서 딱 멈추는 게 좋을 것 같다.

조언은 사랑이지만 간섭은 욕심일 테니까.

4

공동체 사랑

군 복무를 자랑스럽게 여기는 세상

권력과 돈 이용한 면제 엄벌해야. 군필자 혜택 필요

◆

◆

대학 1학년 여름방학 때였다. 군 입대 신체검사를 받으러 병무청에 가려고 집을 나서려는데 할아버지께서 하신 말씀. "애야 할애비가 걱정이다. 군에 가면 총을 쏴야 하는데 너처럼 안경 쓰는 녀석을 누가 군에 오라 하겠느냐. 사내가 갑종 받고 군에 다녀와야 하는데 빽을 쓸수도 없으니 쯧쯧."

그 당시 우리 집 분위기가 그랬다. 가족 모두가 남자는 필히 군 복무를 해야 한다는 생각을 갖고 있었다. 아버지는 6.25 참전용사이셨고, 위로 형 둘이 군에 다녀왔으니 나도 가는 게 당연한 것으로 받아들여졌다.

문제는 우리 4형제 중 나 혼자 안경을 썼으니 그게 걱정거리였던 것이다. 병무청 신체검사장에서 눈 검사가 있었다. 안경을 벗은 상태의 시력이 약한 걸 확인하곤 안과 정밀 검사실로 들어가라고 했다. 정밀 검사실 군의관과의 대화 내용.

"이 정도면 군대 못 가는 건가요?"

"왜, 가기 싫어?"

"아뇨 가고 싶어서요. 안경 때문에 현역은 안 되는 건가요?"

"왜, 방위병 가고 싶구나."

"아뇨. 현역 가고 싶어서요, 방위병은 딱 싫고요."

"허 참 웃기는 놈이네. 걱정하지 마 인마."

등급 판정 결과 '2종을' 현역 입영 대상이었다. 아마 1, 2종은 현역병, 3종은 방위병, 4종은 면제였지 싶다. 뛸 듯이 기뻤다. 할아버지께는 어깨를 으쓱할 수 있었고, 2년 뒤 입대해 육군병장 제대를 했다.

남자는 당당하게 군대를 다녀와야 한다는 것. 우리 집뿐만 아니라 당시 내가 살던 시골 동네 분위기가 그랬고 고등학교, 대학교 친구들도 비슷한 생각을 갖고 있었다.

하지만 세월이 흘러 서울에서 신문기자 생활을 하면서 내 동년배들을 만나 얘기를 해 보면 그게 아니었다. 정부 부처 공무원이나 괜찮다 싶은 직장 다니는 친구들 중에 군에 다녀오지 않은 사람이 허다했다. 건강 멀쩡하고 집안 든든한데 방위병 복무는 고사하고 아예 면제 받은 사람은 도대체 뭐지 하는 생각이 들 수밖에 없었다.

내가 너무 순진했다는 생각이 드는 건 당연지사. 나는 군에서 졸병 시절 죽음에 대한 두려움을 여러 번 느낀 적이 있다. 이등병 때에는 옆 부대에 배치 받은 입대 동기 3명이 크레모어 사고로 즉사하는 일이 있었으며, 일등병 때에는 한 달 빠른 선임이 해안선에서 총기 사망 사고를 당했다. 이러다 건강한 몸으로 제대할 수나 있을까 하는 걱정이 들 수밖에 없는 사고였다. 그럼에도 군에 온 걸 한 번도 후회해본 적은 없었다.

하지만 내가 군대 갈 즈음만 해도 권력이나 돈을 이용해 자녀를 군에 보내지 않으려 한 부모가 꽤 많았던 것 같다. 우리 집, 내 경우야 그런 노력한들 먹히지도 않았겠지만 나이 들어 그런 사정 알게 되면서 괜히 억울한 생각이 들곤 했다. 군에 가지 않았다면 20대 청춘을 2, 3년 아낄 수 있었으니 말이다.

세월이 한참 흘러 신문사 편집 간부 자격으로 국방부 장관을 만났을 때 공개적으로 이런 부탁을 했다.

"저는 지금도 20대 초, 중반 사병들이 푸른 제복 입고 다니는 걸 보면 마음이 짠합니다. 두 가지를 부탁드리겠습니다. 하나는 신체검사를 정말 공정하게 하고, 권력이나 돈으로 군 면제 받는 사례가 없도록 해 군에 가는 친구들이 뭔가 피해 입는다는 생각 들지 않도록 했으면 좋겠습니다. 다른 하나는 국가 예산이 아무리 부족해도 나라 위해 2년간 청춘 바친 젊은이들에게 제대할 때 대학 한 학기 등록금 정도는 격려금으로 줬으면 좋겠습니다."

그러고도 정권이 여러 차례나 바뀌었지만 권력이나 돈을 이용해 군 면제 받는 사례가 깨끗이 사라졌는지는 의문이다. 이런 행위는 중대한 공무집행 방해 범죄일 뿐만 아니라 동시대 군에 가는 젊은이들을 배신하는 행위이기에 정부가 철저히 감시 감독해야 한다. 그간 사병 월급이 매년 크게 오른 것은 다행이 아닐 수 없다.

나는 친구들과 자녀 군 복무 얘기할 때마다 미안함을 갖는다. 딸만 두어서다. 얘기 끝에 제대 병사에 대한 혜택 문제가 나오면 당연히 찬성이다. 군필자 공직 시험 가점 부여와 직장 임금보전은 여성 차별의 차원을 넘어 적극적으로 논의돼야 할 과제다.

이 나라에 징집제도가 존재하는 한 모든 젊은이가 군 복무를 자랑스럽게 여기도록 해야 하기 때문이다.

노블레스 오블리주

마오 아들 한국전 참전과 칼레의 시민. 우리나라에도 전례 많아

◆

◆

　　노블레스 오블리주(Noblesse Oblige). 권력과 부를 가진 지배층은 공동체를 위해 도덕적 책임과 의무를 다해야 한다는 프랑스어 표현이다. 나는 동서양의 대표적 노블레스 오블리주로 마오쩌둥 아들의 한국전 참전과 프랑스 칼레의 시민을 꼽는다.

　　＊마오쩌둥 아들=장남 마오안잉은 중공군이 한국전에 파병된다는 소식을 듣고 참전을 자원했고 마오쩌둥은 '주석의 아들이 전쟁터에 나가지 않으면 누가 나가겠느냐'며 흔쾌히 수락했다. 펑더화이 총사령부에서 군번도 없이 자원군 복장을 하고 러시아어 통역관으로 참전한 그는 미 공군 폭격 때 전사했다.

　　전사 소식을 들은 마오는 '전쟁터에 나가면 죽을 수도 있는 법'이

라며 대수롭지 않게 여겼다고 한다. 중공군의 대다수 전사자가 북한 땅에 묻히게 되자 마오도 아들 유해를 본국으로 송환하지 않고 북한 땅에 묻도록 했으며 지금도 그대로 있다.

*칼레의 시민=영국과 프랑스 간 백년전쟁 때 프랑스 북부도시 칼레 시는 항복이 불가피해 항복 사절을 보내 영국 왕 에드워드 3세에게 자비를 구했다. 이에 에드워드 3세는 칼레 시민들의 생명을 보장할 테니 대신 명망 높은 시민대표 6명이 맨발로 와서 교수형을 받으라고 요구했다.

이에 최고 부자 생피에르와 시장을 포함한 명망가 6명이 선뜻 나섰다. 처형되려는 순간 에드워드 3세는 임신 중이던 왕비의 간청을 받아들여 이들을 모두 살려 주었다. 이들의 용기와 헌신을 기리기 위해 칼레 시는 로댕에게 조각상 제작을 의뢰했고 그것이 '칼레의 시민'이란 작품이다.

요즘 우리 사회에는 지배층의 희생과 헌신이 너무 부족하다는 생각이 든다. 희생과 헌신은 고사하고 자신들의 배 채우기에 급급하다는 인상을 준다. 정치인의 국회의원 대물림, 대기업 회장의 탈법적 자녀 경영권 승계, 부자들의 탈세와 재산 해외도피, 기득권층의 대입 특혜 시도와 병역 기피, 원정 출산 등 꼴불견도 가지가지다.

이렇다 보니 평범한 시민들은 울화통이 터진다. 건전한 상식을 갖고 살아가는 보통사람들은 가만히 앉아서 손해 본다는 박탈감을 느낀다. 권력자와 재력가들에 대한 불신이 갈수록 커질 수밖에 없다. 사회 통합에 부정적인 영향을 미치는 핵심 요인이다.

우리나라라고 노블레스 오블리주 사례가 없었겠는가. 찾아보면 적지 않다. 신라시대 전장을 누빈 화랑의 대부분이 귀족 자제였으며, 임진왜란과 구한말 당시 의병장 다수가 명망 있는 선비였다.

경주 최부잣집 사례는 크게 자랑할 만하다. 무려 12대 동안 큰 부를 이어온 경주 최씨 가문은 더불어 사는 것을 몸소 실천했다. 그들이 내세운 여섯 가지 원칙을 보면 고개가 숙여진다.

1. 과거시험을 보되 진사 이상은 하지 말라

2. 재산은 만 석 이상 모으지 말고 그 이상은 사회에 환원하라

3. 과객은 후하게 대접하라

4. 흉년에 남의 논밭을 사들이지 말라

5. 사방 백리 안에 굶어 죽는 사람이 없도록 하라

6. 시집 온 며느리에게 3년 동안 무명옷을 입게 하라

사실 기득권층의 희생과 헌신은 그들이 가진 권력과 재산, 명예를 스스로 보호하기 위한 수단으로 활용할 수도 있다. 자신들에 대한 서

민들의 거부감을 완화시키는 효과가 있기 때문이다.

대대로 귀족이었던 프랑스 샤토 성 주인은 이렇게 말했다. "유럽의 귀족이 전쟁이 나면 가장 먼저 참전하고, 흉년이 들면 곡식창고를 연 데에는 이유가 있다. 유럽에는 혁명과 전란이 많았다. 그렇게 해놓지 않으면 수많은 혁명과 전란의 소용돌이 속에서 샤토가 쑥대밭이 되었을 것이다. 노블레스 오블리주는 가문을 지키기 위한 자구책이었다."(임석민의 〈돈의 철학〉)

이러한데도 우리 사회 지도층에 있는 사람들은 욕심이 끝이 없어 보인다. 권력과 재산이 언젠가 자기들 곁을 떠날 텐데 절대 그렇지 않을 것으로 생각하는 모양이다. 착각이다.

변호사 이석연이 저서 〈호모 비아토르의 독서노트〉에서 재인용한 노자의 지족(知足) 훈계다. "지위에 너무 집착하면 생명이 단축되고 지나치게 많이 모으면 그만큼 잃게 된다. 그 정도로 만족할 줄 알면 욕됨을 당하지 않으며 그만둘 때를 알면 위태롭지 않아 오래 살 수 있다."

기부하는 마음
천국 문 입구에선 평생 동안의 자선 확인증만 검사해

◆

◆

김수환 추기경이 생전에 쓴 칼럼에 이런 내용이 있었음을 기억한다.

"길 가다 누군가 돈 좀 달라고 손을 내밀면 무조건 줘라. 왜냐하면 지금 당신이 갖고 있는 돈은 당신 것이 아니라 본디 창조주 하느님의 것인데 당신한테 잠시 맡겨 놓았을 뿐이기 때문이다."

이 칼럼을 보고 느낀 게 많았다. 당시 나는 길바닥에 기어 다니며 노래 부르는 장애인이나 행색이 흉한 노숙자라면 몰라도 겉으로 멀쩡한 사람이 지하철에서 돈 거두는 모습을 아주 못마땅하게 여겼기 때문이다. 멀쩡해 보이는 그 사람한테 어떤 딱한 사정이 있는지 전혀 모르면서 말이다. 그 칼럼을 읽은 후엔 지하철에서 자주 지갑을 연다.

김 추기경 말씀은 로마시대 암브로시우스 교부의 자선 가르침과 일맥상통하는 것 같다. "네 것을 가난한 이에게 주는 것이 아니라 가난한 이의 것을 그에게 돌려주는 것뿐이다. 왜냐하면 모든 사람이 함께 사용하도록 주어진 것을 네가 잠시 독점하고 있었기 때문이다. 땅은 모든 사람의 것이지 결코 부자들만의 것이 아니다."

불교에서 가르치는 보시(布施)도 비슷한 개념이란다. 불가에서는 보시가 베푸는 사람의 이익이나 명예를 위해 인식돼선 안 된다고 말한다. 보시를 했다고 우쭐대거나 반대급부를 바라서는 안 된다는 것이다. 역시 지금 자신이 가진 것은 공동의 재산을 잠시 맡아 있는 것뿐이므로 당연히 이웃과 함께 나눠 가져야 한다는 의미일 것이다.

자선이나 기부를 위해서는 동정심이 필수라고 본다. 측은지심이 있어야 주머니를 열지 않겠는가. 현자들은 동정심을 인간의 보편적 심리라 규정한다. "동정심은 모든 도덕의 기초다."(아르투르 쇼펜하우어) "인간다움은 불행한 사람을 동정하는 데 있다."(조반니 보카치오)

이치가 이러하고 이런 가르침에 공감하면서도 자선이나 기부가 왜 그렇게 잘 안 되는지 모르겠다. 일반천금(一飯千金, 어려운 사람이 밥 한 그릇 베풀었다가 천금으로 돌려받았다는 한신의 고사)이라

했거늘, 내가 당장 경제적으로 어려워서 자선을 못하는 것도 아니다.

수년 전 서울 광화문 지하도를 걷다가 유엔난민기구(UNHCR) 거리 홍보요원을 통해 매월 3만 원씩 기부를 약정한 적이 있다. 사인을 하고 돌아서는데 기분이 얼마나 좋았는지 모른다. 겨우 3만 원인 것을, 마치 엄청난 선행이라도 한 것 같은 느낌을 받은 것이다. 그런데 해마다 연말 영수증이 날아오면 이걸 계속해야 하나 고민하는 게 나다. 한심할 따름이다.

자선이나 기부가 무조건 좋은 게 아니라는 시각을 가진 현자도 있다. 니체는 저서 〈짜라투스트라는 이렇게 말했다〉에서 자선을 대놓고 비판했다. "연민이나 동정은 거지를 만든다. 아름다운 심성으로 떠받드는 동정과 연민이 그 대상을 비참하게 만든다. 도와주지 않는 것이 더 고결할 수 있다."(임석민의 〈돈의 철학〉)

마하트마 간디도 노동 의지나 저축, 자존감을 감퇴시킨다는 이유로 자선을 경계했다. 외국으로부터의 식량 원조를 반대할 정도였다. 경제학이나 사회복지학, 심리학 강의실에서 얼마든지 의미 있게 논의될 수 있는 주장이긴 하다.

그러나 자선과 기부는 빈부 격차가 불가피한 자본주의 사회의 병폐를 치유하고 보완하는 데에 중요한 역할을 한다. 미국 같은 선진 자본주의 국가에서 자선과 기부가 활발히 이뤄지는 이유다. 미국은 기부를 많이 하는 사람이 특별하게 대접받는 나라다. 앤드루 카네기, 존 록펠러, 빌 게이츠 등이 대표적이다.

많이 가진 사람은 적게 가진 사람에게, 적게 가진 사람은 더 적게 가진 사람에게 베풀다 보면 사회가 안정되고 평화로워질 것은 분명하다. 어느 나라 할 것 없이 빈부 격차 해소는 입법이나 정치를 통하는 것이 가장 빠르고 효과적일 것이다. 이에 더해 자발적 나눔의 문화가 확산될 경우 세상은 더욱 아름다워질 것이다.

기독 신앙을 가진 나로서는 언젠가 이 세상 삶을 마감할 때 자선과 관련해 하느님에게 어떤 심판을 받을지 생각하지 않을 수 없다. 성경에 자선하라는 가르침이 수없이 등장하기 때문이다. 혹자는 천국문 입구에서 검사하는 서류는 평생 동안의 자선 확인서뿐이라고 말한다. 이 얼마나 무서운 얘기인가.

친구는 내가 선택한 가족

최고의 심리 치료사, 진정한 친구 한 명이라도 갖는 게 중요

◆

◆

　신문사 정치부장 시절 박근혜 전 대통령(당시 한나라당 대표)을 단독 인터뷰한 적이 있다. 인터뷰 말미에 비 보도를 전제로 이런 질문을 던져 봤다.

　"대표님은 친구가 몇이나 있습니까. 정치하다 보면 고민거리, 걱정거리도 많으실 텐데 퇴근 후 전화를 걸거나 집으로 불러서 터 놓고 얘기 나눌 수 있는 친구가 몇이나 되는지요. 혹 이름 들으면 저희가 알 만 한 분도 있습니까?" 정치판 한가운데에 서 있지만 여전히 구중심처에 갇혀 사는 것 같아 호기심으로 물어본 것이다.

　박 대표의 답은 이랬다. "아휴 제가 퇴근을 얼마나 늦게 하는데요. 당 안팎에서 일하다 매일 저녁 먹고 집에 들어가면 파김치가 돼요. 근

데 팩스가 산더미만큼 들어와 있어 그것 대충 처리하고 나면 한밤중이 됩니다. 누구 만나고 말고 할 시간이 없어요."

무슨 질문을 더 하겠는가. 청춘을 대통령의 딸로 통제된 삶을 살았으니 제대로 된 친구를 사귀기 어려웠을 것이다. 나이 들어서도 이런 저런 이유로 최순실 같은 특정한 사람들과 밀실 만남만을 가졌으니 인간적으로는 참 불행한 사람이다.

박 전 대통령에게서 보듯 권세를 가졌다고 좋은 친구를 많이 사귈 수 있는 건 아니다. 돈이 많다고 그런 것도 물론 아니다. "권세와 재물로 사귄 벗은 오래 갈 수가 없다. 선비의 교우관계는 송백(松柏)과 같아서 따뜻하다 해서 꽃을 피우지 않고 춥다 해서 잎을 갈지 않는다. 사계절을 거쳐도 쇠하지 않고 온갖 어려움을 겪음으로써 더욱 단단해지는 법이다." 제갈량의 우정론이다.

헨리 데이비드 소로우는 '하늘이 맺어준 인연이 가족이라면 친구는 내가 선택한 가족'이라고 했다. 또 누군가는 친구를 '예약할 필요 없는 최고의 심리 치료사'라 했다. 그렇다. 인생 살다 보면 고민거리, 골칫거리가 얼마나 많은가. 이럴 때 진정으로 마음 통하는 친구 한 두 명만 있어도 가족 같은 그에게서 힐링을 받을 수 있다.

주변을 둘러보면 친구가 엄청나게 많은 사람이 있는가 하면 소수인 사람도 있다. 전자가 좋게 보이겠지만 꼭 그런 것만도 아니다. 폭넓은 교제도 좋지만 진정으로 좋은 친구를 갖는 게 더 중요하다고 본다.

보통 사람들에게 친구 수를 물어보면 '가장 친한 친구 한두 명 있고, 그냥 친한 친구는 꽤 여러 명 있다'고 대답한다. 나도 마찬가지다. 꼭 주변이 북적북적 댈 필요는 없다고 생각한다. 관중과 포숙, 오성과 한음, 김유신과 김춘추 만큼의 우정은 아닐지라도 인생사 속 깊은 애기 나눌 수 있는 친구 한 두 명만 있어도 성공적인 삶이라고 본다.

100세 철학자 김형석 교수는 우정이 목적 없이 시작되고 계획 없이 자라난다고 진단한다. "우정이란 한 학교에 머물게 되었다든가, 같은 직장에서 일하게 되었다든가, 같은 마을에 살게 되었다는 우연한 조건이 그 원인이 된다. 거기서 사귐을 계속하는 동안에 여러 가지 공통성, 같은 뜻과 생활태도를 발견하게 되면 그 한 가지 한 가지의 사실이 두 사람을 얽어매는 줄과 같아서 본인들도 모르는 사이에 깊고 튼튼한 우정을 만들어 간다."(《100세 철학자의 철학, 사랑 이야기》)

김 교수는 좋은 우정을 쌓을 수 있는 방법으로 신의 지키기, 겸손한 협조 정신, 이해와 예절 등 세 가지를 제시한다. "참다운 우정이란 서로 간 존경 없이는 이루어지지 않는다. 존경을 마음에 품는다는 것은 마음으로부터 예절을 가진다는 뜻이다." 참으로 가슴에 와 닿는 조언이다.

　친구나 우정은 화분에 있는 꽃과 같아서 애지중지 소중하게 가꾸어야 한다. 나에게는 왜 친구가 없느냐고 말하는 사람들을 보면 십중팔구 노력하지 않기 때문임을 발견하게 된다. 젊은 시절 직장 일 하랴, 가정 보살피느라 눈코 뜰 새 없이 바쁘겠지만 친구들에게 기꺼이 시간을 내어 줘야 그들이 내게 마음을 주는 법이다.

　라 로슈푸코의 말은 의미심장한 지적으로 들린다. "진정한 친구를 갖는다는 것은 가장 큰 축복이다. 그러나 우리는 진정한 친구를 얻기 위해 가장 적은 노력을 한다."

　그렇다고 나이 들어 친구 없음을 한탄할 필요는 없다. 늦었더라도 노력하면 된다. 사마천은 〈사기〉에서 이렇게 말했다. "머리가 하얗게 될 때까지 만났는데도 여전히 낯선 사람이 있고, 비가 와서 잠깐 처마 밑에서 비를 피하면서 우산을 함께 썼을 뿐인데도 오래 사귄 친구처럼 느껴지는 사람이 있다."

이사 떡과 이웃사촌

이웃 교류 감소로 갈등 야기, 반상회 활성화 필요

◆

◆

나는 이사할 때마다 이웃에 떡을 돌린다. 그 효과는 참 좋다. 이사 왔음을 알리면서 첫 인사를 나누는데 이보다 좋은 게 없다. 저렴한 비용으로 인심 쓴다는 느낌을 주기도 한다.

지금 사는 아파트로 이사 올 때에도 쑥떡을 맞춰 열 집 정도 돌렸다. 같은 층 앞집에는 더 신경을 써 금방 이런 저런 음식도 나눠 먹는 사이가 됐다. 꽤 나이 차이가 나지만 부부 동반으로 외식도 몇 차례 했다. 그들은 1년여 뒤 옆 동네로 이사 갈 때 우리 부부를 집으로 초대해 저녁식사 대접까지 했고, 이후에도 만남을 이어가고 있다.

그런데 앞집에 새로 이사 온 부부는 영 딴판이다. 이사 오고도 인사가 없기에 며칠 기다리다 우리가 먼저 인사를 건넸다. 이후에도 냉

랭하기만 했다. 그후론 마주보고 제대로 대화해 본 적이 없다. 나이 차이가 너무 많이 나서 그런가 생각되지만 우리와 친해지고 싶은 마음이 전혀 없다는 쪽으로 정리를 했다.

그래도 아쉬움은 남는다. 앞으로 계속해서 데면데면 지낸다는 게 부담스럽다. 이사 떡 좀 돌리면서 반갑게 인사 나누는 사이가 되면 좋았을 텐데. 사실 이사 떡은 젊은 사람들이 숫기가 없으면 나이 든 부모가 대신 돌려도 된다.

우리 속담에 '이웃끼리는 황소 가지고도 다투지 않는다'는 말이 있다. 이웃끼리는 손익 따지지 말고 화목하게 잘 지내야 한다는 뜻일 게다. 이 정도면 사촌보다 더 가깝고 친한 사이 아닐까 싶긴 하다.

내 어릴 적 시골에선 어른들이 '삼이웃'이란 말을 많이 썼다. 삼이 셋을 뜻하므로 바로 옆 세 집끼리 더 가까운 이웃을 뜻하는 말이다. 평생을 이마 맞대고 도우면서 산다고 생각하면 보통 인연이 아니다. 이런 사이를 우리는 흔히 이웃사촌이라 부른다.

'서로 이웃에 살면서 정이 들어 사촌형제나 다를 바 없이 가까운 이웃'이 사전적 의미의 이웃사촌이다. 그런데 앞집 부부를 보면서 이웃사촌이란 개념이 점차 사라질 수 있겠다는 생각이 든다.

엄밀하게 따지면 이웃사촌이란 말은 옛날 옛날 그 옛날에는 아예 없었을 것이다. 농경사회, 대가족제 사회에서는 사촌들이 모두 한집이나 한 마을 이웃에 살았을 테니까 말이다. 이웃사촌은 산업화에 따른 이촌향도(離村向都)가 빚어낸 현상이라고 봐야 한다.

우리나라 1970년대를 상상해 보자. 일자리 찾아 고향을 떠나 도회지에 모여든 사람들은 다들 정에 메말라 있었다. 연락 및 교통수단조차 변변치 않았기에 멀리 사는 사촌은 남남이나 마찬가지였다. 당연히 동병상련, 이웃에 사는 남들이 더 가깝게 느껴졌을 것이다. 그 당시는 대부분 단독주택에 살았기에 담을 사이에 두고 돈독하게 정을 나눌 수 있었다.

하지만 1980년대 이후 아파트 거주 인구가 늘고, 맞벌이가 대세가 되고, 자녀 수가 급감하면서 이웃 사이에 간극이 생기기 시작했다. 아파트는 기본적으로 비밀 문화를 동반한다. 바로 앞집이라도 문 닫고 들어가면 끝이다. 아예 얼굴을 볼 수 없거니와 안에서 무슨 일이 벌어지는지 도무지 알 수가 없다.

맞벌이 부부가 늘어나면서 여성들이 이웃과의 매개체 역할을 적극적으로 하지 않는 것도 원인이다. 거기다 자녀 수가 많을 때에는 자녀 간 놀이 교류와 학업 상담 등을 매개로 이웃 간 접촉이 잦았지만 지금은 그것조차 뜸하다.

문제는 이웃 간 교류 급감이 공동체 갈등을 부를 수 있다는 점이다. 층간 소음과 공간 공유 갈등이 대표적이다. 평소 친하게 알고 지내는 사이라면 이런 갈등이 생길 리가 없다.

　　우리 바로 윗집엔 중학생 남자 아이가 살고 있다. 심야 층간 소음이 제법 있다. 그 집 할머니는 우리가 이사 오자마자 정중하게 이해를 구했고, 우리는 흔쾌히 수용했다. 이후 엘리베이터에서 만나면 활짝 웃으며 인사하는 사이여서 서로 이해하며 산다.

　　지금엔 거의 사라져버린 반상회가 다시 활성화되면 좋겠다. 이웃 간 교류를 강화하는 데에 이보다 좋은 게 없다고 본다. 반상회는 과거 관 주도로 운영됐기 때문에 다소 부작용이 있었던 게 사실이다. 일제 강점기에 시작됐고 독재정권이 정치적으로 이용했기에 자유민주시대에 어울리지 않는다는 선입견을 가질 수 있다.

　　하지만 한 달에 한 번 정도 정기적으로 만나 동네 새 소식을 전하고, 주민들 간 친목을 도모할 수 있다는 점에서 참 좋은 모임이다. 이렇게 해서라도 이웃사촌 문화가 회복되었으면 좋겠다.

누군가에게 이름을 불러준다는 것

관심 표해 주면 들꽃이 장미 돼, 호감 사기에 가장 쉬운 방법

◆

◆

　오래 전 얘기다. 정치부 기자로 국무총리실을 담당하게 돼 '신고'를 했다. 정부 광화문청사 총리 집무실에서 몇몇 신규 출입 기자들과 함께 이수성 당시 총리와 면담하는 상견례. 길어야 30분이었을 것이다.

　그날 점심식사 후 청사로 들어오는데 엘리베이터 앞에서 간부 서너 명과 함께 식사하고 들어오던 이 총리를 딱 마주치게 됐다. 짧은 대화 한 토막.

　"어어 기철이 점심 뭐 먹었나?"

　"아 예. 저는 근처에서 비빔밥 한 그릇 했습니다만."

"그랬구나. 나는 이 사람들하고 ○○칼국수 갔었어. 국숫집에서 만났으면 내가 점심 샀을 텐데."

"예 감사합니다. 다음에 총리님 또 ○○칼국수 가신다는 정보 입수되면 따라가서 옆자리에 슬쩍 앉겠습니다."

"그래, 맞아. 그렇게 해서 점심 값 아껴야지."

'일인지하 만인지상' 총리가 젊은 기자 이름을 정확히 기억했다가 다정하게 불러준다. 출입처에서 'ㅇ기자'라 부르는 통상적인 호명 대신 성도 없이 반말 투로 이름만 불러 친밀감을 돋운다. 그 짧은 시간에 부드러운 농담까지 섞는다.

이 장면, 사진으로 치면 한참 빛이 바랬겠지만 내겐 아직도 선명하게 남아 있다. 특유의 친화력에 대한민국 대표 마당발로 소문난 이 총리의 이런 모습이 내겐 작지 않은 충격이었던 모양이다.

누군가에게 이름을 불러준다는 것, 그리고 누군가에게서 이름이 불린다는 것, 둘 다 참 중요한 것 같다. 가장 손쉽게 관심, 친밀감, 나아가 사랑을 표현하거나 확인할 수 있는 방법 아닐까 싶다. 이름 부르기를 이웃한 사람들과 소통하기 위한 사랑의 열쇠라 해서 틀리지 않을 것이다.

김춘수의 시 '꽃'은 이름 부르기의 참뜻을 명징하게 표현하고 있다.

　내가 그의 이름을 불러주기 전에는, 그는 다만, 하나의 몸짓에 지나지 않았다/ 내가 그의 이름을 불러주었을 때, 그는 나에게로 와서, 꽃이 되었다/ 내가 그의 이름을 불러준 것처럼, 나의 이 빛깔과 향기에 알맞은, 누가 나의 이름을 불러다오/ 그에게로 가서 나도, 그의 꽃이 되고 싶다/ 우리들은 모두, 무엇이 되고 싶다, 너는 나에게 나는 너에게. 잊혀지지 않는 하나의 눈짓이 되고 싶다

　맞다. 내가 이름을 불러주기 전에 그는 분명 무의미한 존재다. 하지만 이름을 불러주는 순간 나에게 의미 있는 존재가 된다. 나 역시 나에게 걸맞은 이름이 그에게 불림으로써 의미 있는 존재가 된다. 누구든지 이름이 불림으로써 남에게 의미 있는 존재가 되고 싶어 한다. 영원히 잊히지 않는 존재로 말이다. 학교 책상 위에 놓인 자그마한 꽃병을 보고 이런 시상이 떠올랐다니 젊은 시인의 영감이 놀랍다.

　이름. 나의 것인데도 나보다 남들이 더 많이 사용하는 말이다. 이름은 나 자신을 정의하지만 남들이 불러주는 목소리와 표정, 느낌에 따라 다양한 의미로 다가온다. 혹 바로 옆에 앉아 있는 자녀에게 괜히 "ㅇㅇ야." 하고 불러본 적이 있는가. 아이가 "예 여기 있어요, 왜요?"

하고 대답할 때 "그냥"이라고 말해 본 적이 있는가.

말 그대로 딱히 할 말이 없음에도 마냥 사랑스럽고 행복해서 그냥 불러보는 상황 말이다. 이 얼마나 아름다운 장면인가.

천안함 사건 추념 행사장에서 이명박 대통령이 희생 장병의 이름과 계급을 일일이 호명하고, 세월호 침몰 사고 추도식에서 이낙연 총리가 미수습자 이름을 하나하나 부른 것은 소중한 생명을 지켜주지 못한 데에 대한 죄스러움과 반성의 표현이다. 문재인 대통령도 이런 연설법을 즐겨 사용한다. 비록 유명을 달리하지만 그들과 함께하며 소통하겠다는 의사 표시다. 그래서 유가족과 듣는 사람 모두 감동한다.

애완견에게 이름을 지어 불러주는 것도 같은 이치 아닐까 싶다. 비록 동물이지만 가족처럼 여겨 수시로 대화하고 특별히 대하겠다는 애정을 담고 있기 때문이다.

우리 가족이 주요 생활용품에 이름을 붙여 부르는 것도 같은 이치일 것이다. 승용차는 빠삐스키, 자전거는 하늘이, 로봇청소기는 웅(雄)이, 공기청정기는 숙(淑)이, 곰 인형은 눈이라 부른다. 재미 삼아 지어 부르는 이름이지만 나름 각별한 의미와 스토리를 담고 있다.

데일 카네기는 저서 〈인간관계론〉에서 남에게 호감을 사는 데에 이름을 기억했다가 불러주는 게 가장 중요하다고 말한다.

"미국 대통령 프랭클린 루스벨트는 호의를 얻을 수 있는 가장 간단하고 자명하고 중요한 방법 중 하나가 이름을 기억하고 그 사람이 중요한 사람이 된 것처럼 느끼도록 만들어 주는 것이라는 점을 알고 있었다. (중략) 프랑스 황제 나폴레옹 3세는 황제로서 해야 했던 그 많은 일에도 불구하고 자신이 만났던 모든 사람의 이름을 기억할 수 있다고 자랑한 적이 있다. (중략) 상대방의 이름은 그에게 있어 모든 말 중에서 가장 달콤하고 중요한 말로 들린다는 점을 명심하라."

직장에서 데면데면 지내는 젊은 직원들에게 먼저 다가가 다정하게 이름이라도 불러주는 선배가 되고자 다짐하면서도 그게 잘 안 되는 경우가 많았다. 여유가 없어서이기도 하겠지만 사랑하는 마음을 제대로 키우지 못한 잘못이 더 큰 이유였을 것이다.

누구나 이름을 불러주기 전에는 각자 피어난, 하찮은 들꽃일 뿐이다. 그래서 남남이다. 평생 들꽃으로 머물 것인지, 화려한 장미로 거듭날 것인지는 자기하기 나름이다. 누군가에게 의미 있는 장미가 되기 위해서는 이름을 불러 주어야 한다.

나는 너에게, 너는 나에게.

행복의 조건

행복이란 무엇인가, 어떻게 해야 진정 행복해질 수 있는가. 동서고금의 수많은 철학자, 현인들이 이런 질문에 답하기 위해 부단히 노력했지만 모두가 인정하는 정답을 찾지 못한 것 같다.

여기 두 사람이 있다고 치자. 둘 중 누가 더 행복하다고 단정하기는 정말 어렵다. 그만큼 행복은 애매모호한 것이다. 그럼에도 현인들은 인생에서 행복이 매우 중요하다는 사실만은 한 목소리로 강조한다. 아리스토텔레스는 '삶에서 가장 중요한 것은 행복이며, 지혜로운 삶은 인생을 행복으로 이끌며, 행복한 삶은 성공한 인생'이라고 했다.

하지만 행복의 본질이나 구체적인 성취 방법에 대해서는 천태만상이다. 전혀 반대되는 목소리를 내기도 한다. 임마누엘 칸트는 '행복은 경험적 사실이며, 행복에 대한 판단은 각자의 추측일 뿐이고, 그 추측은 매우 변하기 쉽다. 따라서 보편적인 행복의 원리는 있을 수 없다'고 규정했다.

분명한 것은 행복이 철저하게 개인적이며 주관적인 느낌에서 비롯된다는 사실이다. 인간은 누구나 돈과 권력, 명예를 추구한다. 하지만 객관적으로 많은 돈과 권력과 명예를 얻고도 행복을 느끼지 못하는 사람이 적지 않다. 반대로 자그마한 것에 무한한 행복을 느끼는 사람도 많다.

경영학자 임석민은 저서 〈돈의 철학〉에서 이 부분을 명쾌하게 정리한다. "행복은 멀리 있는 것이 아니고 찾기 어려운 것도 아니다. 행복은 어떤 행위에서 따라오는 자족적인 느낌이다. 행복은 목적지가 아니고 과정이다. 행복은 프로젝트의 성공, 일확천금, 권력이나 명성처럼 거창한 것이 아니고 가족, 공동체, 사랑하는 사람과의 섹스, 쾌적한 환경, 인간에 대한 신뢰, 스트레스 적은 출퇴근처럼 단순한 것이다."

벤자민 프랭클린이 '행복에 이르는 두 가지 길이 있다. 욕망을 줄이거나 소유물을 늘리면 된다'고 했다지만 나는 동의하지 않는다. 소유물을 늘린다고 반드시 행복이 따라오는 것은 결단코 아니라고 본다. 대신 욕망을 줄이는 것이 아주 중요한 명제라 생각한다.

작고 단순한 것에서 행복을 찾으려면 욕망이나 욕심을 반드시 줄여야 한다. 욕심을 줄이려면 남과 비교하는 마음을 멀리하지 않으면 안 된다. 그래야 만족감이 생겨 행복을 느끼게 된다.

비교하지 않는 삶, 만족을 통한 행복론 두 가지를 소개한다. "내 삶을 이루는 소박한 행복 세 가지는 스승이자 벗인 책 몇 권, 나의 일손을 기다리는 채소밭, 그리고 오두막 옆 개울물 길어다 마시는 차 한 잔이다."(법정스님) "책상 하나, 의자 하나, 과일 한 접시, 그리고 바이올린. 행복해지기 위해 이것 말고 무엇이 더 필요하겠는가."(알버트 아인슈타인)

1

감
사

남과 비교하지 않는 마음

세속적 상향 비교는 끝도 없어. 자신만의 존재가치 찾는 게 중요

◆

◆

나의 부동산 투자 실패기다. 1990년대 중반 강남불패를 굳게 믿던 친지의 코치를 받아 서울 도봉구 쌍문동 32평 아파트를 1억 5000만 원에 팔고 강남구 대치동 한복판 37평 아파트를 2억 2000만 원에 구입했다. 7000만 원이 부족했지만 보증금 1억 3000만 원에 전세를 놓고 나니 6000만 원이 남아 그 돈으로 강서구 화곡동의 주택 2층에 세를 얻어갈 수 있었다.

불과 1년 후, 대치동 아파트 값은 1억이나 뛰어올랐다. 돈을 이렇게 쉽게 벌 수 있다니, 이런 게 부동산 투기인가? 표정관리까지 해야 했던 설렘도 잠시, IMF 외환 위기가 몰아쳤다.

부동산 시세는 급전직하했고, 아파트 세입자는 2년 만기된 전세

시세가 8000만 원이니 5000만 원을 당장 내주지 않으면 나가겠다고 했다. 은행 이자가 천정부지로 오르던 그 시절 젊은 월급쟁이가 5000만 원을 어디서 구할 수 있겠나. 처분하는 수밖에 없었다. 매매 가격은 2억 2000만 원, 2년 전 구입할 때 그대로였다. 손해 안 봤으니 다행이다 싶었다.

그런데 얼마 뒤 IMF 극복과 함께 대치동 아파트 값은 초고속 상승 곡선을 그렸다. 일산 신도시에 다시 아파트를 구입하긴 했지만 인상 폭은 비교할 수 없을 정도로 차이가 컸다. 속이 쓰릴 수밖에. 세입자가 나보다 돈이 훨씬 많은 중년 의사였는데, 요리조리 머리 써 가며 좀 버텨볼 걸 그랬나, 후회한들 무슨 소용이 있겠나. 그 아파트 값이 20억 원 찍는 걸 보고 나는 아파트 시세엔 일절 관심 갖지 않기로 했다. 한참 뒤 재개발까지 했다는데 시세 알아본 적은 없다.

언젠가부터 나는 아파트 가격 얘기가 나오면 이런 말을 곧잘 한다. "아파트 값은 비교하지 않는 게 좋아. 과거와 현재 시세를 비교하다 보면 후회하느라 가슴이 아프고, 지역 간 시세 비교하다 보면 배가 아픈데 그런 걸 뭣하러 하나. 강남 아파트가 부러우면 지금이라도 그곳으로 이사를 가고, 그럴 능력이 안 되면 단념하고 사는 게 정신건강에 도움 되지 않을까." 이 한마디로 화제를 쉽게 바꿀 순 있지만 손해 봤다고 생각하는 사람들 속마음까지 편하진 않을 것이다.

남과 비교하는 걸 끔찍이 싫어하는 아내가 젊은이들 연봉 얘기로 충격을 좀 받은 적이 있었다. 지인 자녀인 취업한 의사, 변호사 연봉이 1억이 넘고, 2억이 넘는다는 말을 듣고는 "나이도 어린데 정말 그렇게 많을까?"라고 물었다. 내가 "돈벌이에 관한 한 예부터 너도나도 의사, 변호사 타령한 것 아니냐. 그렇게 의미 부여할 필요 없어."라고 답해 줬지만 꽤나 부러워하는 눈치였다.

심리학에서 남과의 비교는 인간의 보편적 심리라고 한다. 본능에 가깝다고 본다. 남이 가진 것과 끊임없이 비교해 자신의 행복 수준을 측정하려는 마음을 갖고 있다는 것이다. 비교 심리가 반드시 나쁜 것은 아니다. 상향 비교를 할 경우 경쟁심을 유발해 자기 발전에 보탬이 될 수 있다는 이유에서다.

특히 성장기 젊은이들에게는 긍정적인 요소가 될 수 있다. 하향 비교는 상대적 우월감을 통해 심리적 안정을 도모할 수 있다고 본다. 하지만 상향 비교를 과도하게 할 경우 시기 질투심을 유발할 수 있다는 단점이 있다.

지금은 정보 교류 확대로 타인과의 비교가 일상화돼 있다. '사촌이 땅 사면 배 아프다'는 속담은 한가한 농경시대를 반영한 표현이다. 그때에는 비교 대상이 기껏해야 사촌을 포함한 친인척과 동네 사람, 친한 친구 몇몇뿐이었다. 지금은 어떤가. 정보 홍수 시대에 살다 보면 수많은 사람과 자신의 삶을 속속들이 비교할 수밖에 없다.

요즘 웬만하면 단체 카톡방이나 밴드방 서너 개씩은 갖고 있다. 내 경우 가족 방과 형제 자매 방 말고도 초등학교, 중학교, 고등학교, 대학교 등 10개 이상 가입돼 있다. 대부분 눈팅 수준인데도 지인들과 관련된 정보가 마구 쏟아져 들어온다.

아들딸 자랑도 많이 접하게 된다. 글로벌기업에 취업했는데 연봉이 아버지만큼 된다, 두 아들이 한꺼번에 로스쿨에 합격했다, 5급 공무원시험에 합격한 며느리를 맞게 됐다, 미국 유명 대학에서 박사학위를 받았다…

누가 들어도 축하할 일이다. 젊은 나이에 돈, 권력, 명예를 일정부분 얻었으니 부모로서 자랑할 만도 하다. 문제는 이런 얘기를 접한 사람들이 단순히 부러움에 그치지 않고 은근히 시기 질투심을 느낄 수 있다는 점이다. 배가 고픈 건 참아도 아픈 건 못 참는다는 속담이 빈말이 아닐 수도 있기 때문이다. 하지만 이런저런 사정을 감안하더라도 상향 비교를 통해 시기 질투심을 갖는 순간 행복은 기대하기 어렵지 않을까 싶다.

세속적 소유와 관련해 남과의 비교를 어디까지 하고 살 것인가. 답 찾기가 쉽지 않은 물음이다. 상위 10%, 아니 1% 안에 든다 해도 상향 비교할 사람은 부지기수로 많다. 비교 대상이 없을 정도로 많이 가지려면 제프 베조스나 빌 게이츠처럼 세계 1등을 해야 한다. 보통사람이라면 기대난망 아닌가.

　그럴진대 비교하는 콘텐츠를 달리하는 노력을 해 보는 게 어떨까 싶다. 어렵겠지만 세속적 소유는 적당한 선에서 만족하고, 자신의 존재 가치를 키워나가는 게 행복의 지름길 아닐까 해서다. 그렇다고 세속적 소유 노력을 아예 포기하자는 얘기가 아니다. 굳이 '소확행'에 만족하자는 것도 아니다. 다만 타인이 가진 돈, 권력 따위를 부러워하기보다 자신만의 특장에 각별한 의미를 부여하고, 그것을 확장해나가는 것은 참으로 중요하다는 생각이 든다. 나이가 들수록 말이다.

돈 욕심, 버리기 어렵지만

돈의 한계행복체감의 법칙, 건강하고 빚 없으면 행복

◆

◆

흔히들 돈과 행복은 무관하다고 말하지만 나는 그렇게 생각하지 않는다. 행복을 논하는 학자나 저술가들이 이구동성으로 행복은 돈으로 살 수 없다고 주장하지만 나는 전적으로 동의하진 않는다. 돈이 행복의 기본 요건이라 생각해서다.

돈이 행복을 좌우하지 않는다고 말하는 사람 상당수는 속마음 숨기고 허세 부리는 거짓말쟁이라고 감히 말하고 싶다. 그런 사람 가운데 큰 부자인 경우 가난한 삶을 한 번도 살아보지 않아 공감 능력이 떨어지기 때문이라고 본다.

돈으로 얻을 수 있는 건 참 많다. 돈이 많으면 남들보다 더 넓고 쾌적한 집에 살며 몸에 좋은 음식을 먹고 멋진 옷을 사 입을 수 있으니 그만큼 행복할 것이다. 안전하고 고급인 승용차를 몰 수 있고, 원하는 곳 어디라도 여행할 수 있으며, 건강검진도 자주 받을 수 있으니 행복도가 더 높아질 것이다.

곳간에서 인심 난다고 효도도 돈이 있어야 제대로 할 수 있으며, 가난이 가정불화의 직접적 원인이 되는 경우를 주변에서 자주 볼 수 있다. 자아실현에도 돈이 중요한 역할을 함엔 틀림이 없다.

문화심리학자 한민도 '행복을 가로막는 가장 일상적인 장애물은 빈곤'이라며 돈과 행복이 관계없다는 건 거짓말이라고 단언한다.

"돈이 많다고 해서 반드시 행복해지는 것은 아니지만 부자는 가난한 사람보다 훨씬 행복할 기회가 많다. 돈이 있으면 건강을 잘 유지할 수 있고, 긍정적인 사회적 관계에 노출될 가능성이 커지며, 충분한 여가와 휴식을 즐기고, 때로 정신과에 가거나 상담을 받으면서 멘털을 관리할 수도 있다."(《우리가 지금 휘게를 몰라서 불행한가》)

소득이나 재산의 크기가 어느 정도면 적정할까 가끔 생각해 본다. 사람마다 삶의 철학과 방식, 씀씀이의 수준이 다르니 통용될 수 있는 정답은 없다고 봐야겠다. 100세 철학자 김형석 교수는 부모에게 효도하고 자녀 교육 책임질 정도의 재산은 있어야 한다고 말한다. 그런데 그 액수가 도대체 얼마란 말인가. 부모를 최고급 요양 시설에 모시고 아들딸 모두 해외 유학 보내려면 중산층도 언감생심일 정도로 상당한 재력을 요하지 않겠는가.

나는 살기에 적정한 아파트 크기를 26평 정도로 상상한 적이 있다. 직장 초년생 시절 선배 집에 갔다가 26평형인데 방이 3개임을 확인하고, 결혼해서 아이 둘 낳아 사는 데 이 정도면 충분하겠다는 생각을 한 것이다. 꿈이 소박했던 것 같다. 운이 좋아 결혼한 지 불과 5년 만에 32평 아파트를 분양 받아 입주했으며, 지금은 그보다 훨씬 더 큰 아파트에 살고 있으니 목표를 초과 달성한 셈이다.

노후의 내 '희망 경제력'을 생각해 본다. 우선 책은 마음껏 사 볼 수 있어야겠다. 이런 저런 취미 생활하는 데 큰 부담 없어야겠다. 친한 친구, 선후배들과 어울리는 데 어려움이 없어야겠다. 매년 건강검진을 받을 수 있어야겠고, 가끔이라도 해외여행을 할 수 있으면 좋겠다. 또 기분 좋을 때 딸아이들한테 외식하라고 봉투 하나씩 찔러 줄 수 있으면 참 좋겠다.

금전적으로 이 정도는 돼야 행복하지 않을까 싶다. 이러려면 고정 수입, 혹은 보유 재산이 얼마쯤 돼야 할까. 이런 생활은 거의 불가능에 가까울 것이란 생각이 얼핏 든다. 그럼 나의 노후 행복은 물 건너간 것인가.

다행히 나를 위로, 격려해 주는 듯한 행복 연구자가 적지 않다. 미국 경제사학자 리처드 이스털린은 수입이 일정 수준까지 올라 기본적인 욕구가 충족될 경우 수입 증가가 더 이상 행복에 영향을 미치지 않는다는 점을 발견했다. 그가 부유한 나라와 가난한 나라 30개국의 행복도를 조사한 결과 일정 소득 수준이 넘으면 돈과 행복이 비례하지 않는다는 결론을 도출한 것도 같은 맥락이다. 이른바 '이스털린의 역설'이다.

의식주가 해결되지 않은 상태에서 소득이나 재산이 늘어나면 행복 수준이 빠른 속도로 올라가지만 그것이 제법 많은 상태에서 추가되는 것은 행복을 높이기는 하지만 크게 높이지 못한다는 이론은 정설로 자리 잡은 지 오래다. 경제학의 한계효용체감의 법칙에 빗대 나는 이를 '돈의 한계행복체감의 법칙'이라 부르고자 한다.

네덜란드 속담은 돈의 한계를 명확히 규정하는 듯하다. '돈으로 집은 살 수 있지만 단란한 가정은 살 수 없고, 침대를 살 수 있지만 편안한 잠은 살 수 없으며, 시계를 살 수 있지만 시간은 살 수 없다. 또 책은 살 수 있지만 지식은 살 수 없고, 약은 살 수 있지만 건강은 살 수 없으며, 피를 살 수 있지만 생명은 살 수 없다'

국부론 저자 애덤 스미스가 행복의 조건으로 건강, 빚 없음, 깨끗한 양심 등 세 가지를 적시한 것은 의미심장하다. 행복을 구하는 데 빚이 없으면 되지 굳이 돈이 많을 필요가 없다는 것 아닌가. 나도 의식주를 포함한 기본 욕구를 충족할 정도는 가졌으며, 빚도 크게 없으니 걱정 안 해도 되겠다는 생각이 든다. 그러니 이제 돈에 미련 갖지 말고 조금은 초연해질 필요가 있을진대 그게 어디 말처럼 쉬운 일인가.

중요한 것은 마음가짐 아닐까 싶다. 행복의 크기는 객관적 조건과 주관적 기대의 비율에 의해 결정된다는 말이 있다. 상당히 많은 돈을 가졌음에도 더 많은 돈을 바란다면 행복감을 느끼기 어려운 게 당연하다. 가진 것 남과 비교하면 한도 끝도 없기 때문이다. 옛 성현들이 매사에 만족하고 감사하는 마음 갖는 게 중요하다고 가르친 이유인가 보다.

형제자매, 사랑과 전쟁
돈 문제로 다투는 경우 많아, 적극적 갈등관리 중요

◆

◆

　고이 간직하는, 빛바랜 사진이 있다. 시골집 안마당에서 찍은 5남매 단체 사진. 당시 우리 집 재산목록 1호였던 암소를 가운데 세우고 태권도복 차림의 대학생 큰형과 중학생 작은형이 뒤에 자리 잡았다. 소 앞에는 초등학교 6학년 누나, 3학년이던 나, 그리고 1학년 동생이 나란히 섰다.

　도회지 나가 살던 큰형 친구가 카메라를 가져 와 찍어 준 것으로 기억된다. 초등학생 셋 모두 가슴에 명찰 단 걸 보면 등교할 때 입는, 그나마 가장 깨끗한 옷을 챙겨 입은 듯하다. 모두 고무신 차림이다.

　부모님이 들에 나가신 사이 찍었을 텐데 소를 등장시킨 게 신기하다. 농사일에 없어서는 안 될 소중한 존재인 데에다 매년 낳은 새끼가

등록금 밑천이 되었기에 사람 못지않게 귀하다는 생각을 하지 않았을까 싶다.

이따금 이 사진을 들여다보면 형제가 무엇인지, 동기(同氣)간이란 게 무슨 의미인지 상념에 빠지게 된다. 한 아버지, 한 어머니에게서 태어나 10년, 20년 같은 공간에서 우애를 키우는 아주 특별한 사이다. 동시대를 가장 오랫동안 더불어 사는 피붙이이기도 하다.

촌수(寸數)로 불과 두 마디 사이 가깝고도 가까운 혈육이건만 무심히 흐르는 세월은 그들을 뿔뿔이 흩어져 살게 한다. 6층짜리 집 지어 오순도순 함께 살 거라는 어린 시절 바람은 단 한 번의 실천 노력도 없이 허언이 되고 말았다.

형제는 참 묘한 사이란 생각을 가끔 해 본다. 부부는 논외로 치고, 부모 자식 다음으로 사랑을 많이 나누고 싶은 사이일 것이다. 우리 모두는 영화 '태극기 휘날리며'에서 장동건과 원빈이 연기하는 종류의 진한 형제애 심리를 내면에 갖고 있다고 본다. 농부 형제가 서로 많이 가지라고 쌀가마 짊어지고 상대 창고로 밤새 나르는 탈무드 이야기도 얼마든지 실화가 될 수 있다.

하지만 주변을 살펴보면 성인 형제 사이가 화기애애한 사람 못지않게 남처럼 데면데면 지내는 사람도 참 많다. 잦은 갈등으로 자기 형제자매가 남보다 못하다고 대놓고 말하는 사람이 있는가 하면 마치

원수처럼 지내는 사람도 어렵잖게 만난다. 안타깝지만 엄연한 현실이다.

형제간의 이런 불편한 관계는 흔히 '카인 콤플렉스'란 개념으로 설명된다. 성경 창세기에 나오는 카인과 아벨 이야기는 경쟁을 넘어 질투하는 형제 관계를 명징하게 설명해 준다. 결국 형 카인이 동생 아벨을 죽이기까지 하는 비극으로 끝난다. 요셉에 대한 형들의 살해 시도도 같은 맥락이다. 그 정도는 아니더라도 야곱의 장자권 빼앗기 속임수, '돌아온 탕자' 이야기가 묘사하는 형의 불만 등은 형제 사이가 여차하면 불화로 번질 수 있음을 말해 준다.

길고 긴 인류 역사는 형제간 극단의 불화를 다반사로 기록하고 있다. 대표적인 게 왕위 계승을 위한 형제간 살육이다. 우리 조선시대만 해도 태종 이방원이 벌인 두 차례 왕자의 난에서 한 부모에게서 태어난 혈육의 사랑은 눈곱만큼도 찾아볼 수 없다. 수양대군 세조의 두 동생 살육도 마찬가지다. 비정상 국가인 북한 김정은의 형 살해극은 또 어떤가. 권력을 얻고자 스스로 인간이길 포기한 사람들이다.

재벌가의 형제간 경영권 분쟁은 LG그룹처럼 없는 게 이상할 정도로 하도 많아서 꼴불견이다. 삼성 현대 롯데 한진 금호아시아나… 재벌닷컴에 따르면 50대 그룹 가운데 무려 18곳이 혈족 간 경영권 분쟁을 벌인 것으로 조사됐다. 법정 싸움은 그나마 점잖은 편이다. 막말이 오가는 공개 비난전을 보면 한 부모한테서 나온 사람들이 맞나 싶을 정도다.

형제 갈등의 대부분이 재산 문제, 돈 문제에서 비롯된다는 사실은 시사하는 바 크다. 상속과 관련된 재산 분쟁은 유교문화의 장자 상속 관행과 현행 민법상 균등상속 제도가 충돌하는 데 그 원인이 있다고 봐야겠다. 부모가 관행에 따라 장자 중심으로 재산을 넘겨주는 데 대해 딸을 비롯한 다른 자녀들이 반발하는 모양새다.

갈등이나 분쟁은 물려줄 재산의 많고 적음과 무관하게 발생한다. 부모 입장에서는 더 주고 싶은 자녀, 덜 주고 싶은 자녀가 당연히 있을 수 있다. 어딘가 부족한 자녀에게는 더 챙겨 주고 싶을 것이다. 조금이라도 나눠줄 재산이 있다면 죽기 전에 상식선에서 정리하는 게 최선이겠지만 죽을 때까지 경제권을 가질 필요도 있으니 그리 간단한 일은 아니다. 여의치 않을 경우 유언을 남기는 수밖에 없다.

상속 재산 말고도 형제가 금전 거래를 하다 다투는 경우가 비일비재하다. 아무래도 남보다는 거래가 잦은 탓일 게다. 좋은 마음으로 도움을 주고받다 일이 꼬일 경우 예상 밖 분쟁으로 격화할 수 있다. 전북 전주에서 발생한 '로또 형'의 동생 살해 사건이 그런 경우다.

로또 1등에 당첨돼 누나와 동생들에게 1억 원씩 나눠줄 때에는 얼마나 사이가 좋았을까. 하지만 음식점 운영이 잘 안 돼 동생 집을 담보로 은행에서 돈을 빌렸고, 그 이자 갚는 문제로 형제간 다툼이 잦아졌다고 한다. 급기야 술에 취한 형이 동생을 칼로 찔러 숨지게 했다. 은행 빚 불과 4600만 원, 월 이자 고작 20여 만 원 때문에 일순간 천륜이 깨지고 말았다.

돈 거래는 부자간에도 하지 말라 했지만 말처럼 되진 않는다. 형제간에도 가급적 거래하지 않는 게 좋겠지만 살다 보면 불가피한 경우가 생긴다. 중요한 것은 적절한 위험관리다. '섭섭하다' '너무 한다' '그럴 줄 몰랐다' 따위의 말이 오갈 정도가 되면 해법 찾기에 적극적으로 나서야 한다. 형제 사랑과 부모 희망사항이 해법의 잣대가 되면 좋으련만 그게 쉽지는 않을 테다.

최종적인 답은 역시 사랑과 감사 아닐까 싶다.

고향에 가면

어린 시절 꿈과 사랑 키운 곳. 자주 찾으면 큰 위안돼

◆

◆

넓은 벌 동쪽 끝으로 / 옛이야기 지줄대는 실개천이 휘돌아 나가고
얼룩백이 황소가 / 해설피 금빛 게으른 울음을 우는 곳
그곳이 차마 꿈엔들 잊힐 리야

질화로에 재가 식어지면 / 비인 밭에 밤바람 소리 말을 달리고
엷은 졸음에 겨운 늙으신 아버지가 / 짚 베개를 돋아 고이시는 곳
그곳이 차마 꿈엔들 잊힐 리야

흙에서 자란 내 마음 / 파아란 하늘빛이 그리워
함부로 쏜 화살을 찾으려 / 풀섶 이슬에 함추름 휘적시던 곳

그곳이 차마 꿈엔들 잊힐 리야

전설 바다에 춤추는 밤 물결 같은 / 검은 귀밑머리 날리는 어린 누이와
아무렇지도 않고 예쁠 것도 없는 / 사철 발 벗은 아내가
따가운 햇살을 등에 지고 이삭 줍던 곳
그곳이 차마 꿈엔들 잊힐 리야.

하늘에는 성근 별 / 알 수도 없는 모래성으로 발을 옮기고
서리 까마귀 우지짖고 지나가는 초라한 지붕
흐릿한 불빛에 돌아앉아 도란도란거리는 곳
그곳이 차마 꿈엔들 잊힐 리야

정지용의 시 '향수'다. 고향을 주제로 한 시와 소설, 그림, 노래 가운데 내 마음을 가장 따뜻하게 감싸 안아주는 작품이다. 고향은 언제나 아늑하고 평화로운 곳이며, 사랑이 넘쳐나는 곳임을 실감나게 묘사했다. 부모형제가 사는 곳이며, 유년의 꿈이 서려 있는 곳임을 참 아름답게 노래했다.

고향, 말만 들어도 가슴이 설렌다. 어머니의 따뜻한 품속과 한없

는 사랑을 떠올리게 한다. 고향은 누구한테나 운명의 장소이다. 어쩔 수 없는 나의 뿌리이며, 평생 그리워하는 목적지다. 시인묵객들의 가슴을 격동케 하며 독자들을 눈물짓게 한다.

고향이란 태어나서 자란 곳, 혹은 마음속 깊이 간직한 그립고 정든 곳을 말한다. 베이비붐 세대라면 타향살이 하는 사람이 아주 많다. 급격한 산업화, 도시화 물결을 타고 고향을 떠나 낯선 곳에서 삶을 영위하는 게 일반적이다.

다들 '고향 떠나면 고생이지' '내 집이 제일이야' '고기도 제 놀던 물이 좋아'라고 말하지만 인생사 나그네 길임은 어찌할 수 없나 보다. 학업을 위해, 직장 구하려고, 결혼을 계기로 뿔뿔이 흩어져 산다.

내 고향은 우포늪과 화왕산, 부곡온천이 있는 경남 창녕이다. 우리 마을에는 내가 태어나던 해 남자아이만 12명이 고고성을 울렸다. 12명 중에 고향마을을 지키는 친구는 단 한 명뿐이고 나머지는 모두 일찌감치 도회지에 나가 산다.

정년퇴직을 하고 천릿길 고향을 찾아가 봤다. 이따금씩 방문하지만 이번엔 인생의 전환점이라 생각되어서인지 만감이 교차됨을 경험했다. 선산에 성묘한 뒤 우포늪을 둘러보고 오랜만에 화왕산을 등정했다. 그러고는 부곡온천에서 두 밤을 지냈다.

고향이라지만 많이도 변했다. 고향은 보통 공간과 시간, 사람을 놓고 생각한다. 두고 온 고향 산천이 공간이라면 흘러간 세월은 시간이고, 그곳에 살았던 친지가 사람이다. 세월이 흐른다고 고향 산천이 크게 변할 리 없다. 하지만 사람은 세월에 어찌할 재간이 없나 보다.

부모형제 아무도 없고, 가까운 친척도 찾아보기 힘들고, 소꿉놀이 친구조차 거의 없다. 그러니 누가 나를 반기겠는가. '산천은 의구하되 인걸은 간 데 없네'라고 노래한 옛 시인의 허전함이 가슴을 저민다.

그래도 고향에 대한 감사한 마음을 한시도 잊어서는 안 되겠다. 고향은 누구에게나 지금의 나를 있게 해 준 '엄마 자궁' 비슷한 곳이다. 그곳에서 살던 과거의 나를 생각하면 모든 게 감사한 일이다. 내 경우 이 정도라도 행복하게 살고 있는 것은 그 바탕에 고향의 좋은 가르침이 있었기 때문이라 생각한다.

산과 들에서 맘껏 뛰놀며 나름 호연지기와 꿈, 담력을 키울 수 있었다. 험난한 세상 열어가는 데 크나큰 도움이 되었을 것이다. 가족, 친지들과 애틋하게 사랑을 나눴기에 낯선 사람들과 어렵지 않게 교제할 수 있었을 것이다

고향이 그리울 때면 가끔 KBS 장수 프로그램인 '6시 내 고향'을 시청한다. 고향산천 떠난 도시인들의 각박한 삶에 위안을 준다. 내 고향 주변이라도 소개되면 묘한 자긍심을 갖게 된다.

금의환향 아니면 어떤가. 가끔이라도 고향을 찾아 그곳 자연을 즐

기면서 남아 있는 친지들과 못 다한 사랑 나눠 보자. 팍팍한 타향살이에 좋은 윤활유가 되지 않을까 싶다.

세상사 모든 게 감사한 일
한국인에게 부족한 감사 인사, 최고의 항암제 해독제 방부제

◆

◆

　형용사 가운데 가장 아름다운 단어로 나는 '고맙다'와 '감사하다'를 꼽는다. '고맙다'의 사전(표준국어대사전)적 의미는 '남이 베풀어 준 호의나 도움 따위에 대하여 마음이 흐뭇하고 즐겁다'이다. 감사하다 가 '고마운 마음이 있다'이니 두 단어는 동의어나 마찬가지다. 많은 사 람이 이런 마음 갖고 표현까지 자주 하면 세상이 얼마나 밝아질까 하 는 생각을 가끔씩 해 본다.

　나는 이 단어를 비교적 자주 사용하는 편이긴 하다. 카톡할 때에 도 답신으로 '고마워'와 '생큐' '감사감사'를 많이 사용한다. 쥘 르나르 의 아침 기도 '눈이 보인다, 귀가 즐겁다, 몸이 움직인다, 기분도 괜찮 다, 고맙다, 인생은 참 아름답다'와 성경 구절 '언제나 기뻐하십시오,

끊임없이 기도하십시오, 모든 일에 감사하십시오'를 특별히 좋아하는 것도 고맙고 감사하다는 표현 때문 아닌가 싶다. 설령 진심을 담지 않더라도 남이 들어서 기분 나쁠 리 없을 것이란 생각에 사용 빈도를 더 늘리겠다고 다짐해 본다.

이 부문 모범 사례 하나. 우리 집 근처에 사는 구순 장인, 장모께선 고맙다란 단어를 참 잘 사용하신다. 주말에 사위가 문안 인사 하러 갔다 돌아올 때면 어김없이 '와 줘서 고마워'라고 하신다. 딸이나 손주들에게도 마찬가지다. 지방에 살 때 안부 전화를 하면 말미에 꼭 '전화해 줘서 고마워'라고 하셨다. 몸에 밴 것이 확실하다. 지금은 저 연세에, 자녀들에게까지 굳이 저런 말씀 안 해도 될 텐데 싶지만 흐뭇하고 즐거워서 하는 멘트란 생각에 듣는 사람 역시 즐겁다.

외국 생활 많이 한 지인들 얘기 들어보면 우리나라 사람들이 고맙다, 감사하다고 인사하는 데 아주 인색한 편이라고 한다. 외국 항공사 국내 책임자로 일하는 친구가 언젠가 동창 단체 카톡방에 이런 글을 올렸다

"한국인이 고맙다는 말을 잘 하지 않는 것은 정말 문제다. 출입증을 가슴에 달고 인천공항에서 근무하다 보면 이것저것 물어보는 사람이 많다. 도움말을 주거나 안내해 주면 외국인은 거의 100% 고맙다는 인사를, 그것도 상냥하게 웃으면서 한다. 그런데 한국인은 상당수

가 인사하지 않는다. 그걸 알기 때문에 가끔 아침에 한국인이 뭘 물어보려고 접근하면 슬쩍 피해 버리기도 한다. 도움 받고는 인사도 없이 횅하니 가버리면 하루 종일 내 기분이 다운돼서다."

이 정도라면 정말 문제 아닌가. 감사 인사하기 범국민 캠페인이라도 벌여야 할 것 같다. 왜 이럴까를 생각해 본다. 기본적으로 국민 의식의 문제 아닐까 싶다. 우리나라 사람들의 삶의 만족도가 비교적 낮다는 데 기인하는 것 같아서다.

급속한 경제 발전 과정에서 빈부격차가 커진 데에다 민주화가 빠른 속도로 진행되면서 '절대 평등 의식'에 따른 상대적 박탈감이 큰 편이다. 매사 남과 비교하다 보면 만족감을 느낄 수 없다. 만족감을 느낄 수가 없으니 고맙다, 감사하다는 생각이 들 리 없다.

감사하는 마음은 행복의 필수 조건이다. 존 밀러는 '어떤 사람이 얼마나 행복한가는 감사의 깊이에 달려 있다'고 강조했다. 피터 쉐퍼는 '감사하는 가슴의 밭에는 실망의 씨가 자랄 수 없다'고 했고, 존 헨리는 '감사는 최고의 항암제요 해독제요 방부제'라고 했다.

그러니 감사하는 마음의 중요성은 아무리 강조해도 지나치지 않다. 이 세상에서 가장 중요한 기도는 단 두 단어인데 그것은 '생큐'라고 한 신학자 마이스트 에크하르트의 말이 참 의미 있게 다가온다.

유대인 사회에서는 매일 100가지 이상 감사할 거리를 찾는다고 한다. 100가지를 찾으려면 인생사 모든 게 감사할 일 아니겠나. 불평불만이 있을 리 없고 웃음꽃이 피어나지 않을 수 없다. 반대로 불평불만이 없으니 감사거리 찾기가 그만큼 쉬울 것이다. 감사가 최고의 항암제라는데 100가지가 아니라 10가지라도 찾아보면 어떨까. 나를 태어나게 해 준 부모, 나한테서 태어나 준 자녀는 매일 감사 항목에 넣어도 될 것 같다.

감사하는 마음을 갖고 있음에도 표현하지 않는 것도 문제다. 윌리엄 아서 워드는 '감사를 느끼기만 하고 표현하지 않는다면 그것은 마치 선물을 포장한 채 주지 않고 있는 것과 같다'고 했다. 한국인들은 가족한테 그런 말 하는 걸 쑥스러워하는 경향이 있다. 사실 가장 가깝고 소중한 사람, 가족에게 그런 표현 가장 많이 해야 함에도 입을 다물어 버린다. 억지로 연습해서라도 말하는 습관을 기르면 좋겠다.

더 중요한 것은 자기 자신에게 고마워하는 마음 갖는 데 있지 싶다. 내 몸에 고마워하고, 내 영혼에 감사하는 마음 가져 보면 어떨까. 아침에 눈을 뜨는 것만으로도 고마운 일이고, 내 발로 땅에 버티고 설 수 있는 것도 감사한 일이다. 그러니 크고 작은 세상사 모든 게 고맙고 감사한 일이다.

나는 아침에 잠시 기도하며 '고맙다, 감사하다'를 10회 정도 되뇌는 게 습관처럼 돼 있다. 그때마다 마음이 한없이 평온해짐을 느낀다.

2

형아

진정한 휴식을 찾아서

빈둥빈둥 게으름도 나쁘지 않아. 정신적 여유가 더 중요

◆

◆

주 5일제와 함께 주 52시간제가 어느 정도 뿌리내린 요즘 직장인들에게 "많이 편해졌느냐"고 물으면 대부분 고개를 가로젓는다. 직장의 실제 근무시간은 줄어들었지만 휴식은 제대로 취하지 못하고 있다고 답한다. 왜 그럴까. 진정한 휴식을 즐기지 못하기 때문이다.

20, 30년 전만 해도 젊은 직장인들은 휴식이란 게 아예 없다시피 했다. 매일 새벽녘에 출근해야 했고, 사흘이 멀다 하고 야근이었다. 일요일이 법으로 보장된 휴일임에도 회사에 반납하기 일쑤였다. 연간 법정 휴가가 있었지만 여름휴가 때 쓰는 정도로 만족해야 했다.

그런 때를 생각하면 지금 직장인들은 가히 천국에 살고 있는 셈이다. 상당수 직장에서 주 52시간제가 강제 시행되고 있으니 나인투식

스'(9 to 6)가 기본이다. 야근은 거의 사라지다시피 했고, 법정 휴가는 웬만하면 다 찾아 쓴다.

그런데 왜 피로감을 호소하는가. 우선 직장 근무시간이 줄었지만 가정에서는 그만큼 일이 늘었다고 볼 수 있다. 주말을 포함한 휴일에 가족 나들이를 많이 하다 보면 쉬는 게 아니다. 늘어난 사회활동이 피로로 연결될 가능성도 있다.

종일 울려대는 휴대전화와 카톡 소리도 직장 업무 이상으로 몸과 마음을 피곤하게 한다. 시시각각 바뀌는 세상사에 속도를 맞추라는 무언의 압박일 수 있다. 쉬고 있는 듯하지만 쉬는 게 아니다.

진정한 휴식을 찾아나서야 한다. 진정한 휴식이란 무엇인가. 아무 것도 하지 않는 것이 가장 좋은 휴식이다. 영국 작가 G.K.체스터턴은 '가장 유익하고 가장 마음 편하고 가장 순수하며 가장 성스러운 것은 아무 것도 하지 않는 고상한 습관'이라고 했다.

휴식에서 아무 것도 하지 않는다는 의미는 참으로 중요하다. 우리 모두는 알게 모르게 일의 노예가 돼 있는지도 모른다. 일은 아무리 유용하고 재미있고 보람 있을지라도 얽매여 있는 노예 상태다. 나의 자유를 거부당한 것이며, 남을 위한 낭비일 뿐이다.

여가가 주어졌을 때 아무 것도 하지 않는 게 중요하다. 오스트레일리아 작가 로버트 디세이는 저서 〈게으름 예찬〉에서 '아무것도 하지 않는다는, 적어도 대부분의 시간 동안 아무런 결과도 내지 않는다는 관념은 수많은 사상가와 특정 계급의 작가에게 매력적으로 다가왔던 것 같다'고 분석한다.

〈게으름 예찬〉에 따르면, 장 자크 루소는 순간의 기분에 따라 뜬금없고 맥락 없이 하루를 허비하는 것을 큰 기쁨으로 삼았다. 안톤 체호프에게 가장 큰 기쁨은 아무 것도 하지 않고 앉아 있는 것, 또는 쓸데없는 짓을 하는 것이었다. 또 밀란 쿤데라는 개 한 마리와 함께 언덕 비탈에 앉아서 아무 것도 하지 않는 것은 에덴으로의 회귀였다'고 말했단다.

이들이 말하는 휴식의 기쁨은 한마디로 여유 아닐까 싶다. 빈둥거림을 나태한 것으로 생각하거나 무의미한 것으로 인식하는 사람에게 여유란 있을 수 없다. 육체적으로 편해졌지만 정신적으로 여유가 없다면 피로감을 떨쳐버리기 어렵다고 본다. 피로감은 뇌가 지쳤다는 뜻 아닐까.

진정한 휴식은 한가한 삶을 예찬할 수 있는 마음의 여유에서 찾아야 할 것 같다. 조선 중기 선비 김정국의 시다.

나의 밭 비록 넓지 않아도 한 배 채우기에 넉넉하고
나의 집 비록 좁고 누추해도 이 한 몸 항상 편안하다네

밝은 창에 아침햇살 떠오르면 베개에 기대어 고서를 읽는다네

술이 있어 스스로 따라 마시니 영고성쇠는 나와 무관하다네

내가 무료하리라 생각지 말게나, 진정한 즐거움은 한가한 삶에 있다네

명상의 효능
조용한 수행으로 하루 30분이면 마음의 평화 얻을 수 있어

◆

◆

세상이 너무 각박하다. 출퇴근하는 직장인들은 어느 누구 할 것 없이 종종걸음이다. 아이 키우는 엄마들은 하루 종일 육아 전쟁이다. 뉴스를 들어보면 온통 욕하고 싸우는 얘기다. 가정에서, 직장에서, 사회에서 걱정거리가 줄을 잇는다. 삶 자체가 고역이다. 머리가 지끈지끈하고 가슴이 답답해진다.

편안하게 쉬는 법을 터득하는 것도 중요하지만 더 나아가 조용히 눈을 감고 깊이 생각하는 시간을 갖는 명상을 생활화해 보면 어떨까 싶다. 마음을 다스리는 데에 이보다 더 좋은 게 없을 것 같다.

혜민 스님은 저서 〈고요할수록 밝아지는 것들〉에서 이렇게 말한다. "마음이 고요해지면 예전에는 잘 몰랐던 것들이 밝아지면서 비로

소드러나게 됩니다. 내 안의 소망이라든지, 진정 꿈꾸는 삶의 방향이라든지, 추구하고 싶은 삶의 가치라든지, 혹은 오랫동안 눌러놓았던 감정이나 기억까지 되살아나 그것들로부터의 치유가 가능하게 됩니다."

명상이라 하면 흔히 히말라야 산중턱에 가부좌를 튼 수행자가 떠오를 것이다. 아니면 조용한 산사에서 목탁 치는 삭발 스님이 연상될 것이다. 명상이 불교나 힌두교에서 생겨난 수행 방법이긴 하다. 불교는 명상 그 자체라 할 수도 있다. 명상을 통해 스스로 진리를 깨달아 해탈하는 것이 목적인 종교 아닌가. 우리나라에선 간화선과 만트라가 유명하다.

하지만 명상이 불교나 힌두교의 전유물은 아니다. 기독교의 묵상 기도도 명상이며, 이슬람교의 수피춤도 크게 다르지 않다. 의료계가 명상 기법을 도입한 지 30년이 넘었으며, 미국과 유럽 등지에선 종교와 무관하게 일반인의 명상이 유행이다.

특히 구글, 페이스북, 아마존, 트위터 등 미국의 IT 기업들이 명상을 경영에 도입하면서 직원 자기계발법으로 자리잡아가고 있다. '마음 챙김'을 통해 스트레스와 불안의 해악을 줄일 수 있기에 현대인들에게 더욱 각광받고 있는 것이다.

그런데 정작 우리나라에선 명상을 즐기는 사람이 적은 편이다. 명상을 안내하고 지도하는 도서가 시중에 많이 나와 있고 유튜브 등을 통해 관련 정보가 넘쳐나는데도 반응은 미지근하다. 불안증, 우울증이 있거나 스트레스가 많은 사람은 서슴없이 명상에 도전해 보길 권한다. 가치가 충분히 있다고 본다.

명상과 마음 챙김 전문가 앤디 퍼디컴은 저서 〈당신의 삶에 명상이 필요할 때〉에서 명상의 효능과 한계를 솔직하게 설명한다.

"명상은 당신을 다른 사람이나 새로운 사람으로 바꾸는 것과 관계없고 심지어 더 나은 사람으로 바꾸는 것과도 관계가 없다. 명상은 자신의 감정과 생각이 형성되는 방식과 이유를 자각하고 이해하는 법을 훈련하며 그 과정에서 균형 잡힌 건강한 시각을 얻는 것이다. 그렇게 건강한 시각을 갖게 되면 당신이 삶에서 원하는 어떤 변화든 실현될 가능성이 훨씬 커진다."

그의 이런 설명도 같은 맥락이지 싶다. "명상은 당신이 더욱 편안하고 자유로운 마음으로 살아갈 수 있도록 돕는다. 또한 삶의 방향에 대해서는 확신을 갖되 그 결과에는 집착하지 않도록 이끌어 뜻밖의 장애물이나 원치 않은 결과에도 좌절이나 상실을 느끼지 않게 해 준다."

나도 최근 명상을 시작했다. 마음의 평화를 얻기 위해서다. 신문사에서 정년퇴직을 하고 조금은 무료해서이기도 하다. 오래 전부터 생각했던 것인데 편하게 시간을 낼 수 있으니 절호의 기회다.

사실 명상을 배우거나 실천하고 싶은데 시간이 없다는 것은 핑계일 뿐이다. 가치 있는 일이라고 생각하면서 하루 30분 시간을 못 낸다는 것은 말이 안 된다. 전문가들은 초기엔 30분이면 충분하고, 정말 바쁘다면 10분이라도 괜찮다고 말한다.

집에서도 괜찮고 직장에서도 나쁘지 않다. 매일 같은 시각 잠시 혼자 머무를 수 있는 공간만 있으면 그만이다. 돈 한 푼 들일 필요 없다. 전문가들은 빠르고 쉬운 것은 명상이 아니라고 말한다. 온전한 삶을 위한 수행이 목표이기에 천천히, 그러나 꾸준히 하는 게 중요하다고 조언한다.

굳이 가부좌를 할 필요도 없이 바닥이든 의자든 편안하게 앉아 묵상할 수 있으면 된다. 정해진 명상문을 읽거나 외우면서 잡념 지우는 노력을 꾸준히 하다 보면 집중력이 생겨 저절로 마음에 고요함과 평화가 찾아온다고 한다. 그게 깨달음의 시작 아닐까 싶다.

명상 전문가 에크낫 이스워런은 저서 〈마음의 속도를 늦추어라〉에서 명상이 성공적일 때의 상태를 이렇게 묘사한다.

"당신이 고요한 마음에 이르렀다는 것은 상처를 어루만지는 정적이 사방에 가득하다는 것을 의미한다. 이 지극한 경지에서 당신은 절대적 만족을 느낀다. 당신은 자기 외부의 어떤 것도 필요하지 않게 된다. 다른 사람들을 부릴 필요가 없다. 물질적 재산을 쌓을 필요가 없다. 현대 문명이 만들어내는 미덥지 않은 버팀목에 조금도 의지할 필요가 없다."

명상문은 자기 스스로 작성하는 것도 의미가 있겠지만 현자들의 명언을 활용하는 것도 방법이겠다. 자기 종교에 맞는 글이면 더 좋을 것이다. 나는 이스워런의 권유에 따라 '성 프란체스코의 기도'를 첫 명상문으로 택했다.

주여, 나를 평화의 도구로 써 주소서
미움이 있는 곳에 사랑을
상처가 있는 곳에 용서를
분열이 있는 곳에 일치를
의혹이 있는 곳에 믿음을
절망이 있는 곳에 희망을
어둠이 있는 곳에 광명을
슬픔이 있는 곳에 기쁨을 심게 하소서
오 거룩하신 주여, 위로 받기보다는 위로하며
이해 받기보다는 이해하며
사랑 받기보다는 사랑하게 하소서

우리는 줌으로써 받고

용서함으로써 용서받으며

자기를 버림으로써 영원한 생명을 얻음이나이다

천천히 사는 법
마음의 속도 늦춰야 여유 생겨, 세상 욕심 줄이는 게 관건

◆

◆

대학병원에서 처음 종합건강검진 받았을 때 얘기다. 담당 교수가 검진 결과를 설명하며 내게 스트레스가 굉장히 많다고 했다. 스트레스 관련 자필 설문지에 부정적인 답변이 거의 없었다고 항변(?)해 봤지만 종합 판단 결과 많다고 하니 믿지 않을 수 없었다.

재미있는 건 그가 가르쳐준 스트레스 저감법. 대뜸 직장에서 잘릴 가능성이 있느냐고 묻기에 "현재로선 없다"고 대답했더니 이렇게 조언했다.

"그렇다면 회사에서 업무 능력을 100% 발휘하지 않도록 하세요. 또 가용 시간을 100% 사용하지 않도록 하세요. 능력과 시간을 80%나 90%만 회사에 기여한다는 느낌을 갖고 천천히 일해 보세요. 출근할

때 가끔 30분 정도 지각하더라도 조바심 내지 않도록 하세요. 그래도 해고당하진 않겠지요? 친구들과의 약속도 30분 정도 늦는다고 우정이 깨지지 않을 테니 너무 서두르지 마시고요."

황당하게 들렸다. 40대 초반, 일 많기로 소문난 정치부 보조 데스크로 근무할 때였으니 현실성이 전혀 없는 조언이었다. 신문 제작 마감 시간이 임박하면 늦지 않으려고 피를 말리는데 능력과 시간을 100% 사용하지 말라니…

이 얘기 전해 들은 부장한테서 돌아온 답은 시큰둥하면서도 싸늘했다. "개기면서 대충대충 일하라는 거네. 80%를 하든 70%를 하든 난 몰라. 당신 맘대로 하셔." 돌이켜보면 그 교수의 조언은 아무런 도움도 안 됐던 것 같다.

신문기자만 바쁘게 사는 건 아니다. 소방대원, 택배 직원, 콜센터 근무자, 응급실 의료진은 기자보다 더 급하게 움직이며 산다. 아니 굳이 직업을 구분할 것도 없다. 대한민국 직장인이라면 너나 할 것 없이 출근 전쟁 치르느라 아침마다 종종걸음이다. 인류 역사가 속도 경쟁, 속도 혁신을 통해 발전해 왔기에 '빨리빨리' 문화는 불가피한 건지도 모른다.

21세기 현대 문명은 초스피드 경쟁을 부추긴다. 국가 간 초음속 무기 개발 경쟁, 이동통신사들의 5G 데이터 전송 속도 경쟁, 차세대

모바일 D램 개발 경쟁…. 기계들의 속도 경쟁에 인간이 온통 전염돼 있다. 기계에 얹혀 브레이크 없이 앞만 보고 달리는 형국이다.

몸이 피곤할 수밖에 없다. 몸보다 더 피곤한 건 마음이다. 몸의 속도를 유지하거나 높이고자 마음은 한걸음 앞서 내달리기 때문이다. 스트레스가 엄습하는 이유다.

스트레스 없이 살라고, 마음 편히 살라고, 언젠가부터 '느림의 미학'을 논하는 사람이 많다. 밀란 쿤데라는 '느림의 정도는 기억의 강도에 정비례하지만 빠름의 정도는 망각의 강도에 정비례한다'(《느림》)고 했으며 알랭 드 보통은 '사람이 빨리 간다고 해서 더 잘 보는 것은 아니다. 진정으로 귀중한 것은 생각하고 보는 것이지 속도가 아니다'(《여행의 기술》)라고 강조했다. 대만 사업가 임창생은 '예나 지금이나 지구는 늘 같은 속도로 돌고 있는데 우리는 왜 자꾸만 바쁘게 살아가려 하는가. 이제 조금만 걸음을 늦추자'(《마음껏 행복하라》)고 제안했다.

하지만 속도가 곧 경쟁력이며 성공의 지름길인 세상에 살면서 대놓고 '천천히'를 외칠 수는 없다. 몸의 속도 줄이기는 현실적으로 쉽지 않다. 지각하더라도 조바심 내지 말라고? 가용시간을 다 사용하지 말라고? 보통의 직장인에겐 적용하기 힘든 무책임한 소리다. 이를 어느 정도 해결할 수 있는 가장 손쉬운 방법은 일과를 조금 일찍 시작하는 것 아닐까 싶다.

정년퇴직하기 전 수년간 나는 일찍 출근하는 걸 생활화해 나름 행복감에 젖었다. 러시아워를 피해 오전 7시 30분쯤 회사에 도착하면 모든 게 조용해서 나만의 여유를 즐기기에 안성맞춤이다.

조간신문 뒤적이며 느긋하게 마시는 쓴 아메리카노 커피가 그렇게 달콤할 수 없다. 유튜브로 좋아하는 음악 틀어놓고 밀린 독서라도 조금씩 하면 나 자신을 살찌운다는 생각에 묘한 희열을 느낀다.

그 때문일까. 급한 내 성격이 조금 느긋해졌다는 생각이 든다. 엘리베이터에서 닫힘 버튼 누르지 않는 여유, 횡단보도 파란 불에 깜빡이 켜지면 서둘러 건너는 대신 다음 신호 기다리는 여유, 전화벨 울릴 때 바로 받지 않고 두세 번 울린 뒤 받는 여유가 생긴 것 같다. 식사 속도, 말하는 속도도 늦춰 보고자 노력하지만 잘되진 않는다.

하루를 일찍 시작한다고 마냥 여유가 생기는 건 아닐 게다. 자신도 모르게 속도가 빨라지고 조급증이 부활한다. 제대로 된 해결책은 역시 마음의 속도를 줄이는 것 아닐까 싶다.

미국 심리치료사 에크낫 이스워런은 〈마음의 속도를 늦추어라〉에서 "빠른 마음은 병들어 있다, 느린 마음은 건강하다, 고요한 마음은 거룩하다"고 전한다. 그는 화, 두려움, 걱정 같은 부정적인 것들은 대개 빠른 마음인 반면 사랑, 인내, 온유, 동정, 이해 등 긍정적인 것들은 느린 마음이라고 규정했다.

이스워런식 이분법을 적용하면 욕심은 빠른 마음이고 비움, 혹은 내려놓음은 느린 마음이라고 나는 생각한다. 누구든 비우고 내려놓아야 느린 마음이 생겨 화, 두려움 따위를 물리칠 수 있을 것 같아 해본 생각이다.

문제는 권세와 돈, 명예 같은 세상 욕심 내려놓기가 결코 쉽지 않다는 사실이다. 난들 쉬울 리 없다. 하지만 조금씩이라도 내려놓는 연습을 시작은 해야겠다. 마음의 속도, 조금씩이라도 늦추는 노력을 시작은 해야겠다.

현재를 즐겨라

과거, 미래 아닌 지금이 축복. 건강염려증, 불안증에 특효

◆

◆

　언젠가 무단히 두통이 생겨 도무지 낫질 않았다. 스트레스 아니면 잦은 음주 때문이겠지 생각하면서도 점점 불안해졌다. 쓸데없는 상상까지 하다 보니 '뇌손상 가능성'이란 자가 진단이 내려졌다. 결국 종합병원 신경과를 찾아 생애 처음 MRI(자기공명영상) 촬영까지 했으나 결과는 정상이었다. 두통은 씻은 듯이 나았고, 아내는 건강염려증이라 판정했다.

　그리고 수년 뒤, 장시간 겨울 바람을 쐬었더니 어지럼증을 동반한 두통 증상이 나타났다. 며칠 지나도 호전되질 않았다. 아내는 아무 것도 아니라며 안심시켰지만 나는 기어코 '초기 뇌졸중 가능성'이라 자가 진단했다. 서둘러 응급실을 찾아 MRI를 촬영한 결과 정상으로

판명됐고, 어지럼증은 이내 사라졌다.

그날 저녁 직장 회식자리에서 이 얘길 했더니 친한 후배가 "선배는 한마디로 불안증이요, 내가 좋은 치료법 하나 가르쳐 드릴게."라며 'Here and Now'를 명심하라고 했다. 닥쳐올 미래 걱정하지 말고 현재의 삶에 충실하란 뜻이겠다.

후배 조언이 곧바로 머리에 꽂힌 건 우연이 아니었다. 불심이 충만한 누님은 당시 시골 어머니 댁 안방에 이렇게 써 붙여놓았다. '과거를 원망하지 말라, 미래를 걱정하지 말라. 오늘은 불교방송 ○○번 시청'.

사연 많고 고단했던 인생길에 앞날 걱정까지 하시는 어머니에게 이보다 더 좋은 말이 없다고 손뼉을 쳤건만 나에게도 좋은 말이란 걸 후배가 말해 주기 전엔 왜 깨닫지 못했을까. 이런 종류의 얘길 처음 듣는 것도 아닌데 말이다. 내가 정한 우리 집 가훈 '오늘 하루 최선을 다하는 사람'도 일맥상통하는 말일 텐데…

아무튼 그날 귀갓길에 'Here and Now'를 카톡 상태 메시지로 등재한 뒤 지금껏 유지하고 있다. 나에겐 귀중한 생명의 문구란 생각이 들어 그것과 관련된 사연이나 의미를 가끔 되새겨보곤 한다. 그 덕분인지 이후 건강염려증, 불안증 따위는 일단 내게서 멀어진 듯하다.

사실 'Here and Now'의 중요성은 오래 전부터 많은 사람에 의해 강조돼 왔다. 톨스토이는 단편 '세 가지 질문'에서 인생에서 가장 중요한 세 가지를 이렇게 묘사했다. "기억하시오. 가장 중요한 때는 바로 지금 현재라는 사실 말이오. 가장 중요한 사람은 지금 당신과 함께하는 사람이오. 그리고 가장 중요한 일은 지금 함께하는 그 사람에게 선을 행하는 것이오."

예일대 교수를 지낸 신학자 헨리 나우웬은 저서 〈Here and Now〉에서 "과거에 대한 후회와 미래에 대한 염려를 떨쳐 버려야 현재를 잘 살 수 있다"며 '지금을 즐겁게 살아야 행복하며 지금은 바로 새로운 시작점'이라고 설파했다. 〈누가 내 치즈를 옮겼는가〉의 저자 스펜서 존슨은 '하늘이 주신 선물은 흘러간 과거도 불확실한 미래도 아닌 바로 지금'이라고 했다.

이런 생각과 말은 모르긴 해도 성경에서 영감을 얻지 않았을까 싶다. 예수는 "그러므로 내일을 걱정하지 마라. 내일 걱정은 내일이 할 것이다. 그날 고생은 그날로 충분하다"고 가르쳤다. 저명 문필가 C. S. 루이스가 이 구절을 적확하게 해설하는 듯하다. 그는 악마의 유혹을 유형별로 묘사한 저서 〈스크루테이프의 편지〉에서 '원수(예수를 지칭)는 인간들이 현재 하는 일에 신경 쓰길 바라지만 우리(악마)의 임무는 그들에게 장차 일어날 일을 끊임없이 생각하게 하는 것'이라고 했다.

로마 시인 호라티우스가 '송가(頌歌)'에서 언급한 '카르페 디엠 (Carpe Diem)'도 같은 의미일 것이다. '죽은 시인의 사회'란 제목의 영화와 책에 소개되며 유명해진 이 말은 내일에 큰 기대 걸지 말고 오늘에 의미를 두고 살라는 뜻이다.

한동일 교수는 저서 《라틴어 수업》에서 카르페 디엠을 이렇게 해석했다. "오늘 이 시간 세속적이고 육체적이며 일시적인 쾌락을 즐기라는 뜻이 아니라 충만한 삶과 마음이 흐트러지지 않는 영혼의 평화로운 상태, 동양식으로 표현하면 안분지족(安分知足)을 의미한다. 매 순간 충만한 생의 의미를 느끼면서 살아가라는 경구다." 영국 록밴드 퀸이 부른 'Now I am here'와 오아시스가 노래한 'Be here now'에도 이런 뜻이 녹아 있다고 봐야겠다.

내가 건강염려증, 불안증의 경위와 극복 과정을 지인들에게 얘기하다 보면 이런 종류의 증상으로 힘들어하는 사람이 의외로 많다는 사실을 알게 된다. 불안증이 심해져 병원에서 진단받는 질병에는 공황장애, 공포증, 광장공포증, 특정 공포증, 외상 후 스트레스, 사회불안장애, 분리불안장애 등이 있다. 여기에 우울증을 동반하기도 한다.

질병 수준은 아닐지라도 단순 불안이나 스트레스로 신경안정제, 수면제 등 약물을 복용하는 사람이 의외로 많다. 정신건강의학과 진료 받는 걸 애써 숨기기 때문에 겉으로 드러나지 않을 뿐이다. 증상이

심할 경우 약물요법이 불가피하겠지만 당장 오늘 하루 마음 편하게 보내려는 자세가 참으로 중요한 것 같다. 심리상담사의 역할이 커지는 이유다.

전원생활의 겉과 속

진정한 행복의 길 일 수도. 귀촌은 몰라도 귀농은 신중해야

◆

◆

후배 한 명이 갑자기 사표를 냈다. 뜻한 바 있어 신문기자가 되어 나름 인정받으며 열심히 일하는 친구가 뜬금없이 그만두겠다고 하니 다들 화들짝 놀랐다. 전원생활 하러 시골에 내려간다고 했다. 후회하지 않겠느냐고 선배들이 붙잡았지만 이미 준비가 끝났다고 했다.

그 친구 전원생활 시작한지 2년이 지났다. 전남 구례 지리산 인근 마을에 자리 잡았다. 비어 있던 농가 주택을 저렴한 값에 임대하고, 큼직한 밭도 하나 구했다. 10여 가지 농작물을 재배하고 있다.

전원생활의 가장 좋은 점은 삭막한 도회지 생활 대신 자연과 더불어 여유 있게 사는 것이라고 했다. 아내가 좋아하고, 초등학생 딸도 더없이 만족스러워한다고 했다. 승용차로 한 시간 거리인 친가, 처가

에 손쉽게 오갈 수 있는 것도 장점이란다.

전원생활을 꿈꾸며 귀농 귀촌을 실천에 옮기는 사람이 줄을 잇는다. 과거에는 은퇴한 중노년층이 대세였으나 지금은 30 40세대도 적지 않다. 각박하기 그지없는 도회지를 떠나 대자연을 벗 삼아 사는 것, 누구나 한번쯤 생각해 볼 만하다.

흙에 발을 딛고 논밭을 일구어 생명체를 탄생시키고, 그것을 키워 열매 맺게 하는 과정은 신비스러울 수 있다. 고요한 밤하늘의 달과 별을 관찰하며 광활한 우주의 신비를 감상할 수도 있다. 이런 생활 하다 보면 누구나 세상사 겸손함을 배우고 감사하는 마음을 가지게 될 것이다.

특히 직장에서 은퇴하고 자녀 다 키운 노년층의 경우 군이 도회지에 살 이유가 없기에 인생 1막과는 전혀 다른 2막을 계획해 볼 수 있다. 100세 시대라고 장수할 가능성이 많기에 60, 70대 건강한 '젊은 노인'의 경우 누구나 시도해 볼 만하다.

젊은 30 40세대의 경우 세속적 출세의 굴레에서 벗어나 진정한 행복을 찾아나서는 사람들인 것 같다. 돈이나 권력, 명예 대신 인생의 참 의미를 추구한다면 농어촌에 못 갈 이유가 없다. 요즘에는 농어촌에서도 성실하게 일하면 도시 근로자보다 훨씬 많은 수익을 올릴 수도 있다.

대도시의 무한경쟁 교육환경에서 자녀를 해방시킬 수 있는 방법이기도 하다. 부모로서 대단한 결단이 필요한 부분이긴 하지만 자녀의 진정한 행복을 생각하면 어린 시절만큼은 '학원 뺑뺑이' 대신 자연과 더불어 맘껏 뛰놀게 하는 게 더 나을 수 있다. 지금은 대학도 수시전형 비중이 커 잘만 하면 자녀를 명문대학에 보낼 수도 있다.

중요한 것은 전원생활이 멋있고 좋긴 한데 실패할 가능성도 적지 않기에 신중할 필요가 있다는 사실이다. 나는 농촌생활을 잘 안다. 어린 시절 농촌에서 살았고, 성장기에 농사일을 많이 해 봤다. 소를 활용해 쟁기질과 쓰레질을 했고, 경운기를 이용해 농사를 짓기도 했다.

농촌생활과 농사일을 결코 만만하게 생각하면 안 된다는 점을 강조하고 싶다. 가끔 TV에서 전원생활을 지나치게 낭만적으로, 편안하게 묘사하는 것을 보며 저런 데 함부로 현혹되면 안 된다는 생각을 하게 된다. 농촌에서 한 번도 살아보지 않은 사람은 특히 유의해야 한다.

귀농과 귀촌을 군이 구분하자면, 귀촌은 크게 걱정하지 않아도 되겠지만 귀농은 함부로 덤벼들 일이 아니다. 농어촌에 예쁜 전원주택을 짓거나 구입해 텃밭을 가꾸며 여유롭게 사는 것(귀촌)은 위험 부담이 별로 없다고 본다. 경제적으로 비교적 풍족한 사람들이 선택할 것이기에 싫증날 경우 돌아가면 그만이다.

공무원연금공단에서 수년 전부터 운영하는 '은퇴자 공동체 마을' 같은 게 대표적이다. 퇴직 공무원을 위한 복지 프로그램이지만 일부는 일반인에게도 개방하는 모양이다. 이런 곳에서 미리 경험을 해 보면 실패 확률을 줄일 수 있을 것이다.

하지만 농업인이 되어 안정적인 소득을 창출해야 하는 귀농의 경우 더욱 신중해야 한다. 지방자치단체의 농업기술센터 등에서 적절히 교육을 받겠지만 농사일이란 것이 교육받는다고 다 잘되는 것은 아니다. 이상기후로 예상 밖 병충해 피해를 입을 수 있고, 태풍 피해를 당할 수도 있다.

귀농 귀촌을 생각한다면 다음 두 가지를 반드시 명심하는 게 좋겠다. 무엇보다 중요한 것은 본인이 낯선 시골에서 농사일, 혹은 텃밭일을 하며 잘 살수 있다는 확신을 가질 때 실행에 옮겨야 한다는 점이다.

기본적으로 부지런해야 하고, 농작물 재배의 즐거움에 각별한 의미를 부여하는 사람이라야 성공할 수 있다. 또 외로움에 빠지지 않을 자신이 있어야 하고, 토박이 주민들과 어울려 살아갈 각오가 돼 있어야 한다.

두 번째는 전원주택이나 농사지을 땅을 함부로 구입하지 말라는 점이다. 실패 가능성을 염두에 두고 처음에는 아주 저렴한 가격으로 임대해서 살아보는 게 현명하다. 시골집이나 땅은 매매가 자유롭지 않아 자칫 애물단지가 될 수도 있기 때문이다.

멋있고 행복한 전원생활에 성공하려면 주변 사람들에게서 조언을 많이 구하고 과하다 싶을 정도로 충분히 준비해야 한다.

가족과 함께하는 여행

세월이 마냥 기다려주진 않아. 훌쩍 떠나는 결단 필요

◆

◆

일가족 서유럽 여행은 내게 영원히 잊힐 수 없는 멋진 추억으로 남아 있다. 내 나이 마흔을 갓 넘겼을 때였다. 직장에서 해외 출장을 자주 다니다 보니 나갈 때마다 가족 생각이 났다. 이렇게 멋진 곳을 가족과 함께 즐길 수 있으면 얼마나 좋을까.

서유럽 4개국 일가족 여행을 결심하자 시기를 잘 고르는 게 중요하게 여겨졌다. 아이들 학교, 학업 문제를 무시할 수 없어서다. 딸아이 셋이 중학교 2학년, 초등학교 5학년, 초등학교 1학년 때를 적기로 삼았다. 여행하기 좋은 계절도 고려해야 했기에 2학기 중간고사가 끝난 10월 하순으로 정했다.

아내가 여행 경비 걱정을 많이 했다. 뻔한 신문기자 월급으로 아이 셋을 키울 때여서 작은 문제가 아니었다. 하지만 누군가 채워 줄 것이란 말로 밀어붙였다. 대신 가장 저렴한 패키지 상품을 선택했다. 그래도 1000만 원 가까운 돈이 필요했다.

영국, 프랑스, 스위스, 이탈리아 순으로 이어진 여행은 환희의 연속이었다. 비록 식사와 숙소가 부실했지만 이국 땅을 돌며 관광하는 맛은 다른 그 무엇에도 비할 수 없을 정도로 좋았다.

아는 만큼 보인다며 매일 아침 일찍 아이들을 깨워 그날 예정된 관광지에 대해 사전 교육을 시키기도 했다. 여행 경비 본전 빼야 한다는 생각이었을 것이다. 여행은 다닐 때에도 좋지만 다녀온 뒤에도 좋다. 세월이 한참 흐른 지금도 아이들은 여행 때의 에피소드를 떠올리며 웃음 짓곤 한다. 구체적으로 입증된 것은 없지만 아이들 견문이 많이 넓어졌다는 생각이 드는 건 사실이다.

나는 지금까지 살면서 가장 잘한 것으로 서유럽 가족 여행을 꼽는다. 사람들은 누구나 가족 여행을 꿈꾸고, 준비하며 실천도 한다. 당연히 시간과 돈이 있어야 하는데, 각자 형편에 맞춰 진행하면 된다.

그런데 여행은 타이밍이 중요하다. 졸업여행, 신혼여행, 회갑여행 등 이름을 붙이는 것에는 다 이유가 있다. 그때를 놓치면 영원히 갈 수 없는 게 여행이다. 사정이 여의치 않더라도 다소 무리해서 다녀오는 게 좋다고 말하는 이유다.

내가 서유럽 가족 여행에 각별한 의미를 부여하는 것은 굳이 갈 필요가 없음에도 강행했다는 사실이다. 예나 지금이나 일가족이 유럽 여행을 한다는 것은 금전적으로 상당한 부담이다. 또 가족의 수가 많을 경우 시간 잡기가 쉽지 않다.

나는 당시 유럽 가족 여행은 처음이자 마지막이라고 생각했다. 후에 나이 들어 설령 돈이 풍족해도 성장한 아이들과 함께 시간 내기가 결코 쉽지 않을 것으로 여겨졌기 때문이다. 그건 사실이다. 지금 우리 가족이 다시 유럽 정도의 장기 여행을 함께한다는 것은 생각하기 어렵다.

그래서 나는 초등학생이나 중학생 아이들을 둔 엄마, 아빠들에게 다소 무리를 해서라도 먼 나라 여행을 다녀오라고 권한다. 비용 대비 수익이 괜찮은 편이고, 타이밍이 중요하다는 말까지 덧붙이면 대부분 고개를 끄덕이지만 실천에 옮기는 사람이 많아 보이지는 않는다.

인생이란 끝없는 우주여행 중 잠시 지구별을 여행하는 것이란 말이 있다. 누구나 여행을 떠나면 행복을 만날 수 있다. 온갖 문화유산과 종교적 가르침을 만날 수 있고, 낯선 거리와 사람도 만날 수 있다. 그 속에서 우리는 인생의 참 행복이 무엇인지 발견하게 된다.

꼭 유럽일 필요도 없고, 해외일 필요도 없다. 국내에도 가볼 만한 곳이 얼마나 많은가. 항공료가 저렴해 제주도 가기에 부담이 크지 않고, 육지의 경우 대중교통이 아주 잘 되어 있어 좋다. 승용차에 올라 운전대만 잡으면 그 순간 여행은 시작된다.

사실 여행은 어디를 가느냐보다 누구와 함께 가느냐가 더 중요하다. 친구들과도 좋고, 직장 동료들과도 좋지만 여행은 역시 가족 여행이다. 부부끼리, 자녀끼리, 부모 자녀 간에 평소 하기 힘든 얘기를 여행지에선 자연스럽게 할 수 있다. 가슴 열고 좋은 추억을 쌓을 수 있다.

인생살이 어차피 팍팍하다. 시간과 돈이 있으면 있는 대로, 없으면 없는 대로 부족함 느끼며 살아가는 게 우리네 삶이다. 그런데 시간과 세월은 우리를 마냥 기다려 주지 않는다. 좌고우면 하지 말고 훌쩍 떠나는 결단이 중요하다. 사랑하는 가족과 함께하기에 그렇다.

한 달 살아 보기

국내 10개 도시도 좋아. 아는 만큼 보이므로 공부하는 자세 중요

◆

◆

정년퇴직을 하면 가장 먼저 하고 싶었던 게 있었다. '피렌체 석 달 살아 보기.' 피렌체에는 단 한 번 다녀온 적이 있다. 오래 전 패키지 상품으로 간 가족 여행 중에 한나절 휙 둘러본 게 전부다. 문화 예술이 살아 숨 쉬는 시뇨리아 광장과 두오모 대성당을 눈도장만 찍고 온 게 두고두고 아쉽다.

르네상스의 도시 피렌체는 전 세계 어떤 도시보다 역사적, 예술적 상상력을 크게 불러일으키는 곳이다. 레오나르도 다빈치, 미켈란젤로, 보티첼리가 작품 활동을 한 곳이며 니콜로 마키아벨리가 군주론을 집필한 도시다. 갈릴레오 갈릴레이와 단테, 나이팅게일이 태어난 곳이기도 하다.

여행 중에 후딱 다녀올 데가 아니다. 한 달도 짧아서 석 달을 생각해 본 것이다. 시뇨리아 광장 벤치에 앉으면 공화국 비정규직 서기관에서 쫓겨나 방황하는 마키아벨리를 만날 수 있을 것이며, 로마시대 유물인 베키오 다리에 서면 작품 구상하느라 산책하는 단테를 조우할 수도 있을 것이다. 두오모 대성당에선 미켈란젤로 등 위대한 화가들을 한꺼번에 만날 수 있을 것 같다.

하지만 코로나19로 실행에 옮기지 못하고 있다. 한참 뒤로 미뤄야 할 것 같다. 대신 '국내 10개 도시 한 달 살아 보기'를 새로 구상해 봤다. 당장은 그것도 여의치 않다.

그런데 국내 도시 한 달 살아 보기는 준비할 게 많지 않아 힘들지 않게 실행에 옮길 수 있을 것 같다. 내가 생각해 본 도시는 이렇다. 강릉 안동 경주 부산 통영 여수 목포 부안 공주 서귀포. 각각의 도시에 한 달씩 숙소를 정해 놓고 느긋하게 주변을 관광하면 그 속을 충분히 살펴볼 수 있지 않을까 싶다. 내 생각에 강릉은 강원도를 대표하는 도시다. 경포대와 오죽헌을 거닐며 한 달을 살아 보는 건 상상만 해도 설렌다. 설악산과 고성 앞바다도 손쉽게 가 볼 수 있을 것이다.

안동과 경주에선 유교 문화와 신라의 향기를 맘껏 즐길 수 있을 것이다. 경주에선 고옥이 들어찬 양동마을에 숙소를 정하고 싶다. 부산에선 억센 경상도 바다 사투리 민심을 들여다보고 싶다. 통영에선 청마 유치환의 남해 바다를 즐기며 인근 거제와 하동을 쉽게 오갈 수 있어 좋을 것 같다. 여수에는 여수 밤 바다가 있어 참 좋을 것 같다. 인근 지리산과 순천 갈대밭에 자주 오갈 수 있는 것도 강점이다. 목포에선 남도 민심 탐방과 함께 맛난 음식에 취해 보고 싶다. 인근 정약용의 강진에서도 머물러 보고 싶다. 부안에선 채석강 서해 바다를 보고 나서 인근 고창과 군산, 김제에 자주 가 보고 싶다.

공주는 인근 부여와 함께 백제의 고도여서 역사적 향기를 맡기에 안성맞춤이다. 따뜻한 봄날 공산성의 성벽 길을 혼자 걸어 보고 싶다. 낙화암 근처 백마강 유람선도 한번 타 보고 싶다. 제주도는 수없이 가 봤지만 대부분 바쁜 출장길이었다. 서귀포 해변과 한라산의 정취를 만끽하고 싶다.

내가 사는 곳이 아닌, 살아 본 적이 없는 도시에 제법 오래 머물면서 그곳의 풍광과 역사 유적, 사람들의 속살을 들여다보는 것은 참 재미있고 유익한 일일 듯하다. 그래서 요즘 경쟁하듯 한 달 살아 보기를 하는가 보다.

60대 후반 지인 부부는 지금 한 달도 아니고, 3개월도 아니고 2년씩 살아 보기 체험을 하고 있다. 수도권의 집을 결혼한 아들한테 넘겨주고 속초와 통영에서 2년씩 살았으며 지금은 여수에 살고 있다. 그곳 아파트를 전세 내 법적 보장 기한인 2년 동안 살고 난 뒤 다른 도시로 이동하고 있다.

이 분들은 잠시 살러 간 게 아니라 주민등록을 옮겨 아예 그곳 주민이 돼 버린다. 현지인들과 어울려 여행이나 등산을 함께한다. 그들과 어울려 종교 활동도 열심히 한다. 그 지역에 애정을 갖다 보니 떠나기 싫은 정도라고 한다. 건강이 허락되면 70대 중반까지 이런 생활을 이어가겠다는 계획이다.

한 달 체험에서 중요한 것은 그 지역을 공부하려는 마음과 노력 아닐까 싶다. 여행에서도 아는 만큼 보인다는 말이 있듯이 그 지역의 역사와 사람들의 스토리를 아는 것은 매우 중요하다. 퇴계 선생과 유성룡을 알아야 안동을 느낄 수 있으며, 정약용 평전이라도 한 번쯤 읽어 봐야 강진의 맛을 제대로 느낄 수 있지 않겠는가.

한 달 살아 보기의 묘미는 마음의 여유 아닐까 싶다. 작정하고 삶의 터전을 떠났다면 잠시라도 속세에서 벗어나야 한다. 그곳에서까지 집안 걱정, 자녀 걱정에 휴대폰을 움켜잡고 산다면 별 의미가 없다. 참 행복의 길은 역시 내려놓음에서 시작될 것 같아서 하는 소리다.

3

건강

건강한 자가 최후의 승리자

돈 권력 명예보다 건강이 중요, 평균 기대 수명 의미 없어

◆

◆

1992년 대통령 선거 당시 김영삼 당시 민주자유당 후보 진영의 선거 구호 중에 '머리는 빌릴 수 있지만 건강은 빌릴 수 없다'란 게 있었다. 지금 기준으로 보면 유치하게 들리겠지만 그때엔 유권자들에게 상당히 잘 먹히는 구호였다.

두 가지를 겨냥한 것이었다. 우선은 경쟁자인 정주영 후보와 김대중 후보가 자기보다 고령자란 점을 부각시키기 위한 전략이었다. 특히 다크호스로 등장한 정주영 후보가 77세 고령이어서 그에겐 이 구호가 최적으로 평가됐다.

거기다 자유당 시절 4년 간격으로 이승만과 맞붙었던 민주당 신익희, 조병옥 대선 후보가 선거운동 중에 잇따라 숨진 사실도 연상케

했다. 김영삼 후보는 건강을 과시하기 위해 선거 직전 한겨울 새벽에
도 조깅을 꼭 했다.

맞는 말인지도 모른다. 이 유명한 서양 격언이 누구한테나 절묘하
게 와 닿는 이유이기도 하다. "돈을 잃으면 조금 잃는 것이요, 명예를
잃으면 많이 잃는 것이요, 건강을 잃으면 모든 것을 잃는 것이다."

삼성 이건희 회장을 보라. 재력 혹은 기업에 관한 한 세계 최고 수
준의 돈과 권력, 명예를 가졌지만 불과 70대 초반에 쓰러지고 나니 아
무 것도 아니다. 삼성의료원이란 최고 병원까지 갔지만 자신의 심근
경색 하나 막지 못했다. 건강을 잃으면 모든 게 허무한 것이다.

건강의 중요성은 인류 역사와 함께했으며, 지금도 인생에서 건강
이 가장 중요한 숙제라는 얘기를 많이 한다. 건강 상실은 두문불출 와
병이나 죽음으로 연결될 수 있기 때문에 당연한 얘기인지도 모른다.

필연적으로 건강은 나이 들수록 더 중요해진다. 기계도 오래 사용
하면 고장이 잘 나듯 사람도 나이 들수록 질병이 더 자주 찾아오기 마
련이다. 그런 평균적인 현상에다 질병이란 게 사람마다 다른 모습으
로 나타나기 때문에 더 중요하다. 우리가 평균 기대 수명이란 얘기를
많이 하지만 그것은 어디까지나 평균치일 뿐이다. 가령 우리나라 남
자 평균 기대 수명이 83세라고 해서 내가 83세까지 살 수 있는 것은
당연히 아니다. 93세까지 살 수도 있지만 73세, 아니 63세에 죽을 수

도 있는 것이다.

실제로 병원 장례식장에 가 보면 노인 사망자만 있는 게 아니다. 50대, 60대도 수두룩하다. 대학병원 암센터에 가 보면 청년, 중년 환자가 의외로 많다는 생각을 하게 된다. 질병과 죽음은 결코 나이순이 아니라는 뜻이겠다.

건강을 해치는 요소는 수없이 많겠지만 나쁜 식습관, 과로, 흡연, 운동 부족, 스트레스가 대표적이라고 본다. 이런 요소가 쌓여 일단 중병을 얻게 되면 완전히 회복하기가 쉽지 않다. 중병에 걸릴 경우 수명을 연장하더라도 삶의 질은 크게 떨어지기 마련이다. 건강 위해 요소를 평소 각별히 멀리해야 하는 이유다.

건강은 단순히 '중병 없음'을 의미하지 않는다. 활기차게 인생을 즐길 수 있어야 건강한 사람이다. 세계보건기구는 건강을 이렇게 정의한다. "건강이란 질병이 없거나 허약하지 않은 것만이 아니라 신체적, 정신적, 사회적으로 완전히 안녕한 상태에 놓여 있는 것을 말한다."

이런 수준의 건강을 지키려면 신체 건강 못지않게 정신 건강을 각별히 도모해야 한다. 사실 신체 건강과 정신 건강은 한 묶음이다. 신체가 건강하지 않은데 정신이 건강할 리 없고, 정신이 건강하지 않으면 신체가 건강할 수 없다.

신체 건강을 지키기 위해선 좋은 식습관을 기르고 열심히 운동해야 할 것이다. 과로를 피하고 담배는 당장 끊어야겠다. 이에 더해 스트레스를 멀리하는 노력을 끊임없이 해야 한다. 과거를 원망하지 말고, 미래를 걱정하지 말고, 현재를 즐길 수 있는 여유를 가져야겠다. 마음 건강은 스스로 시켜야 한다.

"나는 내 마음속에 더러운 발로 들어오는 사람을 결코 용납할 수 없다." 마하트마 간디의 말이다.

운동, 밥 먹듯이 매일 하라
제대로 30분만 운동하면 23시간 30분이 상쾌

◆

◆

오래 전 어떤 신문사에 주말 등산 행사가 열렸다. 기자만으로 구성된 논설위원실과 편집국 단합대회였다. 경기도 하남 검단산에 오르면서 참석자 전원에게 정상 도착 순위를 매겨 봤다.

전혀 예상치 못한 결과가 나왔다. 최고령인 주필이 우승을 차지한 것이다. 두주불사인 50대 후반 최고 선배가 100여 명의 30, 40대 후배 기자들을 모두 따돌렸으니 놀라지 않을 수 없었다. 비결은 오직 하나 운동. 매일 아침 집에서 러닝머신으로 몸을 단련한 것이다.

그는 후에 장관이 되어 5년간 재직하면서 매일 저녁 술을 마시지 않은 날이 없을 정도로 과로했다. 하지만 건강에는 아무런 문제가 없었다. 그 비결 역시 지속적인 아침 운동이었다. 팔순이 넘은 지금에도 그는 저술 활동을 하는 등 활기차게 노년을 보내고 있다.

내가 아는 유력 정치인 한 명도 아침 운동을 철저히 하는 사람이다. 30년 넘게 왕성하게 정치 활동하는 모습을 지켜보면 건강과 체력이 대단하다. 정당 대변인, 청와대 수석, 국회의원, 장관 등을 거치며 끊임없이 국민들에게 이름을 알리고 있다.

팔순을 눈앞에 둔 지금에도 정부 중책을 맡아 정력적으로 일하는 걸 보면 혀를 내두를 정도다. 젊었을 때 특별히 운동한 사람도 아니고, 그 흔한 골프도 치지 않는다. 매일 아침 집에서 러닝머신으로 체력을 다지는 게 전부다.

규칙적인 운동이 이렇게 좋은 것이다. 그럼에도 대부분의 사람에게 운동은 해도 되고 안 해도 되는 것이며, 귀찮은 일로 여겨진다. 하는 게 좋을 듯 한데 손에 쥐 잡히지 않아 자꾸 미루는 게 운동이다.

하지만 일상생활에서 운동은 선택이 아닌 필수라 생각된다. 나이들어 노화가 진행되는 상황에서 건강한 신체와 정신을 갖추려면 운동을 하지 않으면 안 된다. 좋은 식습관으론 한계가 있다.

규칙적인 운동은 누구한테나 혈압 혈당 혈중지질 체지방을 감소시켜 각종 만성 질환을 예방하거나 완화시켜 준다. 운동을 통해 고혈압 고지혈증 비만만을 제대로 관리한다면 큰 병에 걸릴 확률이 현저하게 줄어들 것이다.

규칙적인 운동으로 체력이 향상되면 피로에 대한 내성이 높아짐은 말할 것도 없고, 신체 각 부위에 활력이 생긴다. 근력이나 심폐 지구력, 유연성이 좋아지기 때문이다.

운동은 단순히 신체를 단련시키는 데에 그치지 않는다. 정신 건강을 증진시키는 데에 중요한 기여를 한다. 뇌 건강에 직접적으로 도움이 된다. 미국 노화연구 전문가인 에릭 라슨과 조앤 데클레어는 저서 〈나이듦의 반전〉에서 신체 활동과 두뇌는 죽마고우라고 했다.

"지적 능력을 발달시키고 유지시키기 위해 할 수 있는 모든 활동 중에서 규칙적인 신체 활동이 가장 강력한 힘을 발휘한다고 생각한다. 우리는 격렬한 신체 활동은 두뇌로 향하는 혈류를 자극하고 뇌 세포와 세포 간 연결고리의 발달을 촉진시키며, 두뇌의 특정 주요 부위의 성장과 연관이 있다는 사실을 안다. 그러기에 앉아있는 시간을 줄이고 신체 활동을 늘리는 것은 알츠하이머병과 같은 뇌 질환 앓는 것을 면하는 데에 도움이 된다."

오래 전 대학병원 신경과 교수한테 들은 조언도 같은 맥락이지 싶다. "땀이 날 정도로 운동하는 것이 신경안정제 복용하는 효과와 똑같다고 보면 된다. 신경성 두통이나 불면증을 앓거나 스트레스가 많은 사람이 신경안정제 성분의 약을 처방 받는데, 운동을 많이 하면 약을 먹지 않더라도 똑같은 효과를 볼 수 있다."

규칙적인 운동을 하지 않는 사람은 대부분 시간 핑계를 댄다. 직장 다니면서 운동시간을 확보하기가 쉽지 않음은 나도 잘 안다. 아침 출근 전에 운동한다는 건 여간 힘든 일이 아니다. 퇴근 후에는 피곤해서 하기 힘들다.

하지만 운동이 우리 건강을 유지 발전시키며, 만병통치약이라면 하루 30분이라도 반드시 시간을 내야 하지 않을까. 매일 30분만 투자하면 23시간 30분 동안의 삶의 질이 현저하게 높아진다는 생각을 해보자.

운동 계획을 거창하게 세우면 오히려 실패하기 쉽다. 단순하게 시작하는 게 오히려 나을 듯하다. 귀찮게 헬스장에 갈 필요도 없고, 멀리 등산갈 필요는 더더욱 없다. 요가 매트 하나만 준비해 만인의 친구 유튜브만 틀면 거실에서 곧바로 운동을 시작할 수 있다.

주말에 가족과 함께 가까운 야산에라도 오르면 기분 전환에 큰 도움이 될 것이다. 나도 얼마 전부터 매일 아침 동네 야산에 오른다. 부드러운 바람, 크고 작은 새소리, 꽃과 녹음, 몸에 좋을 것 같다는 생각… 이 모든 게 나를 행복하게 한다.

소식(小食)은 최고의 장수약

중년 이상 연령대라면 배부르기 전에 무조건 수저를 놓자

◆

◆

나쁜 식습관은 건강을 해치는 주범이다. 운동 부족이나 스트레스보다 훨씬 더 해롭다. 나쁜 식습관 중에서도 과식이 가장 해롭지 싶다.

과식은 만병의 근원이다. 비만을 부르기 때문이다. 현대인은 과거에 비해 신체 활동량이 줄어들었음에도 음식을 오히려 더 많이 먹기에 비만이 불가피하다. 문제는 비만이 암, 뇌졸중, 당뇨 등 온갖 성인병을 유발한다는 점이다.

〈삼위일체 건강법〉의 저자 안현필은 "세계 제일의 장수약은 굶는 것"이라고 했다. 우리 주변의 대다수 음식이 가공 식품이기 때문에 뭐든 먹으면 질병을 피해가기 어렵다는 생각을 한 것 같다.

오래 전 내가 어떤 의사한테 들은 얘기도 같은 맥락이다. "우리가 먹는 모든 음식에는 발암물질이 들어있다. 많고 적음의 차이가 있을 뿐이다. 암에 절대 걸리지 않으려면 아무 것도 먹지 말아야 한다."

아무 것도 먹지 않고는 살 수가 없다. 그러나 적게 먹고도 살 수는 있으니 그걸 실천하는 게 건강 비결, 장수 비결 아닌가 싶다. 소동파는 '채식이 팔진(八珍) 요리보다 낫다. 배부르기 전에 수저를 놓아라'란 구절을 벽에 붙여놓고 과식을 경계했다고 한다.

종교, 특히 불교 수행자들이 소식(小食)을 많이 강조한다. 석가는 몸을 지탱할 정도만 음식을 먹는 게 좋다며 오후불식(午後不食)을 실천했다. 사실상 하루 한 끼만 먹고 산 셈이다. 남방 불교에서 중시하는 사미십계의 9번째에 '때가 아니면 먹지 말라'며 오후불식을 규정해 놓았다. 달라이라마는 수면 4시간 전엔 절대 먹지 말라고 가르친다.

그러나 사회 활동을 하면서 하루 한 끼만 먹고 살기란 현실적으로 불가능하다. 세끼를 먹되 과식을 피하는 게 중요하다. 과식은 음식물 대사 과정에서 노화를 촉진하는 활성산소를 많이 생성하기 때문에 누구든 피하는 것이 좋다.

소식이란 먹는 음식의 양을 적게 한다기보다 섭취 열량을 줄이는 것을 의미한다. 전문가들은 배불리 먹을 때의 70%, 혹은 80% 정도의 열량을 섭취하는 게 바람직하다고 조언한다. 반찬은 충분히 먹되 밥의 양을 줄이는 것이 좋다고 한다. 영양분은 골고루 섭취해야 하기 때문이다.

소식. 누구나 하고 싶지만 실천하긴 참 어렵다. 식욕이란 인간 본능에 가까운 것이어서 스스로 제어하기가 쉽지 않다. 그러나 중년 이후 연령대라면 건강을 생각해 소식을 시도해 보는 게 좋을 것 같다. 중년이 되면 활동량 저하로 기초대사량이 줄어들어 체내에 잉여 에너지가 쌓이기 마련이다. 비만으로 가는 길이다.

소식을 실천하는 데에 천천히 먹는 식습관이 매우 중요하지 싶다. 우리가 음식물을 섭취할 때 포만감이 뇌에 전달되려면 최소 20분이 걸린다고 한다. 그 전에 식사를 끝낼 경우 충분한 양을 먹었음에도 포만감을 느끼지 못해 다른 음식을 찾게 된다. 전문가들은 30회 이상 천천히 씹어서 넘기라고 조언한다.

맛있는 음식 찾아먹는 데에 일상의 비중을 크게 두어서는 소식이 쉽지 않을 것이다. TV 먹방에 귀 기울이고 여행지에서 맛집을 찾아다니는데 어떻게 소식이 가능하겠는가. 맛난 음식은 하나같이 몸에 좋지 않으니 쉽지 않은 문제이긴 하다. 그래도 건강을 생각한다면 절제할 줄 알아야 한다.

중국 건륭제는 "낙타의 육봉과 곰 발바닥이 콩국이나 토란 줄기만 못하다."고 했다. 중국 황제 중 가장 장수(89세)한 건륭제는 음식은 신선한 야채를 주로 하고 고기류와 사냥물은 비교적 적게 먹었다. 지나치게 배부를 정도로 먹지 않았고 담배와 술에 욕심을 내지도 않았다.(이석연의 〈호모 비아토르의 독서 노트〉)

다행히 우리나라의 경우 다른 선진국들에 비해 비만 환자가 적은 편이다. 고기와 빵을 적게 먹는 데에다 몸매 관리에 관심이 많아서가 아닐까 싶다. 그럼에도 몸무게가 100킬로그램 전후 과체중인 사람이 적지 않다.

평소 식욕이 대단한 후배가 있다. 아내와 대학생 두 아들도 마찬가지라고 한다. 사흘이 멀다 하고 야식으로 치킨을 시켜먹는데 그때마다 1인당 한 마리씩 4마리를 주문한단다. 식구 모두 비만임은 말할 것도 없다. 아니나 다를까 건강에 적신호가 왔다. 의사가 체중을 10킬로그램 뺄 것을 주문했다.

다이어트가 불가피하다고 판단한 그는 하루 점심 한 끼로 소식을 하고, 밤마다 자전거로 운동한 결과 2개월 만에 무려 20킬로그램을 빼는 데에 성공했다. 건강 검진 결과 모든 수치가 정상으로 회복됐다.

그가 이런 말을 하고 다닌다. "식사가 의사이고, 음식물이 약이란 생각이 든다. 식사량을 가급적 줄여서 조절하고, 대신 깨끗한 음식물을 먹는 게 가장 좋은 질병 예방이고 치료 아닐까 싶다. 평생 소식할 것이다. 그리고 달고 기름진 음식은 아예 먹지 않을 것이다."

가장 행복한 나이

누구나 건강하고 마음 편하면 나이 상관없이 행복

◆

◆

어느 TV 프로그램에 '인생에서 가장 행복한 나이가 몇 살이라 생각하는가'를 묻고 답하는 모습이 방영된 적이 있다. 대략 이런 내용인 것으로 기억된다.

어린 소녀는 두 달 정도 된 아기 때라고 대답했다. 모든 사람이 보살펴주고 사랑해 주니까 행복하다고 했다. 어떤 학생은 20세를 꼽았다. 고등학교 졸업하고 마음대로 여행 다닐 수 있다는 이유를 댔다. 중년 남자는 왕성한 신체 활동력을 이유로 25세를 꼽았다.

한 노인은 65세라고 답했다. 은퇴하고 편히 쉴 수 있다는 게 이유였다. 조용히 듣고만 있던 80세 할머니는 이렇게 말했다. "모든 나이가 다 좋은 때라고 생각해요. 지금 자기 나이에서 행복하다고 생각하면 행복한 것 아닐까 싶어요. 저도 지금이 가장 행복해요."

할머니 말에 진리가 담겨 있다고 생각한다. 동의하지 않는 사람도 많겠지만 할머니처럼 생각해야 행복할 것이란 주장엔 대부분 수긍할 것이다. 지나간 세월, 살아온 날들을 그리워하며 지금의 자기 모습을 초라하게 여긴다면 행복을 기대하기 어렵지 않겠는가.

언젠가 고교 동창생이 단체 카톡방에 띄운 글도 같은 취지로 이해된다. "고등학교 졸업하고 시골에 내려가 농사일을 도울 때 아버지와 이웃 아저씨들은 아무런 재미도 없이 인생을 사는 것 같다는 생각을 했다. 나이 50이 훌쩍 넘은 데에다 죽을 때까지 논일, 밭일해야 하는 데 과연 살맛이 날까라는 생각을 했다. 하지만 내가 아버지 나이 되고 보니 꼭 그런 건 아니라는 생각이 든다. 그때 아버지도 지금 나만큼은 행복했을 것이다."

사례 하나 더, 100세 철학자 김형석 교수의 말이다. "내 친구 철학자 안병욱 교수, 김태길 교수와 80대 후반에 만나 '우리 인생에서 가장 행복한 때가 언제였는지 얘기해 봤더니 60세 이후 75세까지로 의견이 모아졌다." 젊은 노인들에게 최고의 희망 메시지가 될 듯하다.

나도 비슷한 생각을 갖고 있다. 딸아이들이 "가장 행복한 게 언제였느냐."고 물으면 서슴없이 '바로 지금'이라고 대답한다. 시골 초등학교 시절이나 대학 1학년 때, 심지어 신혼 때보다 지금이 더 행복하다고 말하면 아이들이 고개를 갸우뚱하지만 그건 사실이다.

왜 이런 생각이 드는지 짚어보면, 내 경우 가장 기본적이고 보편적인 가치에 의미를 두기 때문인 것 같다. 행복의 조건이 수없이 많겠지만 최소한의 경제적 환경에다 정신적, 신체적 건강을 갖추는 게 가장 기본 아닐까 싶다.

나는 보통의 중산층 가정을 이루고, 큰 질병 없이 환갑 나이를 보내고 있다. 권력이나 명예에 매달리지 않으려고 노력한다. 욕심이 전혀 없다면 거짓말이겠지만 큰 욕심은 없다. 아내, 아이들과도 좋은 관계를 맺고 있다. 이 정도면 철학자들이 설파하는 행복의 기준에 대체로 부합하는 것 같아 행복하다.

"돈 좀 있고, 맛있는 음식 먹고, 소화 잘되면 행복하다."(장 자크 루소) "세상의 행복에 대해 설명할 때 '건강한 몸에 담긴 건강한 마음'이라고 하면 짧지만 충분하다."(존 로크) "마음이 편하면 행복하다."(마르쿠스 툴리우스 키케로)

아리스토텔레스는 "행복은 우리 스스로에게 달렸다."고 했다. 청년이면 청년, 중년이면 중년, 노년이면 노년, 나이 탓하지 말고 겸손한 마음으로 오늘 하루 최선을 다해 사는 게 행복의 길 아닐까 싶다.

특히 늦가을 저녁을 사는 중, 노년의 경우 인생의 참 묘미를 즐기는 여유를 가졌으면 좋겠다. 자신감을 갖는 것도 중요하다. 사랑도 늦지 않았으니 말이다. "어느 날 우연히 거울 속에 비춰진 내 모습을 바라보면서, 세월아 비켜라 내 나이가 어때서 사랑하기 딱 좋은 나인데."(오승근의 노래 '내 나이가 어때서')

4

종교

남의 종교 존중하기

교리 다르지만 진리는 하나. 천국과 극락 같은 곳일 듯

◆

◆

내 고교 동창회 단체 카톡방에 종교 얘기는 '절대 금지'로 돼 있다. 아주 예민한 주제여서 함부로 의견을 올리다 보면 친구들에게 상처를 줄 수 있다는 판단에서 만들어진 자율 규칙이다.

종교란 무엇인가, 종교는 왜 존재하는가, 종교는 어떠해야 하는가, 종교를 꼭 가져야 하는가, 어떤 종교가 좋은가. 종교는 누구나 인생을 살면서 생각하지 않을 수 없는 참으로 중요한 주제다. 문제는 신앙을 가진 사람들 중에 자기 종교를 지나치게 중시한 나머지 다른 종교를 폄훼함에 따라 분란을 일으키는 경우가 많다는 점이다.

이 세상에는 다양한 종교가 존재한다. 고등 종교만 해도 셈족인 아브라함을 믿음의 조상으로 삼는 유대교, 기독교, 이슬람교가 있고

아리아인에게서 시작된 조로아스터교, 브라만교, 불교, 힌두교가 있다. 기독교와 이슬람교에는 여러 종파가 있고, 기독교 중 개신교에는 헤아릴 수 없이 많은 교파가 존재한다. 어쩌면 종교가 없다고 생각하는 것도 일종의 종교 아닌가 싶다.

각각의 종교는 당연히 교리가 다르다. 전혀 다른 게 사실이다. 예를 들어 셈족 줄기 세 종교의 경우 하느님이라는 신을 통해 구원을 받도록 가르친다. 이에 비해 불교에선 자신의 깨달음을 통해 해탈하도록 인도한다.

셈족 세 종교 중 유대교는 유일신 하느님만 믿는다. 기독교에선 하느님(성부), 예수(성자), 성령 등 삼위일체와 성경을 믿으며, 이슬람교에선 예수의 신성을 부정하며 마호메트의 가르침인 꾸란을 따른다. 기독교도 믿음과 신앙생활의 강조점에 따라 로마가톨릭, 개신교, 정교 등으로 갈라져 있다.

교리라는 게 종교에 따라 서로 다를 뿐 남의 종교 교리라고 틀린 것은 결코 아니다. 서로 비교할 성질이 아니다. 역사적으로 보면 교리의 다름을 인정하지 않고 틀린다고 주장하는 과정에서 종교간 갈등이 쉼 없이 빚어졌다.

일반 신앙인도 마찬가지다. 자기 종교의 교리를 조금 아는 수준인 주제에 남의 종교에 대해 가타부타 하며 언쟁을 벌이곤 한다. 심지어는 자기 종교조차 정확히 이해하지 못하면서 논쟁에 끼어드는 사람도 있다.

미신(迷信)을 함부로 평가 절하하는 것도 조심해야 한다. 미신이라고 하면 사전적으론 '일반적인 건전한 상식으로 판단할 때 합리적, 과학적 인과관계를 인정할 수 없는 생활지식이나 기술 중 사회생활에 유해하다고 생각되는 일을 믿거나 행동하는 것'을 의미한다. 하지만 미신을 믿음, 신앙으로 인식하는 사람에겐 그것도 엄연한 종교다.

미국 하버드대에서 종교학을 공부한 혜민 스님은 이렇게 말한다. "미신이고 미신이 아니고는 그 시대 가장 지배적인 종교가 무엇이냐에 따라 결정되는 것이다. 지배적인 종교 이외의 종교를 믿으면 지배적인 종교가 미신이라는 이름 아래 다른 종교들을 속박해 왔다."(《고요할수록 밝아지는 것들》)

종교에 관해 소모적인 논쟁을 피하면서 품격을 지키려면 종교 전반에 대해 어느 정도 공부를 해야 한다. 종교학 개척자 막스 뮐러는 '하나의 종교만 아는 사람은 아무 종교도 모르는 사람과 마찬가지'라고 했다. 시중에 나와 있는 종교학원론 한 권만 읽어도 기본 상식을 갖출 수 있다.

자기와 다른 종교의 기본 교리서를 읽어 보면 더 좋을 것이다. 남의 종교 행사에 한번쯤 참석해 보는 것도 권할 만하다. 예배나 미사가 됐든 법회가 됐든 무얼 어떻게 믿으라고 가르치는지 눈으로 직접 보게 되면 이해의 폭이 한층 커질 것이다.

눈여겨볼 것은 사실 모든 종교의 최종적 가르침이 매우 유사하다는 사실이다. 나는 모든 종교가 찾는 진리가 크게 보면 한 가지 아닐까 하는 인식을 갖고 있다. 각 종교의 교리가 다르다는 것은 진리를 찾아가는 길이 서로 다를 뿐이란 생각이다. 마치 지리산 등반객들이 모두 정상인 천왕봉을 목표 삼아 오르지만 등정 길은 수십 가지인 것처럼 말이다.

종교 연구가 홍익희는 저서 〈문명으로 읽는 종교 이야기〉에서 이 문제를 통찰력 있게 설명한다. "사실 각 종교가 원하는 세상의 모습은 같다. 이들 경전의 공통된 키워드를 모아보면 정의, 평등, 사랑, 자비, 돌봄, 경외, 지혜, 겸손 등으로 집약된다. 이는 다른 이를 긍휼히 여기는 마음이다. 이는 공감 능력의 확대로 이어지며 자아와 객체의 합일로 나타난다. 동서양의 종교가 바라보는 지향점은 같은 것이다. 이런 의미에서 모든 종교는 사실 하나이다."

법정스님의 고백도 같은 맥락 아닐까 싶다. "사실 진리는 하나인데 종교마다 표현을 달리하고 있을 뿐이다. 가끔 성경을 읽으면서 느끼는 일이지만 불교의 대장경을 읽는 듯한 착각을 일으키는 때가 있다."

나도 모든 종교의 황금률이 거의 일맥상통한다는 사실에 깜짝 놀라게 된다. 마하트마 간디는 이렇게 말했다. '나는 내가 힌두교, 기독교, 이슬람교, 유대교, 불교, 유교를 모두 믿는다고 생각했다."

이러함에도 각 종교가 여전히 화해하지 못하고 반목하는 것은 안타까운 일이다. 역사적으로 각 종교는 교세를 확장하는 과정에서 정치, 즉 통치 권력과 손을 잡았기 때문에 전쟁을 포함해 끊임없이 갈등을 일으켰다. 종교지도자나 정치인들에게 부화뇌동하는 일반 신앙인이 많았으니 그게 더 안타깝다. 지금도 그런 측면이 없지 않다.

그래서 독일 종교학자 게르하르트 슈타군의 진단은 우리에게 아주 의미 있게 다가온다. "인간이 반목하는 것이지 종교가 반목하는 것이 아니다. 모든 종교는 사랑과 평화를 추구한다. 모든 종교의 신자들이 자신의 종교를 올바로 이해하고 진지하게 생각한다면 반목이 들어설 자리는 없을 것이다. 반목은 종교를 잘못 받아들인 데에서 비롯된다."

이 말이 맞는다면 남의 종교를 절대 무시하거나 폄훼해선 안 된다. 있는 그대로를 인정하고 관용의 마음을 가져야 한다. 더 나아가 서로 존중해야 한다. 나는 기독교, 그중에서도 로마가톨릭 신자다. 92세 내 어머니는 불교신자다. 전혀 갈등이 없다. 만약 내가 죽어서 천국에 가고 어머니가 극락에 가신다면 영원히 이별하는 걸까.

나는 꼭 그렇게 생각하지 않는다. 함께 만나 더불어 영생을 누리지 않을까 감히 기대한다. 천국과 극락은 결국 한 곳일 테니까.

우리 집 식탁이 천국이라면

감사와 사랑이 꽃피는 곳이면 어디든 현세의 천국

◆

◆

군복무 중일 때 진중문고에서 존 버니언의 〈천로역정(天路歷程)〉을 찾아 읽은 적이 있다. 자그마한 문고판이어서 부담 없이 읽긴 했지만 감흥을 전혀 느끼지 못한 것으로 기억된다. 어떤 기독 신자가 세상 멸망 직전 자신의 죄를 깨닫고 구원받아 천국(하늘나라)에 들어간다는 이야기.

영국 근대소설의 선구적 작품으로, 지명도가 높아 선뜻 손에 잡긴 했지만 내게 의미 있는 자양분을 제공하지 못한 셈이다. 20대 초반 그 무렵이면 교회나 성당 문 앞에도 가 본 적이 없기에 어쩌면 당연한 일인지도 모른다. 천국은 '예수쟁이'들조차 그 존재를 진심으로 믿지 않을 것이란 인식을 갖고 있을 때였다.

사실 천국은 종교적 의미만을 가진 낱말이 아니다. 종교가 무엇이든 지옥과 대비되는 개념으로 널리 사용된다. 기독교적 낙원이나 에덴동산만을 뜻하는 건 더더욱 아니다. 일반적으로 천국은 하늘, 또는 그 이상으로 끝없이 넓게 확장되는 천상의 영역을 의미한다. 여러 종교나 영적 철학에 등장하는 말로서 신성, 선량, 신앙심 등의 기준에 만족한 사람들에게 허락되는 가장 거룩한 곳을 뜻하기도 한다(위키백과).

온통 유교 문화에 젖어 있던 내 어린 시절에도 아주 익숙하게 사용됐다. 시골의 뿌리 깊은 불교 문화 때문인 듯 천국보다는 천당이란 표현이 더 많이 사용되긴 했다. 실제 불교에도 극락이라 불리는 천국, 혹은 천당 개념이 있다. 아미타불이 거주하며 설법하는 불교 신자들의 이상향을 가리킨다. 죽은 뒤에 가고자 하는 복된 세계 가운데 하나로, 심신의 괴로움은 없고 오직 즐거움만 있다고 한다.

이슬람교에도 당연히 천국이 있다. 이 세상에서 선행을 베푼 사람, 성전(지하드) 순교자 등이 그 보답으로 살도록 허락된 천상의 낙원을 가리킨다. 평화롭고 아름다운 샘 주위 시원한 나무 그늘 아래에서 미녀들의 시중을 받으며 맛있는 음식을 먹을 수 있는 곳으로 코란에 묘사돼 있다.

종교마다 천국의 겉모습은 다르지만 그 본래 의미는 유사하지 않을까 싶다. 영원한 진리를 찾아가는 과정이나 방법은 제각각 일지라도 최종 목표는 사실상 같다고 나는 생각한다.

천국의 실체는 과연 무엇인가. 언젠가 죽으면 천국에 갈 수 있을까. 자선을 기준으로 할 경우 죽은 이의 50% 정도가 천국에 갈 수 있다면 가능하지 않을까 싶지만 10%나 20%만 갈 수 있다면 솔직히 자신이 없다. 지금보다 훨씬 더 사랑하고, 더 감사하고, 더 겸손해지는 수밖에 달리 방법이 있겠는가. 소설가 미치 앨봄이 저서 〈천국에서 만난 다섯 사람〉을 통해 전하는 용서와 화해의 실천도 참으로 중요할 듯하다.

삶이 많이 남았음일까. 죽어서 가는 천국보다 '현세 천국'을 더 많이 생각하게 된다. 고 문동환 목사의 현세 천국론은 탁월하다. 그는 저서 〈예수냐 바울이냐〉에서 착한 사마리아인 비유 뒤풀이를 통해 천국의 현재성을 명징하게 설명한다.

성경에는 그 시대 천시받던 사마리아인이 강도 만나 다친 사람을 치료한 뒤 돈까지 쥐어주며 여관에 맡기고 떠난 것으로 이야기를 끝맺는다. 하지만 문 목사는 그 이후를 상상해 보길 권한다. 간략히 정리하면 이런 내용이다.

"이틀 뒤 강도 만난 사람은 자기를 도와준 사마리아인이 일을 마치고 돌아올 것으로 생각하고 동구에 나가 서성인다. 저녁 무렵 그가 나귀를 타고 달려온다. 두 사람이 반갑게 포옹하며 인사한다. '아이고 많이 나으셨네요. 이제 걷게 되었군요. 정말 다행입니다' '예 모두 선생님 도움 덕분이지요. 정말 감사합니다'. 강도 만난 사람은 눈물을 글썽이며 거듭 인사한다. 이때 여관 주인이 저녁을 준비했다며 들어오라고 한다. 세 사람은 식탁에 둘러앉아 웃으면서 맛있는 식사를 한다. 감격에 찬 이 만남이 바로 천국이다."

나는 우리 집 거실에서 이 부분을 읽다 주방 쪽 식탁을 쳐다보았다. 저곳이 천국이란 말인가. 우리 집에선 매주말 아침 전체 다섯 식구가 모여 식사한다. 평일에는 모두 바빠 아침, 저녁 식사 시간이 다 다르다. 그래서 휴일만이라도 웬만하면 약간 늦은 시각 아침을 함께 먹는다. 맛있는 '집 밥'에다 과일과 커피까지 먹고 마시며 얘기꽃을 피운다. 직장 얘기, 여행 계획 등 갖가지 화제로 웃고 떠들다 보면 한두 시간은 금방 지나간다.

나는 이 식탁을 감히 천국이라 명명한다. 그래서 우리 가족은 식탁에 모이란 말을 농담 삼아 '우리 천국에서 만나요'라고 한다. 어찌 우리 집 식탁만 천국이랴. 어느 집이든 사랑이 넘친다면 저녁시간 모여 앉는 거실도 천국, 기쁜 소식 전하는 가족 단체 카톡방도 천국 아닐까 싶다.

성경, 누구라도 한 번씩은 읽자

기독신앙 무관 최고의 공부, 젊은이 상상력 제고에 큰 도움

◆

◆

나는 학창 시절 여러 차례 성경 읽기를 시도했었다. 기독 신자가 아니었지만 전무후무한 세계적 베스트셀러에 대한 호기심이 발동해서다. 하지만 그때마다 실패였다. 그 이유는 내용이 너무나 허무맹랑하다는 느낌 때문이었다. 성경 첫 책인 창세기를 한 번도 넘지 못했다.

이런 경험 가진 사람 적지 않을 것이다. 비 기독교인이 성경을 흥미 갖고 읽기는 사실 거의 불가능에 가깝다. 그 후 서른 무렵 아내 따라 성당을 다니기 시작했고, 마흔 살에 세례를 받아 정식으로 기독 신자가 되었다. 그러고도 성경을 가까이 하진 않았다.

쉰이 넘어서야 흥미를 갖기 시작했다. 성경 읽기 프로그램에 참여

해 이제 두 번 반 정도 읽었다. 나는 믿음이 독실하지 않다. 아직도 신과 사후 천국의 존재를 반신반의하는 반쪽짜리 신앙인이다.

그럼에도 불구하고 나는 주변 사람들에게 성경 읽기를 권하고 다닌다. 자칭 '성경 읽기 전도사'라 부른다. 기독 신앙 유무와 관계없이 성경을 평생 한 번쯤 꼭 읽어 보라고 말한다. 비기독교인의 경우 남의 종교 관찰 차원에서라도 읽어 보면 절대 후회하지 않을 것이다. 나는 불교에 대한 지적 호기심으로 가끔 반야심경과 금강경을 읽는다.

성경은 구약과 신약으로 구성된 방대한 기독교 경전이다. 기원전 800년에서 기원후 100년 사이에 수많은 사람에 의해 쓰인 연합 저서다. 야훼 신앙을 가진 당대의 엘리트들이 당시 전해 내려오던 이야기와 취재한 내용을 정리한 것으로, 교회 지도자들이 취사선택해서 묶은 책이다.

구약은 모세를 통해 유대인들에게 주어진 신의 약속이다. 야훼 유일신을 역사의 주인공으로 앞세운 이스라엘 역사책이기도 하다. 신약과 함께 기독교 경전이지만 유대교 경전이기도 하다. 유대인들은 이를 '토라'라고 부른다.

신약은 예수의 복음을 통해 주어진 신의 약속이다. 예수의 언행과 가르침을 정리한 것이 복음서이며, 나머지는 바오로 등 주요 사도들이 초기 기독교인들에게 보낸 편지다. 오늘날의 성경이 확정된 것은

4세기 중엽이다.

내가 성경 읽기를 권하는 가장 큰 이유는 이보다 더 큰 공부가 없다는 생각 때문이다. 삼국지 따위와는 비교가 안 된다. 동양인 기준으로 보더라도 공자, 맹자의 가르침에 비해 결코 비중이 적지 않다.

주지하다시피 서양 문명의 뿌리는 크게 두 가지, 그리스로마 문화와 기독교 문화다. 그리스 신화와 로마 역사를 아무리 많이 읽고 공부해도 성경에 기록된 기독교를 이해하지 못한다면 그들의 역사와 문화를 제대로 안다고 결코 말할 수 없다.

성경에는 무궁무진한 스토리와 예화가 있다. 구약 창세기부터 신약 복음서까지 인간이 살아가면서 엮어내는 이야기들이 진솔하게 씌어 있다. 구약의 상당 부분은 신화가 포함된 문학 작품이라고 봐야 한다. 진실 여부와 관계없이 스토리의 의미는 자못 크다.

창세기만 보더라도 아담과 하와의 에덴동산 추방, 카인의 아벨 죽이기, 노아의 방주, 바벨탑 이야기, 소돔과 고모라 등 우리가 흔히 아는 얘기들이 고스란히 기록돼 있다. 그냥 상식적으로 아는 것과 실제 성경을 읽음으로써 스토리 전개 과정을 정확히 이해하는 것에는 큰 차이가 있다.

서양의 문학과 음악 미술 등 예술은 성경을 빼고 상상조차 하기 어렵다. 수많은 작가, 예술가가 저마다 성경에 묘사된 스토리를 주제로 작품 활동을 하기 때문이다.

성경을 읽어 본 사람과 읽지 않은 사람이 레오나르도 다빈치의 '최후의 만찬'과 렘브란트의 '돌아온 탕자'를 함께 감상한다고 치자. 두 사람의 이해도 차이는 엄청나게 클 것이다. 대학시절 디스코텍에서 흥에 겨워 듣고 불렀던 보니 엠의 팝송 '바빌론 강가에서'가 성경의 시편 137편을 재구성한 슬픈 내용임을 안 것은 30년 뒤 성경을 읽고 나서다.

성경은 지금으로부터 2천 년 전, 아니 3천 년 전의 이스라엘 역사를 담고 있다. 고대사를 이해하는 데 굉장히 유익하다. 이집트, 아시리아, 바빌론, 페르시아, 그리스, 로마의 시대상과 통치 이념이 녹아 있다. 성경을 읽다 보면 역사에 대한 외경심이 저절로 생긴다.

성경 읽기는 단순히 공부에 그치지 않는다. 아는 것을 바탕으로 무한한 상상력을 발휘할 수 있다는 사실은 정말 중요하다. 세상은 어떻게 만들어졌을까, 인간은 어디서 와서 어디로 가는가, 왜 남자와 여자가 있는가, 인간은 왜 전쟁을 하는가.

성경을 읽다 보면 이런 상상을 끊임없이 하게 된다. 사실 이에 대한 정답은 있을 수 없다. 그럼에도 상상의 나래를 펴는 것은 그 자체가 삶의 의미이고 행복이다. 그런 과정에서 우리는 어떻게 살 것인가, 무얼 하고 살 것인가를 고민하게 된다. 문학이나 예술을 하는 데에 성경 읽기가 필수인 이유다.

성경은 또 지혜로운 삶이 어떤 것인지를 수많은 예화를 통해 구체적으로 가르쳐 준다. 어떻게 살아야 잘 사는 것인지도 안내해 준다. 문학적 어휘력 향상에도 큰 도움이 된다. 예를 들어 구약인 시편에는 연애편지 쓸 때 인용하기에 좋은 표현이 부지기수이다.

나는 성경 읽기가 어느 연령대라도 상관없지만 빠르면 빠를수록 좋다고 생각한다. 청년기 이전에 읽어 보길 특별히 권한다. 지식이든 지혜든 상상력이든 습득 능력이 젊을 때일수록 크겠기 때문이다.

나는 가끔 성경을 서른 살 이전에 제대로 읽고 이해했다면 내 평생 직업과 직장이 바뀌었을 것이란 상상을 한다. 30여 년 전에 택한 신문기자 직업을 후회하진 않지만 더 의미 있는 직업을 찾아 나서지 않았을까 싶다.

인생 단 한 번 사는 건데 더 깊이 고민해 보지 못한 것이 조금은 후회스럽다. 성경 완독을 한 번 더 해 보련다. 여생을 어떻게 살아야 할지에 대한 지혜를 얻을 수 있지 않을까 기대해서다.

죽음, 준비가 필요한 이유
오늘은 나에게 내일은 너에게, 바르게 살아야 좋은 죽음 맞아

◆

◆

죽음을 생각할 때 무엇이 떠오르는가. 아마 자기 자신의 죽음을 생각하면 사후에 대한 두려움, 사랑하는 사람의 죽음을 생각하면 영원한 이별이 가장 많이 떠오르지 않을까 싶다. 죽는 자에게는 되돌아올 수 없는 미지의 세계로 홀로 떠나야 하는 엄청난 외로움과 두려움, 살아남는 자에게는 친지를 이 세상에선 영영 다시 볼 수 없게 되는 안타까운 슬픔이 엄습할 것이다.

그래서 죽음은 가장 큰 스트레스에 속한다. 질병으로 본인의 죽음이 가까워짐을 느끼거나 가족의 죽음을 겪는 건 상상하기 힘들 만큼큰 고통이다. 병원 건강검진 때 작성하는 스트레스 설문지에 '최근 1년 이내에 가족의 죽음을 경험한 적이 있는가'란 항목이 들어 있는 걸

보면 죽음 스트레스가 얼마나 지독한지 알 수 있다.

그래서인지 내 어릴 적 어른들은 죽음이란 말 자체를 금기시했다. 심지어 죽음으로 곧잘 이어지는 암이란 단어도 입 밖에 꺼내지 못하게 했다. 닥칠 때 닥치더라도 애써 외면하고 싶었을 것이다. 천국이나 내세 관념이 없는 유교 집안에서 자란 탓이기도 할 것이다.

하지만 죽음은 우리 모두가 언젠가 직면해야 하는 숙명이다. 동서고금의 수많은 종교지도자, 철학자, 문화예술인이 죽음의 의미를 다각도로 해석하며 아름다운 죽음을 찾으려 애쓴 것도 그것이 인생사 피할 수 없는 실체이기 때문일 것이다.

이들은 죽음에 따른 인생 허무를 말하면서도 역설적으로 죽음이 있기에 삶에 의미가 있음을 이구동성으로 강조한다. 이들의 언사를 살펴보면 삶과 죽음이 밀접하게 연결돼 있음을 새삼 확인하게 된다.

"당신이 진정 죽음의 뜻을 알고 싶으면 살아 있는 몸을 향해 심장을 활짝 열어 보아라. 삶과 죽음은 강과 바다가 하나임과 같이 한 몸이기 때문이다."(칼릴 지브란) "살아가는 법을 배워라. 그러면 죽는 법을 알게 된다. 죽는 법을 배워라 그러면 살아가는 법을 알게 된다."(모리 슈워츠)

심지어 죽음을 찬미하는 사람도 있다. "죽음이란 노고와 고통으로부터 휴식을 취하는 것이다."(키케로) "삶이 만든 최고의 발명품은 죽

음이다."(스티브 잡스) "궁극적인 자유는 죽음밖에 없다."(김용옥)

하지만 이런 말이 죽음을 맞는 사람에게 제대로 위로가 되진 않을 것이다. 좋은 휴식을 위해, 혹은 궁극적 자유를 얻고자 죽음을 흔쾌히 받아들일 사람이 어디 있겠는가. 살아남은 자에게 여생을 어떻게 보낼 것인가에 대한 힌트가 될 뿐이다.

이탈리아의 공동묘지 입구에는 이런 라틴어 문구가 새겨진 간판이 있다. '호디에 미히, 크라스 티비(Hodie mihi, cras tibi.)' '오늘은 나에게, 내일은 너에게'란 뜻이다. 오늘은 내가 관이 되어 들어왔고, 내일은 네가 관이 되어 들어올 것이니 타인의 죽음을 통해 자신의 죽음을 생각하라는 뜻이란다(한동일의 〈라틴어 수업〉). 소설 제목으로까지 등장했던 라틴어 '메멘토 모리(Memento mori)'도 유사한 의미이지 싶다. 대략 '너도 반드시 죽는다는 사실을 기억하라'는 뜻이니 말이다.

가까운 친지의 죽음을 보면서 삶과 죽음의 의미를 많이 생각하게 된다. 우선 내가 지금 살아 있는 게 분명하지만 언제 죽을지도 모르는 무력한 존재란 생각이다. 메멘토 모리의 메시지가 진하게 와 닿는다. 살아 있음이 결코 살아 있는 게 아니란 생각이 든다.

이 순간 중병에 걸려 죽어가는 사람이 얼마나 많은가. 갑작스러운 교통사고로 떠나는 사람 또한 얼마나 많은가. 그들에 비하면 너무나도 행복한 사람일진대 그것에 진정 감사함을 느끼지 못하고 있음을 반성해 본다. 매일 아침 건강과 안전에 대해 은총을 청하면서 감사기도를 하지만 입에 발린 기도가 아닌지 자문해 본다.

지금 당장 죽더라도 후회 없는 삶을 살 수는 없을까 쉼 없이 고민할 필요가 있다는 생각도 든다. 성인이나 수도사가 아니면 힘든 건지 모르겠지만 나 같이 평범한 사람도 끊임없이 천착해야 할 인생 과제임엔 틀림없어 보인다.

내 생에 대한 평가가 2~3일간의 장례 기간 중에 끝나버릴 수도 있겠다는 생각을 하면 섬뜩해진다. 실제로 장례식장은 해당 고인에 대한 평가회장이 되는 경우가 많다.

그래서 선각자들이 죽음을 염두에 두고 옳은 삶을 살자고 그토록 설파했나 보다. "인간은 옳은 생활을 하면 할수록 죽음에 대한 공포가 줄어든다. 완성된 인간에게 죽음은 존재하지 않는다."(레프 톨스토이) "잘 보낸 하루가 행복한 잠을 가져오듯 잘 산 인생은 행복한 죽음을 가져온다."(레오나르도 다빈치)

여기에 더해 값지고 알찬 인생을 살려면 어릴 적부터 죽음에 대한 교육을 적극적으로 시키는 게 좋겠다는 생각을 해 본다. 무서움이 가실 나이쯤 되면 장례식장에 데려가 보기도 하고, 화장장 구경도 시켜보는 게 어떨까. 죽음에 대한 조기 현장 교육인 셈이다.

죽음학 연구자 김달수는 죽음 조기 교육의 필요성을 이렇게 역설한다. "아이들이 죽음에 대해 좀 더 일찍 안다면 올바른 생명존중의 마음과 자신의 앞날에 대한 설계를 일찍 하게 되고, 부모가 항시 함께하지 못한다는 것도 일깨워 주고, 가족의 소중함도 알게 하면서 막연한 공포나 두려움을 없애기에 큰 도움이 될 것이다."(〈죽음학 스케치〉)

참고문헌

고영건 김진영, 〈행복의 품격〉 한국경제신문, 2019.

김경일, 〈공자가 죽어야 나라가 산다〉 바다, 2001.

김경일, 〈지혜의 심리학〉 진성북스, 2013.

김기홍, 〈유일신 야훼〉 삼인, 2019.

김달수, 〈죽음학 스케치〉 인간사랑, 2018.

김성칠, 〈역사 앞에서〉 창비, 1993.

김아리, 〈올 어바웃 해피니스〉 김영사, 2019.

김용옥, 〈스무 살 반야심경에 미치다〉 통나무, 2019.

김용택, 〈마음을 따르면 된다〉 마음산책, 2017.

김중현, 〈루소가 권하는 인간다운 삶〉 한길사, 2018.

김형석, 〈100세 철학자의 철학, 사랑 이야기〉 열림원, 2019.

김환영, 〈곁에 두고 읽는 인생문장〉 중앙books, 2020.

나창주, 〈정치와 유머와 위트와〉 시민사회, 1990.

데일 카네기, 〈인간관계론〉 임상훈 역, 현대지성, 2019.

로버트 디세이, 〈게으름 예찬〉 오숙은 역, 다산북스, 2019.

마사누스바움 솔레브모어, 〈지혜롭게 나이 든다는 것〉 안진이 역, 어크로스, 2018.

문광훈, 〈괴테의 교양과 퇴계의 수신〉 에피파니, 2019.

문동환, 〈예수와 바울〉 삼인, 2015.

미셸 포쉐, 〈행복의 역사〉 조재룡 역, 이숲, 2020.

미치 앨봄, 〈천국에서 만난 다섯 사람〉 공경희 역, 세종서적, 2005.

배철현, 〈신의 위대한 질문〉 21세기북스, 2015.

버트런드 러셀, 〈행복의 정복〉 이순희 역, 사회평론, 2017.

법상, 〈부처님 말씀과 마음공부〉 무한, 2020.

서석화, 〈이별과 이별할 때〉 메가스터디, 2019.

손문호, 〈옛사람의 편지〉 가치창조, 2018.

손석춘, 〈교양으로 읽는 기독교〉 시대의창, 2017.

C. S. 루이스, 〈스크루테이프의 편지〉 김선형 역, 홍성사, 2019.

아리투루넨&마르쿠스파르타넨, 〈매너의 문화사〉 이지윤 역, 지식너머, 2019.

안소근, 〈세상을 읽는 눈, 지혜〉 가톨릭출판사, 2019.

알랭 드 보통, 〈무신론자를 위한 종교〉 박중서 역, 청미래, 2011.

앤디 퍼디컴, 〈당신의 삶에 명상이 필요할 때〉 안진환 역, 스노우폭스북스, 2020.

에디스 홀, 〈열 번의 산책〉 박세연 역, 예문아카이브, 2020.

에리카 라인 〈나는 인생에서 중요한 것만 남기기로 했다〉 이미숙 역, 갤리온, 2020.

에릭 B. 라슨 조안 데클레어, 〈나이듦의 반전〉 김혜성 김명 역, 파라사이언스, 2019.

에릭에릭슨 조앤에릭슨, 〈인생의 아홉 단계〉 송제훈 역, 교양인, 2019.

에크낫 이스워런, 〈마음의 속도를 늦추어라〉 박웅희 역, 바움, 2004.

옌스바이드너, 〈나는 단호하게 살기로 했다〉 장혜경 역, 다산북스, 2019.

웨인 다이어, 〈행복한 이기주의자〉 오현정 역, 21세기북스, 2019.

윌리엄 데이먼, 〈무엇을 위해 살 것인가〉 정창우 한혜민 역, 한국경제신문, 2013.

유영만, 〈이런 사람 만나지 마세요〉 나무생각, 2019.

이석연, 〈호모 비아토르의 독서노트〉 미래엔, 2015.

이시형, 〈어른답게 삽시다〉 특별한서재, 2019.

이어령, 〈읽고 싶은 이어령〉 여백, 2014..

임석민, 〈돈의 철학〉 다산북스, 2020.

임창생, 〈마음껏 행복하라〉 김진아 역, 21세기북스 2012.

장석주, 〈사랑에 대하여〉 책읽는수요일, 2017.

전성은, 〈왜 부모는 자녀를 불행하게 만드는가〉 메디치미디어, 2019.

조셉 텔루슈킨, 〈힘이 되는 말, 독이 되는 말〉 이주만 역, 마일스톤, 2019.

최명, 〈술의 반란〉 나남, 2018.

최태성, 〈역사의 쓸모〉 다산초당, 2019.

칼릴 지브란, 〈예언자〉 오강남 역, 현암사, 2019

캐서린 A. 샌더슨, 〈생각이 바뀌는 순간〉 최은아 역, 한국경제신문, 2019.

크리스틴 르위키, 〈나는 불평을 그만두기로 했다〉 조민영 역, 한빛비즈, 2020.

토마스 무어, 〈나이 공부〉 노상미 역, 소소의책, 2019.

파크 호넌, 〈셰익스피어 평전〉 김정환 역, 삼인, 2018.

프리드리히 니체, 〈니체의 지혜〉 홍성광 편역, 을유문화사, 2018

한동일, 〈라틴어 수업〉 흐름출판, 2017.

한민, 〈우리가 지금 휘게를 몰라서 불행한가〉 위즈덤하우스, 2019.

한하오웨, 〈남자의 도〉 김영화 역, 물병자리, 2012.

혜민, 〈고요할수록 밝아지는 것들〉 수오서재, 2020.

홍사중, 〈삶의 품격〉 마일스톤, 2019.

홍석고, 〈불통이 불만입니다〉 RAONBOOK, 2019.

홍익희, 〈문명으로 읽는 종교 이야기〉 행성B, 2019.

일송포켓북

일송포켓북은 일송북의 자회사로 한국문학 베스트 시리즈를 출간하고 있습니다.

내 손에 일송포켓북 있다!

내용은 최고, 가격은 최저, 휴대는 간편.
커피 한 잔 값으로 떠나는 산뜻한 독서 여행.

"한국 대표작가들이 직접 선정한 베스트 소설 총망라!"

한 손엔 휴대폰, 다른 손엔 포켓북!

작고 가벼워 한 손에 쏙 들어온다.
디지털 유목민의 필수품, 일송포켓북.

"한국 대표작가들을 만나는 커피 한 잔 값의 행복!"

이문열 《아우와의 만남》

이문열의 소설을 다 읽었다 해도 이 책에 수록된 작품들을 읽지 않고는 결코 이문열 문학을 논할 수 없다!

박범신 《겨울강 하늬바람》

영원한 청년 작가 박범신이 혼신의 힘을 다해서 쓴 이 소설에는 시대의 아픔을 껴안는 그의 문학 정신이 녹아 있다.

이청준 《날개의 집》

초기작부터 최근작에 이르기까지, 이청준 문학의 큰 흐름을 형성하는 소설 중에서 가장 중요한 작품들을 엄선했다.

이승우 《에리직톤의 초상》

'스물두 살의 천재'라는 찬사를 들으며 화려하게 등단한 이래 관념을 소설화하는 독특한 작품세계를 펼쳐 온 이승우의 대표작!

박영한 《왕룡일가》

서울 근교의 우묵배미라는 농촌을 삶의 무대로 살아가는 사람들의 슬프지만 우스꽝스런 이야기들을 형상화한 박영한의 대표작!

윤흥길 《낫》

일본에서 먼저 출간되어 대단한 화제를 불러일으킨 이 작품은 윤흥길 소설만이 갖고 있는 특별한 매력을 물씬 풍기고 있다.

전상국 《유정의 사랑》

전형적인 사랑 이야기와 김유정의 평전이 자연스레 녹아 한 편의 퓨전 소설 형식을 취하며 문학의 새 지평을 연 놀라운 작품이다

윤후명 《무지개를 오르는 발걸음》
윤후명이 아니면 도저히 쓸 수 없는 특유의 문체와 독특한 작품 분위기, 그리고 각별한 재미!

이순원 《램프 속의 여자》
전방위 작가 이순원이 외롭고 슬픈 한 여자를 통해 우리가 살아온 각 시대의 성의 사회사를 살펴본 탁월한 소설이다.

고은주 《아름다운 여름》
아나운서인 여자와 우울증 환자인 남자의 이야기를 통해 '진짜' 당신을 만날 수 있게 해주는 '오늘의 작가 상' 수상작.

이호철 《판문점》
분단 문학을 새로운 차원으로 끌어올린 이호철의 대표작 중 미국과 프랑스에서 출간되어 호평 받은 작품만을 엄선했다.

서영은 《시간의 얼굴》
'너를 진정으로 사랑하여 나를 부수고 다른 나로 태어나려는' 주인공의 열망을 심정적으로 온전히 치른 역작.

김원우 《짐승의 시간》
유니크한 작품세계를 구축하고 있는 김원우 문학의 원형을 보여주는, 젊은 시절의 열정을 고스란히 바 친 첫 번째 장편소설.

한승원 《아버지와 아들》
토속적인 세계와 역사의식을 통해 민족적인 비극과 한을 소설화하면서 독보적인 세계를 구축한 한승원 의 '기리야마 환태평양 도서상' 수상작.

송영 〈금지된 시간〉
미국 펜클럽 기관지에 소설이 소개되어 새롭게
주목받은 송영이 심혈을 기울여서 쓴 한 몽상가
의 이야기.

조성기 〈우리 시대의 사랑〉
성과 사랑의 경계에 대한 질문을 던지며 많은 화
제를 모았던 이 작품은 조성기를 인기 소설가로
만들어준 출세작이다.

구효서 〈낯선 여름〉
다양한 주제를 섭렵하면서 독특한 자기 세계를
구축하고 있는 우리 시대의 중요한 소설가 구효
서의 야심작.

한수산 〈푸른 수첩〉
짙은 감성과 화려한 문체로 한 시대를 풍미했던
한수산이 전성기 때의 문학적 열정으로 그려낸
빛나는 언어의 축제.

문순태 〈징소리〉
향토색 짙은 작품으로 우리 소설의 한 축을 굳게
지키고 있는 문순태는 이 작품에서 한에 대한 미
학의 극치를 보여준다.

김주영 〈즐거운 우리집〉
한국 문단의 탁월한 이야기꾼 김주영의 주옥같은
작품들을 한자리에 묶은 대표작 모음집.

조정래 〈유형의 땅〉
'네티즌이 선정한 2005 대한민국 대표작가' 조정
래의 문학적 뿌리는 이 책에 수록된 빛나는 단편
소설이다.